현재를 즐겨라

현재를 즐겨라

김홍걸 지음

초판 1쇄 발행 | 2011년 2월 17일
초판 4쇄 발행 | 2012년 2월 9일

발행처 | 도서출판 작은씨앗
공급처 | 도서출판 보보스
발행인 | 김경용

등록번호 | 제 300-2004-187호 등록일자 | 2003년 6월 24일

서울시 서초구 서초동 1355-17 서초대우디오빌 1008호
전화 02 333 3773   팩스 02 735 3779
이메일 | ky5275@hanmail.net

ISBN 978-89-6423-121-0 13810

현재를 즐겨라

지금 즐기지 못하면 내일은 없다

김홍걸 지음

우리는 즐기기 위해 존재한다

"지금 하시는 일이 즐겁습니까?"

사람들을 만나면 이런 질문을 던져본다. 그러면 대부분 "일을 뭐 재미로 합니까? 먹고살기 위해서 어쩔 수 없이 하는 거지. 일을 재미로 하는 사람이 몇이나 되겠습니까?" 이렇게 오히려 나에게 반문해 온다.

자신의 현재 삶에 대해서 행복을 느끼지 못하고 사는 사람들이 많다. 각 나라별 행복지수를 따져 봐도 대한민국은 50위권 밖으로 밀리는 상황이다. 경제적으로는 10위권인데 비해 행복은 너무 멀리 떨어져 있다. 경제적으로는 잘살고 있는데 왜 이렇게 인생에 대해 재미와 즐거움, 그리고 행복을 느끼지 못하는 것일까?

우리나라의 자살률이 OECD 국가 중 1위를 달리고 있다는 소식을 가끔 듣는다. 전직 대통령의 자살로 전 국민이 슬픔에 젖어야 했고, 연예인들의 자살소식은 우리의 가슴을 아프게 한다. 기업을 운영하는 CEO들의 자살도 우리의 마음을 안타깝게 하고, 학생들의 자살 소식을 들을 때는 '우리나라가 왜 이런가?' 하면서 탄식을 하기도 한다. 노인들의 자살은 너무 많아서 별로 놀라지도 않는다. 왜 이렇게 많은 사람들이 자살을 택하는 것일까? 자살하고 싶어도 하는 방법을 모르거나, 겁이 나 못하는 사람들까지 합치면 우리나라는 타의 추종을 불허할 것이다.

생활의 기초라고 하는 가정이 무너지는 상황도 간과할 수 없다. 한 가정의 파탄은 부부 둘만의 불행으로 끝나지 않는다. 자녀들과 부모, 형제를 비롯한 가족들까지 아픔과 고통을 겪게 한다. 서로 사랑한다고 죽고 못 살 것처럼 하다가 왜 이혼을 택하는 것일까? 지금도 이혼하고 싶은데 서류가 복잡해서 그냥 참고 살아가는 사람도 많을 것이다. 재미와 행복은 다 어디로 가고 탄식과 한탄만 남아 있단 말인가?

난 이렇게 사람들이 자살을 하고, 이혼을 하고, 또한 자신이 하는 일에 대해 힘들어하는 문제에 대해 아주 오랫동안 많은 고민과 연구를 했다. 그러다 어느 날 크게 깨달은 바가 있었다. 아르키메데스가 목욕탕에서 물이 넘치는 것을 보고 '유레카'를 외쳤던 것처럼 나도 그렇게 '유레카'를 외쳤다. 표현할 수 없을 만큼 기뻤고 가슴이 벅차올랐다. 처음에는 아무에게도 그 비밀을 말하지 않았다. 너무나 소중하고 귀하게 깨달은 것이기 때문이다.

하지만 어느 정도 시간이 지나자 '임금님 귀는 당나귀 귀' 이야기처럼 입이 근질거려 참기가 어려웠다. 그래서 친구들을 만나면서 조금씩 이야기를 하기 시작했고, 그들은 내 말에 놀라움을 금치 못했다. 어떤 회사의 CEO는 내 이야기를 듣고는 자신의 회사에 와서 그 이야기를 해 달라고 부탁했다.

강의 경험은 전혀 없었지만 사람들을 재미있게 하고, 웃기는 것에는 자신이 있었기에 그것만 믿고 내 생각을 재미있고도 진솔하게 이야기하자 모두가 재미있게 웃으면서 더불어 뜨거운 감동을 느끼는 것을 볼 수 있었다. 강의 후에 '이런 좋은 강의는 처음 들어봤다. 오늘 정말 많은 것을 깨달았다. 정말 감사하다'는 등의 이야기를 20대에서부터 노년에 이르기까지 많은 사람들로부터 듣게 되었다. 소문은 점점 번져 갔고, 여기저기서 강의문의가 쇄도하기 시작했다.

그렇게 8년째 강의를 해 오면서 많은 사람들이 이런 부탁을 했다. 강의내용을 다른 곳에서 볼 수 없느냐는 것이다. '동영상은 없느냐?' '강사님이 쓴 책은 어디서 구할 수 있느냐?' 이런 질문들이었다. 방송에 출연한 적이 없으니 동영상은 당연히 없었다. 또 동영상을 찍어 다른 곳에서 보게 되면 현장감이 없어져 내가 전달하고자 하는 내용이 그대로 전달되지 않을까 두려워서 가능하면 동영상 찍는 것을 거부하기도 했다. 사실 내 얼굴이 비디오 형이 아닌 이유도 크다. 또 내가 쓴 책이 없으니 강의내용을 다른 곳에서 찾을 수 없기에 미안했다.

그래서 강의내용을 글로 써서 많은 사람들이 볼 수 있도록 하고 싶었다. 하지만 막상 글로 쓰고자 하니 '내가 가지고 있는 콘텐츠를 다른 사람이 복사해서 쓰면 어떡하는가?' 하는 고민이 생겼다. 다른 강사들과 작가들에게 조언을 구하자 모두가 그런 걱정 말고 글이나 잘 써보라고 권했다. 그렇게 해서 겨우 글을 쓰려고 결심을 했는데 또 다른 문제가 닥쳤다. 내 생각을 글로 표현하는 것이 보통 일이 아닌 것이다. 책을 읽을 때는 몰랐는데 내가 직접 쓰려고 하니 도통 생각이 나질 않고, 단어나 어휘도 막혀서 뭘 어떻게 적어야 할지 앞이 캄캄했다. 책 쓰는 작가들이 새삼 존경스러웠다.

강의를 하는 것과 글을 쓰는 것이 이렇게 다른 줄 예전에는 미처 몰랐다. 그래서 글 쓰는 방법에 대해 배우고 연구를 하면서 내 개인 블로그에 조금씩 글을 올리기 시작했다. 그래서 이제는 강의를 들은 분들뿐만 아니라 블로그에서 글을 접한 분들까지 책이 나오기를 손꼽아 기다리시는 분들이 많아졌다. 이렇게 부족한데도 격려와 응원을 아끼지 않으신 분들에게 감사하는 마음으로 글 쓰는 작업에 더욱 박차를 가한다.

제일 중요한 것을 배우지 못했다

우리는 우리가 왜 이 땅에 존재하는지, 왜 살고 있는지, 어떻게 살아야 하는지에 대해 구체적인 배움이 없었다. 그저 학과 공부에만 충실해 왔다. 시험 성적이 떨어지면 곧 인생의 낙오자가 되는 것처럼 모든 것을 시험 성적에 내맡겼다. 성적을 비관하여 자살하는 학생까지 생길 정도이다. 과연 성공은 시험 성적과 비례하는 것일까? 사실 그럴 확률이 높다. 이 사회가 모든 평가를 시험점수로 하고, 점수가 낮으면 기회조차 가지지 못하는 구조로 되어 있기 때문이다.

이런 기초적인 구조를 바꾸지 않으면 저출산율, 학원문제나 가정의 불화, 이혼, 자살 등의 문제를 해결하기 어렵다. 그런데도 아직 임시방편으로 겉 상처만 치료하고 있고, 수수방관하는 모습만 보인다.

왜 존재하고, 어떻게 살아야 하는지에 대해 이제 깊게 생각해 봐야 한다. '그냥 남들이 사니까…' '먹고살기 위해서…' '남들보다 잘 살기 위해서…'라는 생각으로 공부하고 일을 하니까 힘들다고 느껴지고, 모든 게 고통과 스트레스로 다가온다. 가족을 부양해야 한다는 의무 때문에 가족의 소중함과 고마움을 잊어버리고 오히려 무거운 짐처럼 느끼면서 살기도 한다. 하기 싫어도 억지로 할 수밖에 없는 노예와 비슷하다는 생각을 하면서, 그래도 살아가려면 더러워도 참고, 힘들어도 참고, 어쩔 수 없이 굴욕당하면서 눈치 보며 바쁘게 살아간다. 그런 것이 원래 인생이라고 배웠고, 또 그렇게 가르치면서 살아가고 있다.

'열심히 공부하지 않으면 남 밑에서 개고생한다'는 말로 경쟁심을 유발시키고, 그렇게 생겨난 경쟁심으로 인해 부정적인 마음이 우리 속에서 깊이 뿌리를 내린다. 나보다 못하는 사람은 모두 어리석어

보이고, 나보다 잘하는 사람은 눈엣가시처럼 여겨진다. 그러니 자연스럽게 불평, 불만, 한탄만 생겨난다. 가난한 부모가 원망스럽고, 나를 알아주지 않는 사회가 원망스럽다. 또한 돈이 없어 자식에게 공부를 제대로 시키지 못한 부모도 평생 죄책감에 시달리며 살아간다. 이러니 부자가 아니면 애를 낳고 싶겠는가 말이다.

이렇게 나는 공부와 연구를 하면서 우리가 정말 중요한 것을 놓치고 있다는 것을 깨달았다. 이제라도 한 번뿐인 내 인생과 삶을 제대로 즐기며 재미있게 살아야 한다. 그러기 위해서 우리를 방해하는 것은 무엇이며, 어떤 문제가 있는지, 그것을 해결하는 방법은 무엇인지, 지금까지의 연구와 내 삶의 실천 그리고 강의현장에서의 경험을 바탕으로 진솔하게 얘기해 보고자 한다. 대한민국이 조금이나마 변화되기를 기대하는 마음으로.

PART 01

내가 즐거워야
세상이 즐겁다

내가 이 땅에 온 이유

우리는 왜 지구라는 별에 온 것일까? 터미네이터처럼 지구의 미래를 바꾸기 위해 왔을까? 아니면 지구의 어떤 정보를 캐러 왔을까? 지구를 정복하기 위해 온 것일까? 그것도 아니면 죽기 살기로 일하러 온 것일까?

무슨 개똥철학 같은 말씀이냐고 반문하는 사람이 있을지 모르겠다. 하지만 많은 사람들이 한 번쯤 의문을 가져보았을 것이다. 나도 어릴 때부터 이런 의문이 강해, 많이 알아보고 찾아보았다. 교회에 가보기도 하고, 절에 가서 스님에게 물어보기도 했지만 결국은 아무도 속 시원한 대답을 주지 못했다. 어머니께 여쭤보면 '죽지 못해 산다'고 하고, 학교 선생님은 왜 사는지 알기 우해서 산다고 하고, 어떤 사람은 '그냥 태어났으니까 사는 거지' 하는 식이었다. 그렇게 의문을 가지다가 나 역시 사는 게 바빠서 그것에 대한 답을 생각해볼 여유도 없이 앞만 보고 달려왔다.

우리는 태어나서 걸음마를 배우고, 말을 배우고, 학교를 다니면서 공부하고, 취직을 해서 일을 한다. 그리고 결혼을 하고 아이를 낳는다. 그러다가 노인이 되고 다시 어디론가 돌아간다. 빨리 돌아가는 사람이 있고, 좀 늦게 돌아가는 사람이 있을 뿐 돌아가지 않은 사람은 없다. 그래서 사람이 죽게 되면 모두가 돌아가셨다고 이야기한다.

왜 이 땅에 온 것일까?

어디에서 와서 어디로 돌아가는지는 모르지만 우리가 왜 이 땅에 왔는지 그것만은 알아야 하지 않겠는가? 외국 노동자가 우리나라에 온 것처럼 돈을 벌기 위해 왔을까? 당연히 아니라고 생각한다. 여기서 아무리 돈을 많이 벌어도 돌아갈 때는 한 푼도 가져가지 못한다. 그런데도 많은 사람들이 돈에 목숨을 건다. 돈 때문에 사람을 죽이기도 하고, 자살을 하기도 한다. 죽은 후에 가져갈 수 있다면 이해가 되겠지만, 어차피 이 세상에 두고 가야 할 돈 때문에 우린 모든 것을 저당 잡혀 살아간다.

그렇다면 높은 권력을 가지려고 왔는가? 그것은 더더욱 아니다. 그것도 잠시 씌워지는 왕관일 뿐 큰 의미는 없다. 죽은 후에 무덤이 좀 더 크냐 작으냐의 차이일 뿐이다. 그런데도 우리는 더 높은 권력을 향해 쉴 새 없이 질주한다. 이것 역시 다른 사람을 고통스럽게 하기도 하고, 자신을 죽음으로 몰고가기도 한다. 더 높은 권력을 가졌다고 다음 세상에서 더 인정을 받는 것도 아닌데 말이다.

그럼 과연 우리는 무엇 때문에 이곳에 왔을까? 내가 내린 결론은 우리 모두는 바로 이 지구라는 별에 놀러왔다는 것이다. 여행을 온 것이다. 우리가 알고 있는 여행과는 좀 다른 방식이지만 여하튼 무한한 우주와 신의 방식대로 다른 별에서 여행을 온 것이다.

각자 다른 별에서 왔다

어디에서 왔는지는 모르지만 어쨌든 서로 모르는 것을 보니까 같은 곳에서 온 것은 아닌 것 같다. 어쨌든 태어나니까 많은 사람들이 이곳에 살고 있었고, 각자 겉모습은 비슷한 것 같지만 자세히 보면 완전히 다른 모습과 생각을 가지고 있다. 피부색이 검은 사람, 흰 사람, 누런 사람, 얼굴이 예쁜 사람, 못생긴 사람, 뚱뚱한 사람, 마른 사람 등 그야말로 천차만별이다. 또 어떤 사람은 100년 가까이 살다 가고, 태어나자마자 돌아가는 사람도 있다. 하지만 빈손으로 왔다가 빈손으로 돌아가는 여행객이라는 점은 모두 똑같다.

우리가 생각하는 여행과 좀 다른 점은 자신의 여행 일정에 대해 아무도 모른다는 것이다. 다만 누구나 가능한 오래 있다가 돌아가기를 원한다. 그리고 아무도 여행비용을 들고 오지 않았기 때문에 여기서 자신이 직접 벌어서 써야 한다. 사람들이 정해놓은 이곳만의 법규와 규범에 따라 타인에게 피해를 주지 않으면서 최대한 많이 벌면 그만큼 더 즐길 기회도 많이 생기게 된다. 그래서 돈을 벌 수 있도록 하기 위해 누구나 자신만의 독특한 재능을 가지고 태어나지 않았나 싶다.

여행은 즐기는 것이 목적이다

그렇게 자신만의 재능으로 돈을 벌면서 최대한 재미있고 즐겁고 행복하게 사는 것이 이 땅에 온 목적이다. 그 외에 또 무슨 목적이 있겠는가?

곰에 여행을 간 적이 있다. 4박 5일의 짧은 일정 안에 최대한 많은 것을 보고 느끼기 위해 스케줄이 빡빡했다. 새벽에 일찍 일어나서 아침 식사를 하고, 주변 관광을 위해 부지런히 다녀야 했다. 그리고 틈틈이 수영도 하고 제트스키와 바나나보트를 타기도 했다. 하루 일정을 마치고 돌아오면 몸이 녹초가 되어 그대로 침대에 쓰러질 것 같았지만 오랜만에 온 여행지에서 그냥 잠들기 아까워 함께 온 친구들과 밤늦게까지 술판을 벌였다. 내일이면 기회가 없다는 생각에 그 시간을 최대한 활용하면서 즐긴 것이다.

이렇게 어딘가로 여행을 가면 최대한 즐겁고 재미있게 노는 게 제일이지 않겠는가? 종일 방안에서 뒹굴거린다면 뭐하러 여행을 가는가? 그곳에서도 카드 결제를 걱정하고, 북한 핵문제에 대해 고민한다면 이상하지 않을까? 또한 여행지에 가서 현지인들이나 다른 여행객들과 싸우기만 하는 것도 여행을 잘못 온 것이다.

인생은 배낭여행과 같다

배낭 하나만 달랑 메고 세계여행을 떠나는 사람들이 있다. 여행지에서 아르바이트로 돈을 벌어가면서 다니는 것이다. 그렇게 일을 하다 보면 그곳 사람들과 만나 대화도 하면서, 색다른 문화에 대해 배우고 느끼게 된다. 돈을 가지고 하는 여행에서는 맛볼 수 없는 또 다른 재미가 있는 것이다.

여행을 많이 다녀본 사람일수록 가방이 작고 여행에 초보일수록 가방이 크다. 그 속에 온갖 생필품들이 다 들어 있는 것인데 막상 여행을 가면 그것이 얼마나 거추장스러운지 모른다. 좀 불편해도 현지에서 그때그때 해결하는 재미도 있고, 또 불편한 것 자체가 여행의 묘미 아니겠는가. 여행을 갈 때, 돈을 얼마나 가져가고 얼마나 많은 소지품을 챙겨 가느냐 하는 것은 별로 중요하지 않다. 얼마나 많이 보고 듣고 느끼고 올 것인가가 중요하다. 그렇게 현지인들과 함께 즐겁게 지내다가 떠나올 때 그들이 나를 좋은 사람으로 기억해준다면, 내가 떠나는 것을 조금이라도 아쉬워한다면 우린 멋진 여행을 하고 온 것이다.

결국 빈손으로 돌아간다

그냥 이런 생각으로 살았으면 좋겠다. 아무리 많이 알아도, 아무리 많이 가져도, 아무리 높은 자리에 올라도, 돌아갈 땐 결국 빈손으로 가야 한다는 생각 말이다. 그래서 내가 가진 능력을 최대한 발휘해서

나 때문에 한 사람이라도 더 행복하고, 더 편리하고, 더 즐거울 수 있도록 해주자. 그리고 무엇을 소유하는 것에 욕심내지 말고, 돈이나 권력에 욕심내지 말고, 그저 많이 즐기고 느끼면서 살자.

무슨 말도 안 되는 소리냐고 할지 모르겠으나 이렇게 자신만의 확고한 철학이 있어야 한다. 남들이 말하는 대로 휩쓸려 다니지 말고 최대한 긍정적인 방향에서 자신만의 확고한 신념으로 즐기면서 사는 방법을 연구하자. 아무리 돈을 많이 벌어도, 아무리 높은 자리에 올라도 돌아갈 땐 아무것도 가지고 갈 수 없다는 것을 명심하자. 내 가족과 이웃과 사회, 그리고 국가, 인류에 조금이나마 도움이 되는 사람으로 살다가겠다는 결심을 하자. 그 결심대로 산다면 이 세상을 떠날 때 여기에서 나를 떠나보내는 사람도, 돌아가면 나를 맞이해 줄 사람도 모두가 박수를 보낼 것이다.

02

행복이란
결과가 아니라 과정이다

행복이란 어떤 목표 지점에 도달한 상태가 아니라 그 지점을 향해 고생하며 올라가는 과정, 그 자체라고 생각한다. 그런데 대부분의 사람들은 과정은 생략하고 결과만을 중요하게 생각한다. 그래서 어떤 방법을 써서라도 높은 자리에 올라가고, 나쁜 짓을 해서라도 많은 돈을 벌려고 혈안이 된다. 그렇게 해서는 설령 목표에 도달했다 하더라도 절대 행복하지 않을 것이다.

어머니는 그렇게 생각하지 않으시지만 난 우리 어머니가 참 행복하고 재미있게 사셨다고 생각한다. 돈 없는 아버지와 결혼해 돈이 귀하고 중요하다는 것을 알게 되었고, 아버지를 따라 탄광촌에서 무주 구천동까지 우리나라의 방방곡곡을 다니며 다양한 체험을 하신 것이다. 때로는 먹을 것이 없어 굶주려 봤고, 제대로 잘 곳이 없어서 추위에 떨며 남의 집 처마 밑에서 웅크리고 자본 경험도 있다. 물론 고생이라고 생각하면 그보다 더한 고생이 어디 있겠는가 싶지만 지나고 보면 그보다 더 좋은 추억이 또 뭐가 있을까 싶다.

4년간 즐긴 선수들

4년마다 열리는 올림픽에는 수많은 선수들이 출전한다. 그러나 메달을 목에 거는 선수보다 더 많은 선수들이 빈손으로 돌아온다. 모든 스포트라이트는 금메달을 딴 선수들에게만 몰리고 그들은 영웅 대접을 받는다. 4년간 열심히 노력했지만 금메달을 따지 못한 선수들은 누구인지도 모르고 기억도 못하고 관심도 없다. 그들은 쓴 눈물을 삼키고 또다시 4년간 피땀 나는 노력을 해야 한다고 언론에서는 떠든다.

그러나 난 그렇게 생각하지 않는다. 그들은 4년 동안 자신이 하고 싶은 운동을 재미있게 하면서, 운동을 좋아하는 사람끼리 모여 매일매일을 신나게 보내다가 4년에 한 번 기량을 테스트해 보는 좋은 기회를 맞이하는 것이다. 땀을 흘린다고 무조건 고생인 것은 아니다. 다른 사람들은 돈을 써 가면서 땀을 흘린다. 그런데 돈을 벌어가면서, 자신이 좋아하는 것을 하면서 땀을 흘리는데 왜 패배자처럼 인식되는가 말이다.

한국 축구의 문제점

〈아내가 결혼했다〉라는 영화를 보면 가슴을 때리는 대사가 나온다.

"한국 축구의 문제점이 뭔지 알아?"

"그야 골 결정력 부족이지. 문전처리 미숙, 그런 것 아냐?"

"아니야, 한국 축구의 문제점은 사람들이 축구를 즐기지 못한다는 거야."

그렇다. 우리는 결과만을 강조하다 보니 이겼다, 졌다, 몇 대 몇이냐만 중요하게 따지지 누가 어떻게 달렸고, 얼마나 멋진 패스와 슛을 했고, 공을 몰고 얼마나 많은 거리를 미친 듯 질주했고, 수비를 몇 명이나 제쳤으며 어떤 수비가 공격을 멋지게 막아냈는지에 대해서는 별 관심이 없는 것이다. 45분씩 뛰는 전·후반 내내 우리의 신경은 골 여부에만 집중되어 있다. 그렇다 보니 과정에서 이루어지는 재미있는 장면이나 흥미진진한 광경을 놓치고 마는 것이다.

고속도로와 국도

나 역시 아직 부족한 것이 많다는 것을 느낀다. 강의 때문에 지방으로 장거리 운전을 다닐 때가 많은데 그럴 때던 제일 먼저 가야 할 강의 장소를 내비게이션에 찍는다. 그리곤 가장 빨리 갈 수 있는 길을 선정한 다음 '안내시작'을 누르고 최대한 빨리 가기 위해 노력한다. 과속을 하다가 단속카메라에 찍혀서 벌금 통보장을 받는 일이 한두 번이 아니다.

그런데 가끔 아내와 함께 가는 경우가 있다. 그러면 아내는 가능한 일찍 나서서 국도로 가자고 한다. 왜 시간도 더 걸리고, 신호등도 많은 국도로 가느냐고 물어보면 국도로 가야 볼 것도 많고, 느낄 것도 많을 것 아니냐고 오히려 반문을 한다. 이왕 가는 것 즐기면서 가야지, 일하는 것처럼 갈 필요가 있냐는 것이다. 그러면서 특이한 지명이나 동네 이름이 나오면 깔깔거리며 웃기도 하고, 주변에 피어 있는 꽃을 보며 아름답다고 감탄하기도 하고, 멋진 풍경이 나오면 잠시 차에서 내려 감상하기도 하고, 사진도 열심히 찍는다.

오랫동안 습관이 되어 나도 모르게 목표만 향해 달리고 있었던 나에게 큰 교훈을 주는 사건이었다. 그 이후로 나도 급할 때가 아니면 최대한 자연을 느끼면서 달리려고 노력하고, 천천히 운전하려고 한다.

내가 지금 무엇을 하든, 어떤 일을 하든 나중에는 모두 나만의 소중한 추억이 된다. 1년 전 일만 생각해보아도 그렇다. 당시에는 엄청난 사건이었지만 지금 돌아보면 기억도 잘 안 나고 별것 아니었는데 그것을 즐기지 못하고 고통스러워했다는 것이 바보처럼 느껴지기도 한다.

03

열심히, 아니죠~
즐겁게, 맞습니다~

열심히가 아니라 즐겁게 해야 더 크게 성공한다. 이게 무슨 소리냐고? 무엇이든 열심히 해야지 열심히 하지 말라니, 일벌레로 유명하셨던 故 정주영 회장이 들으면 기절할 이야기다. 아마 우리 어머니가 들었어도 자다가 벌떡 일어나실 것이다.

그러나 우리는 모두 속았다. 무엇이든 열심히 해야지만 성공하고 잘살 수 있다고 믿어왔고, 그 말은 우리의 마음속에 깊게 고정관념화되었다. 그래서 지금도 많은 사람들이 성공하기 위해서는 죽도록 열심히 해야 한다고 외쳐대고 있는 것이다.

'知之者 不如 好之者, 好之者 不如 樂之者 지지자 불여 호지자, 호지자 불여 낙지자'라는 공자님 말씀이 있다. 아무리 많이 아는 사람도 그 일을 좋아하는 사람은 이길 수 없고, 아무리 좋아하는 사람도 그 일을 즐기는 사람은 이길 수 없다는 말이다. 아주 오래전에 말씀하신 것이지만 오늘날까지 통용되는 말씀이다. 그 오래전에 어떻게 그 진리를 알았을까, 정말 대단한 분이라는 생각이 든다.

겨울 밤낚시

찬바람이 살갗을 파고드는 엄동설한의 겨울밤이었다. 70세가 넘으신 옆집 할아버지께서 낚싯대와 텐트를 챙기며 어디론가 갈 채비를 하고 계셨다.

"어디 가세요?"

"강에 낚시하러 가지. 물고기들이 날 기다리고 있어."

"아니, 이 밤에요? 춥지 않으세요?"

"좀 추워도 지금 낚시를 하면 잘 돼. 같이 갈래?"

"아니, 아무리 그래도 그렇지. 이 추운 날씨에 무슨 낚시를 해요. 전 추워서 못 가겠어요. 혼자 다녀오세요."

"그럼 갔다 올게."

두 시간이 지난 후 나는 할아버지가 걱정이 되어 강가로 살며시 가보았다. 여전히 얼어붙는 듯 추웠다. 저 멀리에 약한 손전등을 켜두고 자그마한 텐트 옆에서 에스키모 같은 외투를 뒤집어 쓰고 낚시에 열중하고 있는 할아버지가 보였다. 정말 대단하다 싶었다. 아침이 되니 할아버지는 콧노래를 부르며 집으로 돌아왔다. 망태기에 고기 몇 마리를 넣고.

난 곰곰이 생각해 보았다. 할아버지는 왜 낚시를 저렇게 열심히 하는 것일까? 무슨 낚시 대회라도 열리는 것일까? 아니면 낚시의 대가가 되는 것이 꿈일까? 그렇지 않다. 할아버지는 그냥 낚시가 재미있을 뿐이다. 만약 누군가 나에게 야근 수당을 줄 테니 야간 낚시를 하라고 하면, 돈 때문에 할지는 몰라도 아마 불평불만 가득하여 앉아 있을 것이다. 그렇게라도 해야 한다면 그 시간이 얼마나 고통스럽고 힘들고 스트레스받는 시간이 될 것인가? 또 그렇게 해서 성공을 거머쥔다고 하더라도 과연 무슨 의미가 있을까?

즐거운 마음으로 해야 쉽게 성공한다

그러나 즐겁게, 재미있어서 한다면 문제는 달라진다. 시키는 사람이 없고, 지켜보는 사람이 없어도 싱글벙글하며 일을 하면 더욱더 좋은 성과를 낼 것이 분명하다. 누가 지켜보면서 응원의 박수라도 보내준다면, 거기에 야근 수당까지 얹어서 준다면 그저 고맙고 감사할 따름이다.

그런 사람들은 대부분 성공과 돈과 명예를 덤으로 받게 된다. 당초의 목표가 돈과 명예는 아니었지만 자동으로 그것이 따라온다. 그런데 목표가 돈과 명예에만 맞추어져 있는 사람은 그곳까지 가는 고통을 이겨내기 힘들고, 또 이겨낸다고 하더라도 그것 때문에 인생을 허비한 것이 안타깝다는 생각이 든다.

목표 달성과 성공을 위해 이를 악물고 고통을 참아내며 하는 사람은 즐기면서 재미있게 하는 사람을 보고 미쳤다고 말하면서 자신은 그렇게 열심히 하는데도 왜 성공하지 못하는지 그 이유를 깨닫지 못한다. 그러면서 국가와 사회와 부모를 탓하고 다른 사람을 탓한다.

꿈과 목표를 찾기 전에 재미부터 찾아야 한다. 즐거움부터 찾아야 한다. 리더들도 자신을 따르는 사람들에게 꿈과 목표를 말하기 전에 재미있게 하는 방법을 먼저 말해줄 수 있어야 한다. 자신이 즐거움을 찾지 못하면 자신을 믿고 따르는 사람들에게도 즐거움을 말해줄 수 없는 것이다. 그렇게 해야 수입이나 결과에 관계없이 우리가 추구하는 것을 지속할 수 있고, 결국에는 큰 빛을 발할 수 있는 것이다.

무조건 열심히 하려는 생각을 버리고, 재미있게 해야겠다는 생각을 갖자. 그러면 아무도 따라올 수 없는 큰 경쟁력이 생기고 당연히 성공도 함께 할 것이다. 그래서 부모가 자녀에게 물려줘야 할 최고의 유산은 돈과 재물이 아니라 인생이 얼마나 즐겁고 행복한 것인가를 알려주는 것이라고 생각한다.

04

즐거운 인생에 웃음은 필수다

즐겁게 살기 위해서는 웃음과 유머감각이 필수적이다. 유머 있는 사람이 성공한다고 했다. 성공뿐만 아니라 본인도 즐거워지고, 주변도 행복하게 하는 힘을 가지고 있다. 이렇게 행복하고 즐겁게 살기 위한 첫 번째 조건은 뭐니 뭐니 해도 웃음이다. 웃음이 터져 나와야 마음의 문이 열리고, 말하는 사람에 대한 호감도가 높아지고, 집중도 하게 된다. 큰 웃음이 아니더라도 사람들의 입가에 미소만이라도 걸리게 할 수 있다면 성공한 것이라 볼 수 있다.

그런데 많은 사람들이 유머에 도전했다가 중간에 포기하는 안타까운 경우를 많이 본다. 그 근본 원인을 파헤쳐 모두가 즐거워할 수 있는 방법을 알아보자.

재미있게 말해서 사람들을 웃겨보겠다고 도전하는 사람 중에 정작 자신은 잘 웃지 못하는 사람들이 많다. 사람들을 웃겨야 한다는 생각으로 열심히만 하지, 자신은 진정 말하는 것을 즐기지 못하고 있기 때문이다. 결국 굳어진 마음에서 나오는 무미건조하고 형식적인 유머나 행동에 사람들은 냉담한 반응을 보인다. 듣는 사람들은 바로 안다. 저 사람이 억지로 웃기려고 하는 것인지, 진정 재미있게 하는 것인지. 그래서 다른 사람을 웃기려고 하기 전에 자신이 먼저 잘 웃는 사람이 되어야 한다.

잘 웃는 사람이 되기 위해서는 억지로 웃는 연습도 필요하지만, 마음 깊은 곳에서 진정으로 우러나와 웃을 수 있어야 한다. 그렇게 하기 위해서는 웃음에 대한 생각을 먼저 바꿔야 한다. '웃음은 사람을 가볍게 보이게 한다' '리더는 엄숙해야 한다' '사장은 권위가 있어야 한다' '웃으면 신뢰가 떨어진다' 등 이런 생각을 가지고 있다면 어렵다.

웃음을 무시하지 말자

부자가 되기 위해서는 돈에 대한 개념부터 바꿔야 한다고 했다. 돈을 진정으로 사랑하고, 돈을 깨끗하게 다림질하고, 돈이 쉴 지갑을 좋은 것으로 구입하고, 돈과 대화도 할 정도가 되어야 한다고 했다. 돈에 대해 부정적인 생각을 가지고 있으면 돈은 나에게서 멀리 도망간다고 했다.

웃음도 마찬가지다. 우리 안에는 알게 모르게 웃음은 사람을 가벼워보이게 한다는 부정적인 생각이 자리 잡고 있다. 그래서 직위가 높아질수록 점점 더 웃음을 잃어가고, 얼굴이 딱딱하게 굳어간다.

다른 사람이 웃겨도 잘 웃지를 못하고, 오히려 '저질'이라는 생각이 머릿속에 팍 꽂히며 팔짱을 끼고 근엄하게 판단을 한다. '저런 게 뭐가 웃기다고 막 웃어 넘어가는 거야. 수준 낮은 사람들 같으니라구!' 하면서 감사원에서 나온 사람처럼 행동한다. 이래서는 안 된다. 팔짱부터 풀고 아무 생각하지 말고 어린아이 같은 마음으로 돌아가 다른 사람들이 웃을 때 같이 따라서 웃어보자. 처음엔 좀 어색하지만 금방 익숙해진다. 권위 좀 떨어져도 괜찮다. '나중에 주워 올리면 되지 뭐!' 하고 생각하자. 사람들이 좀 무시해도 괜찮다. '까짓것, 달은 개가 짖는 것을 개의치 않는다는데….' 이렇게 속으로 말하면서 적극적으로 웃어보자.

웃음을 사랑하자

웃음을 진정으로 좋아하고 사랑해야 한다. 웃기는 사람을 귀하게 여기고 존중하자. 웃기는 사람을 만나면 밥을 사주자. 어떤 책보다 유머 책을 귀하게 여기고, 유머 책에다 뽀뽀를 하자. 친구를 사귀어도 잘 웃고, 잘 웃기는 사람을 친구로 삼자. TV나 영화를 보더라도 웃긴 영화만 골라보자. 웃기는 대사가 나오면 꼭 메모해 두자. 유행어가 나오면 따라 해보고, 웃기는 동작도 따라 해보자.

항상 엄숙하기만 하고 부정적이며, 비평, 불만, 불평이 많은 사람과의 만남은 당분간 보류하자. 우린 각박한 세상에서 생존과 승리를 위해 앞만 보고 결의에 찬 마음으로 분투하면서 살아왔다. 이 세상에서 성공을 거머쥐기 위해서는 비장한 마음으로 독하게 해야 한다고 생각했다. 치열하게 싸우고, 깨부수고, 파괴시키고, 밟고 올라서고, 깔아뭉개야 승자가 될 수 있다고 배워 왔고, 그렇게 가르치고 있다.

하지만 이렇게 해서 거둔 성공에는 진정한 행복도 없고, 웃음도 없다. 삭막하기 이를 데 없는 세상이다. 이러한 환경에서 벗어나야 한다. 부정적이거나 슬프거나 독하게 하는 것들을 멀리하자. 환경을 먼저 바꿔야 나도 바뀐다. 안 좋은 뉴스는 가급적 보지 말고, 자극적인 소재가 난무하는 드라마도 보지 말 것이며, 집안에 걸린 사진들도 웃는 얼굴로 다시 찍어서 바꾸어 걸자.

보기만 해도 웃긴 사진이나 물건들을 구입해서 진열해두자. 그리고 조금만 웃겨도 과하게, 미친 듯이 웃는 연습을 해보자. 내가 먼저 웃어야 진짜 재미있는 사람이 될 수 있다. 그 에너지가 나도 모르게 증폭되기 때문이다.

05

유머감각이 없으면
인생의 참맛을 모른다

유머감각은 우리의 인생에서 아주 중요한 역할을 한다. 인생의 궁극적인 목적은 행복이고, 행복의 가장 기초적인 조건은 웃음이다. 웃을 수 있는 상황에서 웃을 수 없다면 그 사람은 인생에서 아주 큰 부분을 상실하고 있는 것이다.

유머감각이란 미적 감각이나 음악감각과 비슷하다. 미적 감각이 없는 사람은 아무리 훌륭한 그림이나 멋진 디자인을 봐도 아무런 감흥을 느끼지 못한다. 음악감각이 없는 사람은 아무리 좋은 음악이 흘러나와도 들리지 않는다. 물론 생활에 큰 불편은 없지만 인생의 참맛을 모르고 산다고 볼 수 있다. 눈이 있어도 보지 못하고, 귀가 있어도 듣지 못하니 얼마나 답답한 노릇인가.

감각이 없는 사람은 불행하다

내가 아는 사람 중에 혀에 감각이 없는 사람이 있다. 어떤 맛있는 음식을 먹어도 그 맛을 느끼지 못하는 것이다. 무슨 음식이든 상관없이 배만 부르면 되는 사람이다. 그래서 반찬은 먹지 않고 밥만 계속해서 먹고, 반찬을 먹어도 맛을 음미하는 것이 아니라 가득 퍼서 입속에 꾸역꾸역 집어넣는 것이었다. 누가 정성 들여 맛있게 음식을 해줘도 그 가치를 모르는 것이다. 얼마나 불행한 사람인가?

이처럼 유머감각 역시 우리의 인생에 필수적으로 필요한 감각이다. 어릴 때는 이 감각이 매우 발달되어 있었으나 자라면서 가정, 학교, 사회에서 속도경쟁, 지식경쟁 등에 의해 나도 모르게 마음 깊은 곳으로 숨어버렸다. 나이가 들어갈수록 웃기는 상황에서도 웃지를 못하고, 남을 웃기는 것도 전혀 하지 못하는 사람이 된 것이다.

말로 소통하자

중·고등학생들에게서도 이 현상은 심각하게 나타난다. 말로써 대화를 하지 않고 휴대폰 문자메시지로 소통을 하다 보니 말로 다른 사람을 웃기는 게 매우 어색하다. 그러면서도 다른 사람에 대해서 아주 냉소적이고 냉담하게 반응하는 경우가 많다. 소속된 무리끼리만 인정을 하고, 다른 사람에 대해서는 무시하든지 혼자 고립되어 버리는 경우가 많다.

아무리 똑똑하고, 좋은 직장에 취직하고, 생활이 편리해지고 돈을 많이 벌면 뭐하는가? 웃지도 못하고, 웃기지도 못하고, 즐기지도, 재미있게 살지도 못하면 아무 소용이 없다. 유머감각이 없다면 인생

그 자체가 무의미해진다. 그러면서 항상 다른 사람의 시선을 생각하고 다른 사람과 비교해서 더 좋은 옷, 더 큰 차, 더 큰 집, 더 좋은 직장, 더 많은 돈을 벌어야 한다는 강박관념에 끌려다니는 삶을 산다.

유머감각을 되찾자. 내 마음 깊은 곳으로 숨어버린 유머감각을 끄집어내야 한다. 그래서 하루를 살아도 행복하게 살아야 한다. 즐겁게 살아야 한다. 웃으면서 살아야 한다. 그래야 돈이 없어도, 소유한 것이 많지 않아도 인생의 참맛을 느끼는 행복하고 아름다운 세상이 될 것이다.

06

유머의 위대한 힘

〈무릎팍 도사〉라는 방송 프로그램을 보면 매주 유명인 한 분씩을 모셔 놓고 진솔하고도 재미있게 이야기를 풀어나간다. 전혀 웃기지 않을 것 같은 이외수 작가와 안철수, 한비야 등이 출연해 그들이 풀어놓는 유머감각에 깜짝 놀랐다. 국민 MC라고 하는 강호동을 훨씬 뛰어넘는 수준이었다. 그 사람들은 개그맨도 아닌데 왜 그렇게 재미있게 말을 할까? 그들은 국민 모두가 잘 아는 각 분야의 전문가들이다. 굳이 웃기지 않아도 이미 공인이 되어 있고 훌륭한 사람이란 것을 알고 있다. 그런데도 그들도 웃기려고 노력하고 있다.

왜 그럴까? 잘못하면 그들의 명성이나 명예에 손상이 갈 수 있는데도 유머에 도전하는 이유는 무엇일까? 그것은 바로 유머의 위대한 힘을 알고 있기 때문이다. 유머나 웃음은 사람의 마음 문을 열고 긍정적인 마음을 갖게 하며 호감을 끌 수 있다는 것을 알기 때문이다. 유머를 잘하지 못하면 다른 부분에서 그만큼 더 노력을 기울여야 한다.

우리나라에서는 아직 약하지만 미국의 경우 리더의 자리에 있는 사람들은 유머를 필수적이라고 할 만큼 중요하게 생각한다. 그래서 연설문을 작성할 때도 고급 유머를 사용하려고 노력하고, 유머감각을 위해서 유머코치를 옆에 두기도 한다. 리더는 아랫사람들을 행복하게 해 주고 행복의 세계로 안내해 주는 사람이다. 그러기 위해서는 리더가 유머의 위대한 힘을 인정하고 갖출 수 있도록 노력해야 할 것이다.

즐거움은 최고의 에너지

삼성경제연구소에서 조사한 자료에 따르면 '유머가 기업의 생산성 향상에 도움이 된다'는 항목에 81％가 '그렇다'고 대답했다. '조직문화 활성화에 도움이 된다'와 '고객만족에 기여한다'에도 80％ 이상의 찬성이 나왔다고 한다.

미국의 동기부여가인 앤서니 라빈스는 "즐거움은 최고의 에너지이다. 즐거움은 모든 것을 변화시킨다"고 말했으며, 경영석학 톰 피터스는 『미래를 경영하라』는 책에서 "웃음이 없는 곳에서는 절대 일하지 말고, 또한 웃지 않는 리더를 위해 일하지 말라"고 말했다.

웃음이 넘치는 나라

이제 우리나라도 웃음이 넘치는 나라가 되어야 한다. 대통령과 장관

들, 국회의원에서부터 동네 이장님까지 모두 웃길 수 있는 능력을 갖추어야 한다. 선거 연설을 할 때도 그들의 공약이나 경력보다 그들의 유머감각에 관심을 가져야 할 때라고 본다. 국회의원과 바퀴벌레의 공통점, 국회의원과 조폭의 공통점 하면서 국회의원을 웃음거리로 만드는 유머를 본 적이 있다. 실제로 이런 생각을 하는 사람이 많으니까 그러한 유머가 사람들의 공감을 끌어내고 유머로 성립될 수 있는 게 아닐까 싶다. 안타깝다는 생각이 든다. 정치를 잘해달라고 우리 손으로 직접 투표해서 뽑은 사람들인데 우리가 그렇게 욕을 한다면 잘못된 것은 그들이 아니라 바로 우리다. 이젠 재미있게 일할 수 있는 사람을 뽑자. 우리의 얼굴에 웃음이 번지게 할 수 있는 사람을 뽑자.

그러기 위해서는 먼저 유머감각을 대단히 가치 있고, 고귀한 능력으로 인정할 수 있어야 한다. 우리나라에서는 웃기는 사람이 대접받지 못하고 인정받지 못하는 이상한 구조로 되어 있다. TV에서도 드라마보다 시트콤, 개그 프로그램이 진지하지 못하고 웃긴다는 이유로 더 인정을 받지 못하고 하찮게 취급을 받는다. 사실 남을 웃기는 것은 올림픽에서 금메달을 따는 것만큼 대단한 능력인데 말이다.

딱딱한 갑옷을 벗자

자신의 전문분야에서 최고를 달리면서도 유머감각을 겸비해야지 더욱 인정받고 사람들이 좋아하는 시대가 되었다. 딱딱한 갑옷 같은 권위를 잠시 내려놓고 빨간 내복 같은 유머감각을 입어보자. 권위를 꽉 붙들고 있는 사람은 자기 전문분야에서 자신감이 없는 사람이라고 생각한다. 혹시 자신의 부족함이 탄로날까봐 전전긍긍한다. 그러니 여유가 없고 매사에 신경질적이고 날카로운 모습만 보인다.

자기 분야에서 진짜로 성공한 사람들을 보라. 얼마나 여유가 넘쳐 보이는가? 김수환 추기경이 농담을 했다고 그분에 대한 존경심이 땅바닥에 떨어졌는가? 반기문 UN 사무총장이 웃는 표정을 짓는다고 권위가 없어졌는가? 아니다. 그 때문에 그들에 대한 존경심은 더욱 향상되었다. 그것이 바로 유머의 위대한 힘이다.

남이야 어떻게 생각하고, 뭐라고 하든지 우리는 유머감각을 대단히 높게 평가하자. 유머감각을 지닌 사람들을 최고로 생각하고 예우하자. 그래야 유머를 제대로 할 수 있다. 그래야 제대로 웃길 수 있다. 내 실력을 더욱 돋보이게 하는 것은 권위가 아니라 유머감각임을 꼭 기억하자.

07

유머감각 키우는 비결

총살을 당하게 된 어떤 죄수에게 간수가 다가가서 물었다. "마지막으로 담배나 한 대 피우겠는가?" 그러자 죄수가 말했다. "괜찮네. 난 담배를 끊을 생각이니까."

죽음을 앞에 두고도 태연하게 유머를 구사할 수 있다면 거의 도인의 경지에 올랐다고 해도 과언이 아니다. 실제로 외국영화를 보면 이러한 대사를 하는 경우를 심심찮게 볼 수 있다. 극한 상황에서도 미소와 유머를 잃지 않을 수 있는 여유, 그것이 바로 우리를 행복하게 하고, 인생을 즐겁게 하며 성공하는 원동력이 되는 것이다.

삼성경제연구소의 조사결과에 따르면 기업 CEO의 80%가 유머 있는 직원을 우선 채용하고 싶다고 밝혔다. 이제 우리나라에서도 유머의 중요성을 인정하고 있다는 말이다. 유머가 결국 조직을 활성화하고 생산성을 향상하고 고객만족까지 연결한다는 것을 인식했다는 이야기다. 대기업에 취업하려고 준비 중인 취업준비생들이여! 빨리 유머감각도 함께 갖춰라.

　이렇게 가정, 기업, 사회 어떤 분야에서나 중요한 부분을 차지하고 있는 유머에 대해서 배워보고자 해도, 이것만 따로 가르치는 곳이 우리나라에는 전혀 없는 실정이다. 영어나 다른 기술 자격증 학원은 많이 있어도 유머를 전문적으로 가르쳐주는 곳은 전무한 것이 안타깝다. 사실 그런 자격증보다 훨씬 더 중요한 것이 유머인데 말이다.

　이렇게 다른 사람들이 아직 유머에 대한 중요성을 잘 인식하지 못하고 또 준비를 하지 않고 있을 때 약간의 유머감각만 갖추고 있어도 큰 경쟁력을 확보하게 된다. 위에서 말했듯이 취업을 하는데도 크게 플러스가 되고, 직장 내에서 인정받는 사람이 되며, 자신의 실력을 더욱 돋보이게 하는 계기가 될 수 있다. 연애를 하는 사람은 애인에게 더욱 사랑받을 것이다. 가정에서도 유머감각이 있는 아빠는 더욱 존경받을 것이다.

　그렇다고 유머감각을 갖추는 것이 무슨 국가자격증을 따는 것처럼 힘든 것도 아니다. 하겠다는 확고한 마음만 있다면 얼마든지 가능하다. 음악에 대한 감각이 무딘 음치도 조금만 노력하면 얼마든지 극복할 수 있는 것처럼 유머도 하기 나름이다. 그럼 무엇부터 어떻게 연습하면 되는지 자세히 알아보자.

얼굴에는 무조건 미소를

언제 어디서든 항상 나의 입에 신경을 써라. 입꼬리가 올라가 있는지, 처져 있는지 보라. 처져 있을 때마다 힘을 줘 끌어올려라. 입에 미소가 있는 상태에서는 모든 상황이 긍정적으로 좋게 인식되고 그것은 곧 유머감각과 연결되기 때문이다. 그리고 웃음도 쉽게 터져 나오고 마음에 여유도 생긴다. 혼자 있을 때라도 계속 입술을 끌어올리는 연습을 하자. 거울을 보며 입꼬리를 끌어올렸을 때 내 표정이 어떻게 변하는지 살피고, 가장 보기 좋은 표정을 얼굴근육에 기억시키도록 노력해보자.

나라면 어떻게 할까?

유머감각에 가장 악영향을 미치는 것이 부정적인 생각이다. 우리는 비판과 악평이 난무한 세상 속에서 살아왔기에 나도 모르게 부정적인 마음이 자리 잡고 있다. 누가 웃기는 이야기를 하면 순수한 마음에 웃어주기보다 분석하는 자세로 들어간다. '언제적 이야기를 하는 거야' '너무 야한 것 아냐?' '아유~ 썰렁해' 등의 생각을 하면서 바로 비평가가 되어 버린다. 비평이 꼭 나쁜 것은 아니지만 내가 훌륭한 유머감각을 가지고 기술을 발휘할 수 있을 때, 그때 해도 늦지 않다. 지금은 비평할 때가 아니라 웃으면서 그 표현 방법을 배울 때이다.

그래서 다른 사람들이 유머를 하면 무조건 박수를 치면서 과하게 웃어 줘야 한다. 아니, 이렇게 해야 한다고 법으로 정해놓아야 한다! 혹시 안 웃었다면 바로 구속 조치해야 한다. 그래서 교도소에서 한 달 동안 웃는 연습만 해서 내보내야 한다. 그러면 사회가 얼마나 밝아지겠는가? 오죽하면 흑인들이 제일 무서워하는 게 우리나라 사람들이라고 하겠는가. 우리는 흑인들이 제일 무섭다고 생각되는데….

상대방이 유머를 하면 크게 웃어주면서도 '나라면 이렇게 표현하겠다' 또는 '저렇게 표현하니까 재미있네' 등을 생각하면서 들어야 한다. 유머의 성공은 내용보다도 표현력과 타이밍에 많이 좌우됨을 알아야 한다.

아는 척하지 마라

우리는 누군가가 재미있는 이야기를 시작하면 머릿속의 기억필름을 돌리기 시작한다. 그리고 자신이 조금이라도 아는 이야기다 싶으면 대번 아는 척하면서 상대방의 말문을 막아버린다. 아니면 '헐~' 하는 표현을 하면서 말하는 사람을 무안하게 만들어버리기도 한다. 유머를 연습해보고 싶어도 이렇게 무안을 당하는 경우가 많으니 도전하기가 쉽지 않은 것이고, 그래서 사회는 더욱더 냉랭해진다. 아는 것이라도 모른 척 들어줄 수 있어야 한다. 어제 들었던 이야기를 오늘 또 듣는다 하더라도 처음 듣는 척하면서 크게 웃어 줄 수 있는 사람이 훌륭한 사람이다. 아는 척하는 사람만큼 얄미운 사람이 없다. 그런 사람들은 이 사회의 공공의 적이다. 미국인들은 조금만 웃기는 이야기를 해도 크게 웃어준다고 한다. 왜 그런지 아는가? 다른 이유도 있겠지만 내 생각엔 미국인들은 총을 들고 다니기 때문인 것 같다. 안 웃었다, 하면 바로 총으로 쏴 버릴지 모른다. 우리도 조심해야 한다.

웃기지 못하는 것이 나쁜 것이 아니라 웃지 않는 것이 나쁘다

개그맨들도 웃기기 힘든 것을 보통 사람들이 어떻게 쉽게 웃기겠는가? 그 도전하는 자세만으로도 칭찬받아 마땅하다. 그런데도 우리는 웃기지 못하는 사람을 무슨 죄인 취급하듯이 한다. 완전 잘못되었다. 그럼 당신이 웃겨보라고 하면 또 쉽게 웃기지 못한다. 그러면 상대방이 이야기할 때 웃어주기라도 해야 할 것이 아닌가? 자신이 못하면 남까지 못하게 끌어내리는 바닷게의 근성을 버려야 한다. 바닷게는 여러 마리를 양동이에 넣어두면 절대 밖으로 나오지 못한다. 한 마리가 밖으로 나가려고 하면 다른 게가 위로 올라가는 놈의 다리를 잡아 끌어내리기 때문이다. 나도 과연 그렇게 하지 않는지 깊게 반성해 볼 일이다.

다르게 표현하자

말을 할 때 평상시처럼 말하지 말고 가능한 다르게 표현하는 시도를 해 보자. 밥을 먹을 때도 그냥 "밥 먹으러 가자" 하지 말고 "곱창 채우러 가자" "민생고 해결하자" "밥 때리자" 등으로 바꾸어 표현해보

자. 술집에서 술을 주문할 때도 그냥 평범하게 "소주 한 병 더 주세요" 대신에 병뚜껑을 보이면서 "싸장님, 여기 소주 한 병 더, 라고 적혀 있네요" 또는 "여기 알콜 추가요" "이 소즈병은 소주가 새나 봐요. 안 새는 소주로 주세요" 등등 표현방법을 달리 하려고 생각하면 머리회전도 좋아지고, 순발력도 생기며 유머감각이 살아나게 된다.

실패를 두려워 말자

실패는 성공의 어머니라고 했다. 실패하지 않으면 평생 유머를 못하는 유머 불감증으로 살게 된다. 몇 번 욕먹고, 비난받을 각오를 하고 도전해야 한다. 뭐든지 이러한 어려움 없이 성공한 사람이 어디 있겠는가? 자전거 하나 타는데도 그렇게 많이 넘어지고 실패하면서 배우는데 말이다. 사람들이 웃지 않고 의아한 표정을 짓거나 핀잔을 주더라도 빙그레 미소만 지어라. 언젠가 펼쳐질 찬란한 성공의 날을 생각하며 흐뭇한 미소를 날려라. 썰렁하다고 비난, 비평하는 사람들은 평생 유머 불감증을 면치 못할 사람들이다. 불쌍한 사람들이다. 함께 유머 불감증을 가지고 살자는 그들의 말에 현혹되지 말자. 나중에 변화된 나의 모습을 보면서 유머를 못하는 사람들이 이렇게 이야기할 것이다. "넌 타고난 것 같아." 그 말 들으면 성공이다.

08

감사의 비밀

사람들에게 감사하라고 이야기하면 가장 많이 듣는 말이 "감사할 일이 없는데 어떻게 감사를 합니까?"이다. 그러나 천만의 말씀이다. 우리가 제대로 깨닫지 못해서 그렇지, 우리 주변에는 감사할 거리가 넘쳐난다.

"우리가 가진 것이 더 많을까요? 안 가지고 있는 것이 더 많을까요?" 이렇게 물어보면 대부분 안 가진 것이 더 많다고 이야기한다. 안 가진 것이 더 많다고 생각한 사람은 지금 당장 종이와 펜을 꺼내 놓고 자기가 가지고 있는 것을 적어보자. 집안에 숟가락이 몇 개 있으며, 젓가락은 몇 개이고, 양말은 몇 켤레가 있는지 세어보라. 그리고 장롱을 열어 일 년 내내 입지 않는 옷들이 얼마나 걸려 있는지 보고 부엌의 찬장을 열어 일 년 내내 안 쓰고 있는 그릇은 또 얼마나 있는지 보라. 냉장고를 열어보면 뭐가 들었는지도 모르는 검은 비닐봉지들이 들어 있고, 냉동실에는 꽝꽝 얼어 있는 고기가 쌓여 있다. 아내에게 그 고기를 좀 먹자고 해도 고기가 녹지 않아서 안 된다고 말한다. 그게 벌써 2년이 되었다.

이렇게 우린 꼭 필요한 것들은 집에다 쌓아두고 산다. 집집마다 재고가 넘쳐난다. 지금은 오히려 못 버려서 더 난리다. 그런데 이렇게 갖고 있는 것을 즐길 생각은 하지 않으면서 없는 것에만 집중을 하고 있다. 그러면서 내가 갖지 못한 것을 남이 가지고 있을 때, 질투를 하고 내가 갖지 못함을 한탄하면서 자신을 학대하기도 한다.

약간의 불편함이 더 좋다

나는 지금 23평 아파트에 산다. 이 정도만 해도 생활하는 데 불편함이 없다. 아니 약간의 불편함이 있어야 더 좋은 것 같다. 나에게 도전이 되기 때문이다. 50평 아파트에 사는 친구는 "큰 아파트 전혀 필요 없다. 저녁에 잠깐 들어가서 잠만 자고 나오는데 너무 낭비인 것 같다. 괜히 구입해서 대출금 이자 갚느라 더 골치가 아프다"고 푸념한다. 자동차도 마찬가지다. 40만 킬로미터를 주행한 10년이 넘은 차를 타고 다녀도 전혀 문제가 없다. 그것 때문에 나의 인격을 의심한다든지, 불쌍한 사람이라고 생각하는 사람도 없다.

누구에게 보여주기 위해 노력해야 하는 시대는 지났다. 그렇게 하기에는 고통이 너무 크다. 남에게 보여주기 위한 삶을 살지 말고, 진정 자신이 원하는 삶을 살아야 한다. 그래야 즐겁게 살 수 있다. 실제로 다른 사람들은 나에게 별로 관심을 가지지 않는데 나 혼자 그들을 의식하면서 쩔쩔매는 삶을 사는 것이다. 얼마나 많이 가지고 있는가를 자랑할 것이 아니라, 가지고 있는 것을 얼마나 즐겼는가를 자랑해야 한다고 생각한다.

지금이 역사상 가장 살기 좋은 때

역사상 지금이 가장 살기 좋은 때이다. 최고로 편리한 시설과 물건, 다양한 옷들이 즐비하다. 내가 어릴 적만 해도 상상하지 못한 것들이 지금은 넘쳐나고 있는데도 우린 고마운 줄 모른다. 내가 어릴 적만 해도 차가 많이 없어서 동네에 차 한 대가 들어오면 모든 사람들이 다 쳐다보았다. 누구네 집에 오는 손님인가 하고 내다보기 일쑤였다. 양말이 제대로 없었고, 운동화도 아주 귀해서 고무신을 신고 학교에 다녔다. 그것도 흰 고무신이면 친구들에게 자랑거리였다. 그러다가 어머니가 큰맘 먹고 말표 운동화를 한 켤레 사 주셨을 때, 말할 수 없이 좋아서 그것을 끌어안고 잤던 기억이 있다.

그런데 오늘날처럼 많은 것을 가지고 있고, 누리고 있으면서도 감사하지 못하고 행복하다고 느끼지 못하는 이유는 무엇일까? 이것은 바로 이러한 것들이 언제까지나 우리 곁에 충만할 것이라는 착각 때문이다. 꼭 한순간에 다 날아가버려야 정신을 차리겠는가? 사람들은 모든 것을 잃고 나서야 그때가 좋았고 감사했다고 이야기하는 어리석은 존재인 것 같다. 이것을 제대로 실감하고 싶거든 〈더 로드〉라는 영화를 보라고 권하고 싶다. 그 영화를 보면 지구의 종말이 닥친 이후에 살아남은 몇몇 사람들이 살아가는 이야기가 나온다. 온 세상은 폐허로 변해 버렸고, 잘 곳도 없고, 먹을 것도 없고, 입을 것도 제대로 없다. 혹시 사람을 만나기라도 하면 서로 잡아먹으려고 혈안이 되어 있다. 지금 우리가 살고 있는 세상이 얼마나 행복한 곳인가를 뼈저리게 느끼게 된다. 지금 이렇게 평화롭고 좋은 세상일 때 행복을 느낄 수 있어야 좋은 말들을 쏟아낼 수 있지 않겠는가.

09

자신에게 감사하라

먼저 자신의 몸을 두드리면서 고맙다고 이야기하자. 다리를 두드리면서 "다리야 고맙다. 그동안 얼마나 고생이 많았니? 내가 그동안 말 못해서 미안해"라고 말해보라. 사실 얼마나 고생이 많았는가? 지금껏 나를 위해 움직여 주었는데 한 번도 고맙다는 말을 못하지 않았는가? 다리 입장에서는 열 받겠는가? 안 받겠는가? 말을 못해서 그렇지 엄청 열 받아 있을 것이다. 아마 그래서 발가락에 무좀 걸린 사람도 있을 것이다. 우리도 고생을 했을 때 누가 나를 알아주면 얼마나 기분이 좋은가? 내 다리도 똑같다. 그렇게 알아주면 더욱 충성을 다할 것이다.

　팔도 두드리면서 "팔아, 고맙다", 머리를 두드리면서 "머리도 고마워", 또 심장에게 "심장아, 고맙다"고 말하라. 심장은 특히 더 고맙지 않은가. 심장은 내가 의식하지 않아도 자기가 다 알아서 뛰어준다. 만약 내가 일일이 통제해야 한다면 얼마나 골치 아프겠는가?

잠이나 제대로 잘 수 있겠는가? 자다가 벌떡 일어나 "심장아, 뛰어라" 하고 명령해야 할 것이다. 그런데 내가 의식하지 않아도 자동으로 뛰어주니 얼마나 고마운가.

간에게도 "간아, 고맙다" 하고 말하자. 심장이나 간, 내 몸의 기관들이 못 알아들을 것 같은가? 아니다. 다 알아듣는다. 양파도 내 말을 알아듣고, 물도 내 말을 알아듣고 반응을 하는데 왜 내 몸이 못 알아듣겠는가? 내가 간에게 "간아, 고맙다. 어제 술 먹어서 미안해" 하고 말하면 간도 미안해서 "괜찮아요. 한 잔 더 먹어요" 하고 반응을 할 것이다. 그러면 서로서로 좋지 않겠는가 말이다.

소유물에 감사하자

몸을 눕힐 수 있는 집이 있다면 크기에 관계없이 감사하자. 지금 먹을 것이 있다면 종류에 관계없이 감사하자. 지금 입을 옷이 있다면 메이커에 관계없이 감사하자. 가족이 있다면 가족에게 감사하고, 이웃이 있다면 이웃에게도 감사한 마음으로 대하자. 내가 일할 수 있고, 돈을 벌 수 있는 직장이 있다면 무조건 감사하자. 지금은 일하고 싶어도 써주지 않아서 못하는 사람들이 넘쳐난다.

건성으로 대충대충 하지 말고 진심으로 하자. 주위를 둘러보면 감사할 것이 얼마나 많은가? 전부 다 감사할 것밖에 없다. 내가 직접 만든 것이 몇 개나 있는가? 거의가 남들이 만들어 준 것을 가지고 편하게 사용하고 있는 것이다. 공책을 꺼내놓고 감사할 목록들

을 하나씩 적어보자. 그것이 얼마나 많으냐에 따라 행복의 지수가
달라진다.

모든 것은 나 때문에 만들어지고 있다

차를 타고 고속도로를 달리다 보면 옆에 다른 고속도로를 또 만들고
있는 것을 볼 수 있다. 내가 요즘 전국으로 강의를 다닌다는 것을 알
고 혹시라도 내가 다니는데 불편할까 싶어, 나에게 물어보지도 않고
또 고속도로를 만들고 있다. 정말 감사하고 미안한 생각이 든다.

　밖에 나가보면 내가 배고플까봐 모든 식당들이 문을 열어 놓고 기
다리고 있다. 내가 아플까봐 수많은 병원들이 대기하고 있고, 혹시
라도 내가 실수로 불을 낼까봐 소방서가 24시간 대기하고 있다. 또
내가 돈을 보관하기 힘들까봐 은행이 무료로 내 돈을 보관해 주고,
자동차가 고장날까봐 정비센터도 대기하고 있다. 밤이 되면 내가 출
출할까봐 통닭집, 피자집, 족발집이 오토바이에 시동을 걸어 놓고
전화를 하면 총알같이 달려온다. 얼마나 감사한가.

받기보다는 나누자

나는 이렇게 고마운 마음에 자동차 엔진오일을 교환하러 정비센터
에 갈 때도 맨손으로 가지 않는다. 통닭이나 피자를 들고 간다. 그
러면 정비센터에서 일하는 사람들이 무척 좋아한다. 그러면서 내
자동차를 더욱 꼼꼼하게 손봐 준다.

인쇄소에 명함을 찾으러 갈 때도 피자 한 판을 들고 간다. 은행에 갈 때도 빈손으로 가지 않고 음료를 한 박스 들고 간다. 앞에 앉아 있는 아가씨들에게 하나씩 나눠주면 뒤에 지점장이 "어디에서 오셨습니까?" 하고 물어본다. "예, 예금하러 왔는데요" 대답하면 지점장이 "그런데 음료수는 왜 들고 오셨습니까?" 하고 더욱 의아하게 물어본다. "예~ 제가 이 은행에 한 달에 한 번 올까 말까인데 제가 언제 올지 몰라 이렇게 계속 대기하고 있는 것이 미안해서~" 이렇게 말하면 지점장이 허허 웃으면서 안으로 들어오라고 한다. 들어가서 지점장과 차 한 잔 마시면서 이런저런 이야기를 나누다 보면 금방 친구가 된다.

이렇게 내가 감사하는 마음으로 조금만 나눠주기 시작하면 많은 사람들이 행복해지는 것 같다. 그런데 우리는 보통 나눠주는 것보다는 내가 받을 것만 생각하고 있다. 혹시나 다른 사람보다 적게 받는 것은 아닌가 걱정하고 손해 보는 것은 없는지 노심초사하는 경우가 더 많다. 그렇기에 세상은 발전하는데도 불구하고 우리의 마음은 각박해져 간다.

부모님과 가족에게 감사하자

부모님이 계시면 빨리 감사하다고 말하자. 부모님이 자식에게서 가장 듣고 싶어 하는 것은 아마도 감사하다는 표현일 것이다. 지금보다 훨씬 어려웠던 시절, 먹을 것도 부족하고 입을 것도 부족하던 그

시절에 당신도 못 드시면서 아껴서 우리에게 먼저 주셨다. 그렇게 애지중지 키워 이렇게 훌륭하게 성장했는데, 우린 다른 부모들에 비해 받은 것이 적다고 오히려 부모님께 상처를 주는 말을 얼마나 많이 했는지 모른다. 더 늦기 전에 사랑한다고 말하고, 고맙다고 표현하자.

오늘 집에 돌아갈 때는 장미꽃 한 송이를 사 가지고 들어가자. "웬 장미야?" 하고 물어보면 "여보, 사랑해! 나하고 살아줘서 고마워!" 하면서 꽃을 건네주고 꼭 안아주자. 단 한 송이만 사 가지고 가자. 한 다발 사 가면 "당장 돈으로 바꿔와" 하면서 소리 지를지 모른다.

그렇게 감동하고 있을 때 소파에 앉히고 세숫대야에 따뜻한 물을 받아와서 배우자의 발을 씻겨주며 "여보, 그동안 고생 많았어. 내가 사랑하는 것 알지? 그동안 표현하지 못해서 정말 미안해. 앞으로 잘할게" 이렇게 말해보라. 감동의 눈물을 흘릴 것이다.

그런데 이렇게 해도 꼭 부정적인 사람들이 있다. 크게 세 가지의 반응이 나온다. "당신 미쳤어, 왜 그래?" 하는 사람이 있고, "회사 잘렸어?" 하는 사람도 있고, "당신, 바람 피우지?" 하고 의심하는 사람이 있을 수 있다. 그렇다면 솔직하게 말하라. "아니, 오늘 책에서 봤는데 이렇게 하라고 쓰여 있더라고. 가만히 생각해 보니 그 말이 정말 맞는 것 같아. 서로 표현하면서 살아야 하는데 그러지 못한 것이 너무 미안하더라고. 그래서 지금부터 잘해보려고 해." 그러면 아마 감동의 눈물을 흘릴 것이다. 그러면서 물어볼 것이다. "무슨 책인데?" 그럼 이 책을 권해주자. 그러면 배우자도 이 책을 읽고 달라질 것이고 그래서 서로가 칭찬하고 감사하면서 산다면 얼마나 행복하고 즐거운 가정이 되겠는가? 배우자의 발을 씻겨주는 부모를 보면 자녀들도 똑바로 자란다. 그리고 자신의 부모에 대해 무한한 존경심을 품게 될 것이다.

'아버지학교'에서 수료식을 하는 마지막 날, 자신의 아내를 초청해 세족식을 하는 시간이 있었다. 모든 남편들이 아내의 발 앞에 세숫대야를 놓고 꿇어앉아 아내의 발을 씻겨주는 시간이었다. 그날 100여 명의 여자들이 울어서 난리가 났다. 아마 초상집도 그런 초상집이 없을 것이다. 우리 부부는 그 모습이 매우 의아해 보였다. 우린 평소에 자주 하는데 다른 집에서는 그런 일이 한 번도 없었던 모양이다. 나 때문에 가장 행복해져야 하는 사람은 바로 나의 배우자임을 잊지 말자. 사랑한다는 표현을 많이 하고 감사의 말을 많이 하자. 가정도 행복하게 만들지 못하는 사람이 무슨 큰일을 하겠는가.

10

감사는 감사를 부른다

지난 추석에 고향에 갔을 때였다. 조카들에게 용돈을 1만원씩 나누어 주었다. 첫 번째 조카는 용돈을 받더니 정말 좋아하면서 몇 번이나 고맙다고 인사를 하고는 "엄마, 나 용돈 받았어" 하면서 막 뛰어갔다. 그런데 두 번째 조카는 가만히 있고, 세 번째 조카는 하찮다는 듯이 자기 엄마한테 툭 던지고 가버리는 것이었다.

여러분이라면 첫 번째 조카한테 용돈을 더 주고 싶겠는가? 세 번째 조카한테 더 주고 싶겠는가? 누구라도 첫 번째 조카한테 더 주고 싶을 것이다. 첫 번째 조카에게는 1만원만 준 것이 미안한 생각까지 들었다. 그리고 세 번째 조카에게는 돈을 다시 확 뺏고 싶은 마음이 들었다.

복 받을 말을 많이 하자

이때 불현듯 내 머릿속을 스치는 생각이 있었으니 바로 나 자신도 똑같다는 생각이었다. 나는 평소 복 받을 말을 많이 하고 있을까? 아니면 복 뺏길 말을 많이 하고 있을까? 가만히 생각해보니 나의 행동이나 말도 세 번째 조카와 별반 다를 게 없다는 생각이 들었다. 복을 주는 신이 나처럼 옹졸한 분이라면 난 벌써 알거지가 되었을 것 같은 느낌이 들었다.

감사는 감사를 부른다고 했다. 그리고 감사는 복을 부르고 건강하게 하는 마법의 언어라고 했다. 장수를 하시는 노인들을 보면 항상 감사가 넘치는 생각을 가지고 있다. 그래서 얼굴이 항상 평온하고 여유로워 보인다. 성공한 사람들의 얼굴을 봐도 그렇다. 언제나 감사가 넘치는 모습이다.

세계에서 최고로 잘사는 나라 미국을 봐도 그렇다. 그들이 가장 많이 사용하는 단어 중의 하나가 바로 "Thank you"다. 그들은 "No"를 말하면서도 "Thank you"를 붙인다. 세계적인 경제 대국인 일본 사람들의 입에도 "아리가또우 고자이마스"가 붙어 있다. 그렇다면 우리나라 사람들이 가장 많이 사용하는 단어는 무엇일까? 아마 'AC'라는 단어가 아닌가 싶다.

복은 가까이에서 구하자

이렇게 가까이에서 복이 오려고 대기하고 있는데, 우리는 너무 힘들게 복을 구하러 다니는 것이 아닌가 하는 생각이 든다. 유명 사찰에 백일기도를 하러 가고, 기도원에 가서 금식기도를 하고, 용한 무당을 불러서 굿을 하기도 한다. 물론 그것도 효과가 있겠으나 먼저 가까운 곳에서 쉽게 할 수 있는 것부터 해 보자는 것이다. 큰돈이 들어가는 것도 아니고, 힘든 것도 아닌데 먼저 감사부터 해 보면 어떨까? 감사하고 싶은 마음이 들지 않더라도 억지로라도 해 보자. 감사는 또 감사할 것을 부른다고 했는데 진짜로 그 말이 맞는지 아닌지 체험해 보는 것도 좋은 경험이 되지 않을까 싶다. 아는 것으로만 그치지 말고 진짜로 감사할 것들이 끌려오는 것을 체험해보자.

11

좋은 것을 표현하자

"와~ 좋다" "이야~ 아름답다!" "우와~ 멋지다!" "캬~ 죽인다" 이렇게 감탄의 표현을 자꾸 하게 되면 몸속에서 웃을 때보다 더 많은 엔도르핀이 나온다고 한다. 그래서 여행을 가면 기분이 좋아지고 스트레스도 해소되는 것 같다. 실제로 여행을 가는 목적은 좋은 것을 보고 감탄과 감동을 하기 위해서 가는 것이다.

우리는 그렇게 바쁘지 않다

실제로 외국인들은 좋은 경치를 보면 "오우~ 원더풀" "오~ 뷰리풀" 하면서 양팔을 벌리고 한참 동안 가만히 있는다. 멋진 풍경을 맘껏 만끽하는 것이다. 그런데 우리나라 사람이 그렇게 하고 있으면 바로 "뭐하노? 빨리빨리 안 오고. 빨리 사진 찍고 가야 한다니까!" 하면서 호통을 친다. 그리고 사진만 찍고 바로 다른 곳으로 이동한다. 우린 얼마나 많이 느꼈느냐가 아니라 얼마나 많이 봤느냐에만 집중하고 또 그것을 증거로 남겨야 한다. 얼마나 많은 나라를 가보았는지만 자랑하지, 그 나라에서 얼마나 많이 느꼈는가에 대해서는 말하지 않는다.

실제로 우리는 마음이 급하다. 자동판매기에서 커피를 뽑을 때도 손을 넣고 기다리고 있다. 뜨거운 물이 튀어도 꾹 참는다. 엘리베이터에서도 닫힘 버튼을 눌러야 하고, 신호등에 파란불이 켜졌는데 앞차가 출발하지 않으면 난리가 난다. 또 단체 여행을 가게 되면 '거기에 가서 무엇을 보고 느낄 것인가?'를 생각해야 하는데 그런 것에는 별 관심이 없다. 그러면서 반드시 챙기는 것이 있다. "야~ 소주 몇 병이나 챙겼냐? 그거 한 박스 가지고 되겠냐?" 그리고 차가 출발하자마자 바로 마시기 시작한다. 노래를 부르면서 '부어라, 마셔라, 불러라' 하면서 신나게 간다. 목적지에 도착하면 모두 술이 취해 눈동자가 풀리고 다리에 힘도 없다. 좋은 경치고 뭐고 다 귀찮게 느껴진다. 그래서 조용한 곳에 앉아서 좀 쉬다가 다시 버스를 타고 돌아온다. 돌아올 때는 갈 때보다 더 심하게 소리친다. "노세 노세 젊어서 노세~" 하면서 오늘이 세상의 마지막 날인 양 최대한 고함을 지른다. 도대체 그러려면 뭐하러 비싼 기름 도로에 버려가면서 거기까지 가는가? 그냥 집에서 마시고 놀면 되지.

여행을 가는 목적

이렇게 우리는 느끼는 것에 둔감해져 있다. 산업화시대를 거치면서 빨리빨리에 익숙해져 아름다운 것을 보고 느끼는 감각이 모두 소멸되어 버린 것 같다. 우리가 여행을 가는 목적은 술을 마시기 위한 것이 아니다. 어떤 유명한 것을 보러 가는 것도 아니다. 그것을 보고 감탄하고 느끼기 위해서 가는 것이다. 이집트의 피라미드를 직접 눈으로 보기 위해서만이 아니라 그것을 보고 느끼고 감탄하기 위해 가는 것이다. 파리의 에펠탑이나 미국의 그랜드캐년, 중국의 만리장성을 보고 감동과 감탄을 하기 위해 많은 돈과 시간을 투자하는 것이란 말이다.

"등산을 왜 가십니까?" 하고 질문을 하면 대부분 "운동하기 위해서" "호연지기를 기르기 위해서"라고 대답한다. 제일 성질나게 하는 답이 바로 이거다. "산이 거기 있으니까." 우리는 정말 중요한 것을 놓치고 있다. 우리가 산에 가는 이유는 바로 자연의 아름다움을 느끼기 위해서이다. 산속에서 지저귀는 새소리를 오리지널 사운드로 들으면서 아름다움을 느끼고, 산속에 피어 있는 꽃들을 보면서 감탄을 하고, 산 아래로 펼쳐진 멋진 풍경을 느끼기 위해서 가는 것이다. 그런데 우리는 줄기차게 앞만 보고 올라간다. 그렇게 다녀와서는 무얼 봤냐고 물어보면 앞사람 엉덩이밖에 못 봤다고 한다.

야구장에 가는 이유도 마찬가지다. 홈 팀을 응원하기 위해서 가는 것이라기보다는 선수들이 활약하는 멋진 경기를 보면서 감탄하기 위해서인 것이다. 그렇게 빠르게 날아오는 조그마한 공을 안타나 홈런으로 받아치고, 멋지게 쳐낸 공을 훌륭한 수비로 막아내는 것을 볼 때 저절로 감탄사가 터져 나오지 않는가. 또한 함께 응원한다는 핑계로 평소에는 잘하지 못하는 노래를 고래고래 소리 질러가며 부르면 스트레스가 날아가고 속이 시원해지는 느낌이 들기 때문이다.

지금부터 아주 사소한 것부터, 일부러라도 오버해서 표현하는 것을 자꾸 연습해야 한다. 주변에 꽃꽂이가 있다면 아주 좋은 연습대상이다. "와~ 아름답다. 진짜 예쁜데" 하고 표현해 보자. 벽에 그림이나 글씨가 걸려 있다면 뭐라고 하면 되겠는가? 그렇다. "야~ 멋지다" "우와, 끝내주는데" 이렇게 간단하게라도 자꾸 해봐야 한다. 처음엔 좀 쑥스럽고 어색하겠지만 조금씩 연습해 보면 금방 익숙해질 수 있다. 우리의 본능이 그렇게 표현하면서 살도록 되어 있으니까 말이다.

동심의 세계로 돌아가자

어린아이의 순수한 그 마음으로 돌아가야 한다. 그러면 쉽게 표현이되고 감탄사도 터져 나올 것이다. 그렇게 자꾸 표현하다 보면 아름답고 멋진 것들이 더 많이 눈에 들어오게 되고, 나중에는 좋은 것만보일 것이다. 그렇게 우리의 인생이 행복해지고 즐거워지는 것이다. 꽃을 보고 "와~ 예쁘다"라고 말하면 꽃이 행복한 것이 아니라 내가행복해짐을 잊지 마시라. 집에 있는 아내가 오랜만에 화장을 하면 뭐라고 말해야 할까? 그렇다. 그냥 예쁘다고 하자. 사람이 진실만 말하고 살 수는 없다. 있는 그대로 내 본심을 말하지 말고 오버해서 내가 느꼈으면 좋겠다고 생각되는 말, 그리고 상대방이 듣고 싶어 하는 이야기를 해 주자는 것이다. 그러면 지구에 평화가 온다.

여행 간 곳에서까지 카드결제 대금이나 정치 이야기, 북한의 핵문제를 이야기하는 사람과는 함께 놀지 마라. 그렇게 꼭 분위기를 깨는 사람이 있다. 이왕 놀러 나갔으면 모든 것을 잊고 자연에 동화되어 실컷 느끼면서 즐기고 와야 한다. 안 좋은 것은 못 본 척하고 그냥 넘어가자. 좋은 것을 표현하는 능력, 그것이 바로 진정한 즐거움이고, 그런 행복을 아는 사람만이 재미있고 행복이 가득한 삶을 살 수 있으니까 말이다.

12

당연하다 생각하지 말자

『칭찬은 고래도 춤추게 한다』는 책에 나오는 고래 조련사들은 고래를 처음 훈련시킬 때 물 밑에다 밧줄을 하나 쳐놓고, 고래가 밧줄 위로 지나가기만 하면 박수를 쳐주고, 안아주고, 먹을 것도 주고, 등도 두드려 주면서 칭찬을 해 준다고 한다. 그리고 고래가 밧줄 밑으로 지나가면 못 본 척하고 가만히 있는다고 한다. 그러면 고래가 눈치를 채고 자꾸 밧줄 위로 지나간다고 한다. 그러면 조련사들은 그 밧줄을 점점 위로 올린다. 그 밧줄을 따라 고래는 점점 위로 헤엄치게 되고 나중에는 물 위에다가 밧줄을 띄워 놓아도 그것을 펄쩍 뛰어넘는다는 것이다. 만약에 우리가 조련사였다면 아마 고래는 벌써 다 죽었을 것이다. 고래가 밧줄 아래로 가기만 하면 "야! 너 어디로 가는 거야, 밧줄 위로 가라고 했잖아. 너 이리 나와!" 하면서 고함을 지르고 급기야는 회를 쳐서 초장 찍어 다 먹어버리고 끝났을 것이다.

우리는 누군가가 잘하고 있는 것을 보면 당연하다고 생각하고 아무 말도 하지 않는다. 그러다가 조금이라도 잘못하는 것이 보이면 바로 호통을 친다. 어릴 때부터 그것에 너무 익숙해져서 칭찬을 들으면 오히려 이상하게 생각될 정도다. 남편이 회사에 갔다가 정시에 퇴근을 하고 집에 잘 들어오면 아무 말이 없다. 자녀가 학교에 가서 공부를 잘하고 저녁에 들어와도 아무 말이 없다. 남편이니까 돈 벌어오는 것이 당연하고, 학생이니까 공부 열심히 하는 것이 당연하기 때문이다. 그러나 당연한 것을 칭찬해야 한다. 그래야지 자신이 잘하고 있다는 것을 인식하고 더 잘하려고 노력하게 된다. 잘못하는 것에 집중하게 되면 주의하려고 해도 이상하게 그 행동이 더욱 자주 나타난다고 한다.

가정에서도

저녁에 집에 들어가면 부인이 정성껏 밥상을 차려 내온다. 반찬이 열 가지 정도 나왔다면 아홉 가지는 맛이 있고, 한 가지는 맛이 없을 수가 있다. 그러면 맛없는 반찬에는 아무 말드 하지 말고 맛있는 것만 이야기하자. "야~ 오늘 김치찌개 정말 맛있는데. 당신 요리솜씨는 역시 끝내줘. 난 정말 결혼 하나는 잘했다니까." 이렇게 말해주면 부인은 기분이 좋아서 다음에 더 잘해주려고 노력할 것이다.

그런데 우리는 꼭 맛있는 것에는 아무 말도 하지 않고, 김치 시어빠진 것에만 호통을 친다. "집에서 뭐하는 거야! 김치가 시어빠졌잖

아. 이걸 누구 먹으라고 내놓은 거야!" 이렇게 이야기하면 부인이 "아~ 여보, 죄송합니다. 오늘 제가 낮잠을 너무 많이 자다 보니까 미처 준비를 하지 못했습니다. 내일 바로 시정 조치하겠습니다." 이렇게 대답을 하는가? 천만의 말씀이다. 아마 이런 대답이 나올 것이다. "돈 많이 벌어와 봐라. 월급은 쥐꼬리만큼 받아오면서 반찬 투정하기는. 요즘 배가 불렀나보네. 301호 아저씨 봐라. 물만 말아 줘도 잘 먹는다더라." 그러면 남편은 가만히 있겠는가? 바로 이렇게 나온다. "그럼 301호 하고 살아라! 그놈하고 살면 되겠네." 그러면 또 부인은 "살라고 하면 내가 못살 줄 아냐? 뭐 남자가 없어서 당신하고 사는 줄 아냐? 내가 살아주는 것만 해도 고맙게 생각해야 돼." 이러면 남편은 화가 머리끝까지 치밀어 올라 밥상을 뒤엎고, 고함을 지르며 난리를 친다. 이렇게 아무 일도 아닌 것으로 부부싸움을 하고 이혼법정에까지 가는 경우가 얼마나 많은가?

이게 모두 다 당연하다고 생각하기 때문에 벌어지는 일들이다. 당연한 건 없다. 그 사람이 그 자리에서 맡은 일을 잘하고 있을 때, 그것을 자꾸 칭찬해 줘야 한다.

직장에서도

교육 장소에도 가보면 그런 것을 많이 느낀다. 모든 직원들이 오랜만에 직장을 떠나 경치 좋은 콘도에서 세미나를 갖는다. 여기에서 강의도 듣고, 서로 토론도 하고 저녁에는 여흥의 시간을 갖는다. 이

때 제일 고생이 많은 건 교육 담당자들이다. 제대로 쉬지도 못하고, 강의도 제대로 듣지 못하고 다음 행사 준비를 위해 분주한 모습이다. 그리고 혹여나 행사 진행에 차질이 생길까봐 거듭 확인하면서 신경이 곤두서 있다. 그들에게 "수고가 많으십니다. 덕분에 우리가 좋은 교육도 듣고, 유익한 시간을 보내는 것 같습니다. 이렇게 훌륭하게 준비하다니 대단하십니다" 등의 이야기를 해 주면 얼마나 신이 나고 일할 맛이 나겠는가? 피로가 싹 풀리는 느낌이 들 것이다. 그런데 아무도 칭찬해 주지 않는다. 모두가 당연하다고 생각하고 관심을 갖지 않는 것이다. 그러다가 행사에 약간의 차질이라도 생기면 바로 불호령이 떨어진다. 잘못하면 직장을 그만두어야 하는 상황까지 발생하기도 한다.

이렇게 당연하게 잘하는 것을 읽어주고 말해주는 습관을 만들어야 한다. 칭찬할 것이 없다고 말하지 말고 주변에서 일어나는 일을 유심히 살펴보라. 전부 다 칭찬할 일들이다. 세상이 아무 사고 없이 잘 돌아가는 이유는 모두가 자신의 자리에서 맡은 일을 잘 해내고 있기 때문이다. 이렇게 골머리를 앓아가며 글을 써서 다른 사람들의 삶에 도움을 주려고 하는 나도 참 대단하지 않은가? 나는 원래 글을 잘 쓰는 사람도 아니고, 글 쓰는 것을 즐기는 사람도 아니었다. 그런데 하루에 몇 시간씩 투자해가며 끙끙거리고 있는데 뭔가 한마디 해줘야 하지 않겠는가 말이다. 다른 말을 잘하려고 하기 전에 먼저 칭찬의 말부터 잘하는 사람이 되자.

참, 시간 내서 이 책을 읽고 있는 당신도 대단하다! 거기다가 후기를 남기는 분들은 더욱 대단하고 훌륭하다. 나의 블로그에 하루에 1천 명이 들락거리는데도 글 한 줄 남기는 사람은 몇 안 되는데 말이다. 내 블로그에 응원이나 칭찬의 글을 남기는 분들은 분명 큰 복을 받고 좋은 일이 많이 생길 것을 확신한다.

13

나만의 브랜드를 만들자

사람은 누구나 자신이 하고 싶고, 가장 잘하는 일이 있다. 한 가지 이상의 장점과 특기를 가지고 있다. 없다고 생각하는 사람은 아직 그것을 발견하지 못했을 뿐이다. 빨리 그것부터 찾아야 한다. 그래서 가끔이라도 자신의 재능을 발휘할 수 있는 기회가 있어야 인생이 재미있고 즐거워진다. 가정이나 직장, 사회에서도 여유 있게 즐길 수 있는 마음이 생기게 된다.

나는 어릴 때 교회를 열심히 다녔다. 교회에서 내가 가장 잘하는 것은 사람들을 웃기고 재미있게 하는 것이었다. 그러나 평소에는 그 능력을 발휘할 기회가 별로 없었다. 그래서 교회에서 야유회를 가거나 성탄절 등이 오기만을 기다렸다. 그날이 가까워오면 모두가 나를 찾고, 내 능력을 발휘할 기회가 주어졌기 때문이다. 행사 당일이 되면 나의 능력은 유감없이 발휘되었고 모두가 웃고 즐기는 모습을 보면 나도 기분이 좋았다. 그렇게 모든 사람들이 내 능력을 인정해주니 난 또다시 어떤 행사가 있기만을 손꼽아 기다렸다.

능력 발휘는 나를 재미있게 한다

회사에 다닐 때도 마찬가지였다. 평소에는 묵묵히 있는 듯 없는 듯 일하지만 어떤 행사가 열리는 날이면 어김없이 나를 찾았고, 모두가 나의 진두지휘 하에 움직였다. 내가 주관한 모든 행사는 계획대로 잘 진행되었고 반응도 아주 좋게 나타났다. 이 부분에서만큼은 타의 추종을 불허했고 항상 내가 최고였다. 그러니 당연히 기분도 좋고 평소에도 일할 맛이 났다.

내 동생의 경우에는 컴퓨터를 잘한다. 예전에 내가 컴퓨터 대리점을 운영한 적이 있었는데 그때 나를 도와주면서 어깨너머로 배운 지식을 가지고 회사에 입사를 했다. 어느 날 부장님의 고장 난 컴퓨터를 잠깐 손봐주게 된 것을 계기로 회사 내에서 컴퓨터를 잘하는 사람으로 소문이 났다. 그 이후로 조금이라도 컴퓨터에 이상이 생기면 사람들은 동생을 찾았고, 동생은 그것 때문에 신입사원 때부터 인정받으면서 회사생활을 하다가 지금은 이 러닝, 유 러닝 등의 인터넷 교육 프로그램 개발에 참여하고 있다.

실력 발휘할 기회를 만들자

등산하는 것을 좋아한다면 등산모임을 만들자. 인터넷 카페라도 만들어서 운영하자. 사내에서는 등산회를 조직하여 등반대장을 맡자.

등반대회를 기획하고, 홍보하고, 섭외하고, 진행을 하는 것이다. 등반에 대해서도 더욱 공부를 해 지식을 갖추고, 다른 등반대장과 교류도 하면서 활동의 범위를 넓혀나가자. 그리고 개인 블로그도 만들어서 그 부분에는 전문가가 되자. 또한 등산을 재미있고 즐겁게 하는 방법에 대해 연구해서 그것을 전파하자.

어떤 산을 얼마나 많이 다녀왔고, 몇 시간 만에 정상까지 도달했느냐를 자랑할 것이 아니라 함께 간 사람들과 얼마나 재미있게 다녀왔느냐를 자랑해야 한다. 그런데 대부분의 사람들은 경쟁적으로 얼마나 빠르게, 얼마나 많이 다녔는가에만 관심이 있는 것 같다. 즐기는 것에 초점이 맞춰져 있어야 한다. 그래야지 등산에 대해 문외한이거나 등산의 즐거움을 모르는 주변 사람들에게 그것을 전파해 함께 할 수 있는 기회를 만들 수 있지 않겠는가 말이다.

"평소에 해야 하는 일만 해도 힘든데 이것까지 내가 왜 해야 한단 말인가. 돈 주는 것도 아닌데" 하고 말하면 정말 할 말 없다. 그럼 휴일에 내 돈 써가면서 등산은 왜 가는가? 누가 돈 주는 것도 아닌데! 나의 능력을 발휘할 기회를 준 것에 감사하고 즐거워할 줄 알아야 한다. 그래야 재미도 있고 성공의 기회도 생긴다.

한 가지에 집중하라

자격증이 30개가 넘는다고 자랑하는 친구가 있었다. 운전면허증에서부터 들도 보도 못한 자격증까지 없는 게 없을 정도였다. 이 친구는 자격증 따는 게 취미인가 싶을 정도였다. 그러나 이 친구는 분명 뭘 잘 모르고 있다. 요즘은 자격증이 많다고 인정받는 시대가 아니다. 자격증이 있으면 취직하는 데는 조금 도움이 될 수 있을지 모르지만 그것이 내 실력을 보장해 주지는 않는다.

진짜 실력 있는 사람은 자격증을 받은 사람이 아니라 자격증을 주는 사람이다. 자격증을 주는 사람은 대부분 그 분야에서 오랫동안 깊은 지식과 경험과 내공을 갖춘 사람이다. 한 분야에 집중해서 끊임없는 연구와 노력을 한 사람이란 뜻이다. 내가 받은 자격증은 그냥 그 분야의 공부를 했다는 증서일 뿐이다. 실력까지 갖췄다고 착각해서는 안 된다. 자격증이 많다면 오히려 그것을 감춰야 한다. 이 것저것 다 하느라 아무것에도 깊은 실력은 없다는 증거인 것이다.

모든 사람들이 인정해줄 만한 실력은 절대로 하루아침에 뚝딱 이루어지지 않는다. 만약에 우리가 어떤 사람을 스카우트를 한다면 누구를 선택하겠는가? 한 분야에서 20년 정도 실력을 갈고 닦아 그 분야의 최고라는 별칭을 가진 사람인가? 아니면 이것저것 안 해본 것 없고 모르는 것이 없는 자격증이 많은 사람인가?

자신의 분야에만 나서라

난 모든 것에 아는 척을 하고 나서는 사람이 제일 짜증난다. 남의 이야기는 들으려 하지 않고 남이 이야기를 꺼내 놓으면 자기가 가로채다 말해버리는 사람 말이다. 이런 사람은 진짜 전문가가 나타나면 아무 소리 못하고 꼬리를 내린다. 그리고 특별히 잘하는 것도 없다. 그러면서도 친구들끼리 만나면 모르는 것이 없는 듯 이야기하고 다른 사람을 인정하지도 않는다.

나도 오해한 것이 있다. 박사는 모든 것을 잘 아는 사람이라고 생각했는데 어느 박사님의 이야기를 듣고 생각이 바뀌었다. "예를 들면, 대학에서 배우는 것이 곤충이라고 합시다. 그럼 석사과정에서는 곤충 중에서도 파리에 대해서만 배웁니다. 박사는 파리 내에서 파리의 발만 연구한 사람입니다. 그래서 파리의 발 이외에는 아무것도 모릅니다." 난 이 말을 듣고 깜짝 놀랐다. 그렇구나. 한 분야에만 깊이 연구한 사람을 박사라 부르고 인정해주는구나. 그럼 박사의 반대말은 잡사인가? 이것저것 모르는 게 없는 사람 말이다.

우리도 박사가 되자. 자신만의 특기를 찾아서 최고의 브랜드를 만들자. 그래서 가정에서나 직장에서 인정받고, 지역사회에서 인정받고, 나아가 모든 사람들이 인정할 만한 실력자가 되자. 그러면 무엇을 잘하는 사람이라는 나만의 브랜드가 생기게 된다. 그래야 인생을 사는 것이 재미있다. 내가 잘하는 분야를 더욱 잘하도록, 그래서 세계 최고의 실력자로 인정받을 때까지 노력을 기울이자. 내가 재미있어서 하는 일이기에 힘들지도 않고, 돈이 되지 않아도 할 수 있다. 나만이 할 수 있는 그것을 빨리 찾아내서 인생을 즐기자.

14

개성이 경쟁력이다

TV 채널을 돌리다 보면 강호동 씨가 진행하는 프로그램을 자주 접한다. 작년, 재작년까지 유재석 씨와 쌍벽을 이루며 연예대상까지 수상을 했다. 강호동 씨는 왜 최고의 연예 MC 자리를 맡고, 또 그렇게 인기가 좋은 것일까? 무엇이 시청자들을 즐겁게 하는 것일까? 분명 방송국에는 강호동 씨보다 잘생기고, 발음이 정확하고, 똑똑한 사람들이 많이 있다. 그런데도 강호동 씨가 성공할 수 있었던 이유는 바로 남들에게서는 찾을 수 없는 그만의 독특한 개성을 잘 살려냈기 때문이라고 생각한다.

사람들은 이제 정형화된, 틀에 박힌, 뻔한 스토리에 식상해 한다. 아름다운 목소리, 정확한 발음, 조각 같은 얼굴, 해박한 지식을 바라는 것이 아니다. 좀 어눌하고, 불안하고, 잘생기지 않아도 자신만의 개성을 잘 살려 최선을 다하는 모습에서 인간미가 느껴지고, 공감이 생기고, 웃음이 나오는 것이다.

그런데 사람들 앞에서 말을 하는 사람은 모두가 완벽해지려 하고, 완벽한 것처럼 행동하려고 한다. 똑똑한 것처럼 보이고, 말을 아주 유창하게 잘하는 사람처럼 보이는 것에 신경을 쓴다. 그리고 내실을 기하기보다는 얼굴에 더 많은 신경을 쓴다.

하지만 듣는 사람들은 그런 것에는 크게 관심이 없다. 그것보다 그 사람이 말하고자 하는 것에 진심이 담겨 있는가가 중요하고, 그 사람이 말하고자 하는 내용에 체험과 철학이 담겨 있는가를 더 중요하게 생각한다. 아무리 멋진 얼굴이나 외모도 계속 보고 있으면 금방 지루해진다. 아무리 유익한 지식도 계속 들으면 따분해진다. 그러나 그 사람만의 독특한 개성이 있으면 보던 볼수록 더 끌리게 되는 것이다.

우리는 기계가 아니다

친절교육(CS교육)을 담당하는 여자 강사들을 만나면 거의 검은색 정장 차림에 하이힐을 신고, 머리도 단단하게 쓸어 넘긴 당차고 야무진 표정이다. 얼굴도 미소 짓는 듯하고, 목소리도 맑고 또렷하며 표준말을 구사한다. 얼굴도 예쁘게 생겼고 키와 몸매도 나무랄 데 없다. 하지만 대부분 비슷하다는 인상을 받았다. 아마도 강사 양성하는 기관에서 그렇게 교육을 하는가 보다. 그러다 보니 누가 와서 어떤 강의를 해도 비슷비슷하고 별 특징이 없다. 방송국의 아나운서 같은 분위기, 그것을 뛰어넘지 못하는 것이다. 물론 이것이 나쁘다는 이야기는 아니다. 하지만 듣는 사람들의 마음을 움직이기에는 뭔가 부족하다는 생각이 든다. 뭔가 자신만의 독특한 것을 만들어야 한다. 그것이 경쟁력이다.

내 강의를 여러 차례 들은 사람들이 이런 말을 한다. "김홍걸 강사님의 강의는 많이 듣고, 강의교안을 그대로 넘겨준다 하더라도 그대로 따라 하기가 힘듭니다. 불가능하다는 생각이 듭니다." 왜 그러냐고 물어보면 "일단, 얼굴이 안 되고 말할 때의 그 표정 하나하나를 그대로 재생하기가 어렵고, 과감한 제스처와 맛깔스럽게 이야기하는 것이 도무지 안 됩니다." 이렇게 이야기한다. 이것은 바로 나만의 독특한 개성이 있기 때문이다. 조금 모자란 듯한 얼굴, 사투리, 이상한 표정 등이 오히려 나만의 개성이 되어 강의에 장점으로 작용하고 있는 것이다. 다른 강사들은 자신의 강의교안이 유출되면 누가 똑같이 따라할까봐 겁내는 사람도 있지만 나의 경우에는 그런 걱정이 없어서 좋다. 어떤 연예인이라도 강호동 씨를 흉내낸들 그와 똑같이 할 수 있겠는가? 그것과 비슷한 것 같다.

개성을 살려라

사람들은 이상하게도 내가 웃는 표정 하나만 보여도 까르르 하고 넘어간다. '내가 그렇게 웃기게 생겼나?' 이유는 잘 모르겠지만 사람들이 웃으니까 좋다. 그래서 웃는 연습도 열심히 한다. 나는 경상도 출신이라 아무리 해도 사투리를 고치기가 어렵다. 그런데 그 사투리를 듣고도 사람들이 웃어 넘어가고 좋아한다. 가능하면 안 쓰려고 노력해야 하는데 사람들이 웃어주니까 오히려 사투리를 연습한다. 또 개그맨들이 하는 것을 흉내 내면 똑같다고 막 넘어간다.

바둑을 배우다 보면 이런 말을 듣는다. "정석을 외웠으면 잊어버려라!" 말도 안 되는 이상한 이론이라고 생각하겠지만 고수들은 그 말의 의미를 이해할 것이다. 이 말이 '맞다'는 것을 고수들은 안다. 정석에 자꾸 신경 쓰면 창의성이 나오지 않기 때문이다. 남 앞에서 말하고자 하는 사람도 마찬가지다. 처음에 어떤 자세로, 어떤 표정으로, 어떤 톤과 빠르기로 하라는 정석을 배우고 나서는 그것을 잊어버려야 한다. 그것에 얽매이면 자신만의 독특한 개성이 나오지 않기 때문이다.

자신의 성향과 품격에 맞는 방법을 채택하고, 창의력을 발휘하여 자신만의 독특한 표정과 몸짓, 행동 등 자신만의 개성을 만들어야 한다. 나이가 많이 드신 한 강사님은 '욕쟁이'라는 별명이 붙을 정도로 욕을 잘 쏟아놓는다. 언뜻 들으면 기분이 나쁠 것 같은데도 욕이 나올 때마다 청중들이 배를 잡고 웃는 것을 보니까 멋지게 성공한 것 같다. 복장이 특이한 사람도 있다. 나름대로 자신만의 개성을 찾은 것이다. 개성이 없는 인생은 아무 재미가 없다는 것을, 경쟁력이 없다는 것을 명심해야 한다.

15

무엇이 부족한가보다
무엇을 잘하는가를 찾아라

"저도 강사님처럼 말을 잘할 수 있을까요? 저는 여자인데다가 외모도 별로이고, 키도 작고, 목소리도 그렇게 좋지 않고, 사투리도 고치기가 어려운데 가능할까요?"

강의를 마치고 나오는데 어떤 여자 분이 나에게 던진 질문이다.

우리는 보통 무엇이 되고자 할 때, 그 분야에 얼마나 많은 관심과 열정, 신념 그리고 꿈을 갖고 있는가를 따지기 전에, 내가 무엇이 부족한지부터 따지고 있다. 그리고 그것을 다 채워야만 성공할 수 있다는 생각을 가지고 있다.

내 생각은 다르다. 내가 무엇이 부족한가보다 무엇을 잘하는가를 찾아야 한다고 생각한다. 나의 경우에도 부족한 것을 먼저 찾기 시작했다면 강사도 되지 못하고, 어떤 분야에서도 성공하기 힘들었을 것이다. 외모도 부족하고, 목소리는 불분명한 탁한 소리에 사투리까지 겸해져 있다. 그리고 다른 사람처럼 좋은 대학을 나오거나 많이 배운 것도 아니고, 화려한 프로필을 가진 것도 아니며 머리가 똑똑한 것도 아니다. 이 부분을 다 채우려고 한다면 평생해도 모자랄 것이다.

조건에 맞추려 하지 마라

우린 성공하기 위해서는 외모도 준수해야 하고, 학벌도 좋아야 하며, 일찍 일어나야 하고, 배경도 좋아야 한다는 등의 조건을 정해놓고 그것에 나를 맞추려고 애쓴다. 물론 그러한 조건이 갖춰져 있다면 훨씬 좋다. 하지만 반드시 그런 것이 있어야 성공하는 것은 아니다. 자신의 깊은 곳에 숨어 있는 장점 하나만 제대로 살릴 수 있다면 그러한 조건은 별 문제가 되지 않는다. 그런데 보통은 그런 조건을 갖추려고 하다가 자신의 진짜 장점을 제대로 살리지 못하는 경우가 더 많다.

이명박 대통령이, 대통령이 되기 전 서울시장이었을 때, 한국강사협회에 와서 강의를 한 적이 있다. 그때 한 말씀이 아직도 생생하다.

"사실 난 경영은 잘하지만 강의는 잘 못합니다. 그런데 이렇게 대한민국을 대표하는 기라성 같은 강사들 앞에서 강의를 하려고 하니 많이 떨리네요. 저도 남 앞에서 연설을 하는 경우가 많아서 연설법을 배우려고 학원을 다녔습니다. 그런데 몇 번 가봤는데 아무리 생각해도 이것은 나와 맞질 않았습니다. 그래서 몇 번 다니다가 그만뒀습니다. 연설하는 것 배우려고 하다가 내가 잘하는 것까지 못하게 될 것 같은 느낌이 들었습니다. 그래서 저는 제가 잘하는 경영에만 더 신경 쓰기로 했습니다." 이 얼마나 멋진 말인가?

크리스토퍼 리더십코스에서 강사를 할 때가 생각이 난다. 리더십코스의 프로그램은 확실하게 규정되어 있다. 강사가 어떤 말을 해야 하는지, 어떤 행동을 취해야 하는지 세부적인 내용까지 일일이 기록되어 있다. 리더십코스의 강사가 되려면 규정에 따라 정해진 대로 말하고 움직여야 한다. 그래서 강의가 시작되기 전 강사들은 모여서 리허설을 한다. 콘서트 리허설을 하는 것처럼 한 사람 한 사람 자신이 해야 할 말과 행동에 대해 외우고 익힌 것을 미리 발표해 보는 것이다. 아무리 똑같은 것을 해도 여기에서 각자의 개성이 드러난다. 치밀하게 설명하는 사람, 웃기면서 편안하게 설명하는 사람, 권위적이며 억압된 분위기로 설명하는 사람 등이 있다. 난 웃기고 재미있게 설명하는 쪽이었는데 그것 때문에 전체 분위기가 아주 화기애애하다는 평을 많이 들었다.

장점을 살려라

이렇게 자신의 장점을 살려야 한다. 단점을 개선하려 하지 말고 잘하는 것에 집중하라. 그래야지 인생을 즐겁고 행복하게 살 수 있으며 성공 또한 거머쥘 수 있다. 얼굴이 좀 못생겨도 괜찮다. 말을 좀 더듬어도 괜찮다. 남들보다 뛰어난 자신만의 독특한 능력이 있다면 우리는 얼마든지 성공하고 즐겁게 살 수 있다.

식당을 찾을 때 음식 맛을 보고 찾아가는가? 아니면 외부 인테리어를 보고 찾아가는가? 아마도 대부분은 음식 맛을 생각하고 찾을 것이다. 외부 인테리어는 그 다음이다. 그런데 식당주인이 음식 맛에는 별 생각이 없고, 외부 인테리어에만 신경 쓰고 있다면 문제가 있는 것이다.

강사 양성과정에서 수강생들이 한 명씩 나와 발표하는 시간이 있다. 이렇게 발표하고 나면 참석한 사람들이 돌아가면서 피드백하는 시간을 갖는다. 이때 대부분의 사람들은 그 사람의 부족하고 안되는 부분에 대해 지적을 한다. 그것이 먼저 눈에 띄기 때문이다. 그리고 발표한 본인에게도 자신의 발표에 대해 이야기를 하라고 하면 잘 못한 것에 대해서만 주로 이야기를 한다.

피드백은 잘한 것을 찾아주는 것이다

물론 초보일 경우에는 무엇이 잘 안되는지 알아야 한다. 하지만 초보 때는 그보다 더 중요한 것이 자신감과 용기, 그리고 그것에 대한 재미와 자신만의 고유한 능력이다. 피드백하는 사람의 역할은 그 사람이 재미를 느낄 수 있고, 자긍심을 가질 수 있도록 해주며 그 사람의 숨어 있는 능력을 찾아내 주는 것이라는 것을 알아야 한다.

그런데 우린 피드백이라 하면 당연히 잘못된 것을 찾아내는 것이라 생각하는 경우가 많다. 내가 강의 후에 사람들에게 피드백을 부탁한다고 하면 대부분 "아이고, 제가 어떻게 감히 강사님의 피드백을 할 수 있습니까?"하고 겸손해 한다. 잘못된 것을 지적해 달란 말이 아니라 잘한 것을 칭찬해 달라는 말인데…. 이렇게 우리는 다른 사람의 단점을 고쳐주려고만 하는 경우가 많다. 인정을 해 주면 그 사람이 교만해질까봐, 연습을 안 할까봐 걱정하는 사람도 있다. 제발 그런 걱정은 안 했으면 좋겠다.

난 용기가 없는 사람보다는 교만한 사람이 더 낫다고 생각한다. 최소한 자기만족은 있을 것이기 때문이다. 용기가 없는 사람은 자기 비판에 빠질 우려가 많다. 그리고 보는 사람도 안쓰러워지고 답답해진다. 자신의 전문분야에 대해서는 약간 교만해 보이는 것이 더 멋있게 느껴지고, 신뢰도 생긴다. 그런데 처음부터 굽실굽실, 자신의 실력이 별것 아니라는 말을 계속한다면 그건 겸손해 보이는 것이 아니라, 없어 보이는 행동이며 신뢰감도 떨어뜨린다. 최고의 실력은 아니더라도 최고인 것처럼 말과 표정으로 표현하면서 적극적으로 임하는 것이 훨씬 더 보기 좋다.

반성하지 말자

우리는 어릴 때부터 일기를 쓰면 내용 대부분이 반성문의 형태가 된다. '잘못했다, 후회된다, 아쉽다' 등의 내용이 주를 이룬다. 이제는 반대로 성공일기를 써야 한다. 내가 무엇을 잘했고, 칭찬받았고, 재미있었고, 뿌듯했고, 자랑스럽고, 보람됐다는 이야기만 써야 한다는 말이다. 그래야 내가 정말 좋아지고, 인생이 행복하고 즐거워지지 않겠는가.

어느 대학의 미술동아리에서 있었던 일이다. 두 개의 동아리가 있었는데 한 개의 동아리에서는 사람들이 모두 긍정적이어서 서로의 그림에 대해 칭찬만 했다. 좀 이상하게 그려도 창의성이 뛰어나다고 말해주었다. 다른 한 개의 동아리에서는 냉철하고 이성적인 사람들만 모여 있어 서로의 그림을 보고 수정·보완해야 할 부분에 대해서 정확하고 자세하게 이야기를 했다. 졸업 후 10여 년이 지난 다음 조사해보니 결과는 의외였다. 칭찬동아리에 있었던 사람들 중에 유명한 화가가 많이 나왔고, 이성적인 동아리에 있었던 사람들 중에는 유명화가가 된 사람이 없을 뿐더러 미술을 계속하고 있는 사람도 몇명 없더라는 것이다.

자신의 특별한 개성을 죽이지 마라. 반성을 하고 고치려고만 하면 자신만의 독특한 개성이 죽을 수 있다. 욕설을 막 퍼붓는 강사도 있다. 그래도 인기가 좋다. 왜냐하면 자신만의 강한 철학이 있으니까. 무엇을 고치려고 하기보다 자신의 개성과 장점을 더 살리는 것에 주력하자.

16

자신감이 있어야 즐길 수 있다

인생을 재미있고 성공적으로 살아가는 데 있어서 무엇보다 중요한 것 중의 하나가 자신감이다. 오죽하면 감 중에서 못 먹는 감은 영감이고, 반드시 있어야 할 감은 자신감이라고 했을까? 자신감은 리더뿐만 아니라 이 세상을 살아가는 누구에게나 필요한 감이 아닌가 한다.

용기라고도 표현되는 이 자신감 앞에 우리는 왜 이렇게 작아졌을까? 유치원이나 초등학교 동화에서부터 문제가 있다는 생각이 들었다. 그 속에 나오는 대부분의 주제는 선을 권장하고 악을 징계하는 권선징악이 주를 이룬다. 그런데 이상하게도 이야기에 나오는 대부분의 주인공은 자신감이 없는 나약한 사람들이다.

고전동화의 문제점

먼저 우리가 잘 아는 흥부놀부를 분석해 보자. 흥부는 가난한데도 자녀가 10명이 넘고, 놀부는 자녀가 2명뿐이다. 요즘처럼 산아를 권장하는 시대라면 정부보조금이라도 받았을 테지만 그 당시에는 그런 것도 없었다. 그러면 정신을 똑바로 차리고 자신이 잘 키울 수 있을 정도만 낳아서, 제대로 키우면서 살았어야 한다. 부인이 밤에 아무리 유혹해도 과감하게 뿌리칠 자신감이 있어야 한다. "여보, 우리 지금 이럴 때가 아니오. 정신 바짝 차리고 살아야 하오. 우리 이러다간 한방에 훅~ 간다오." 이렇게 강하게 나가야 하는데, 아내의 요구에 이러지도 저러지도 못하고 질질 끌려다니다 거지꼴을 못 면한 것이다.

놀부 부인, 즉 형수가 밥주걱으로 흥부의 뺨을 때렸다. 뺨을 맞았으면 과감하게 따졌어야 한다. "없는 것도 서러운데 왜 때리십니까? 하나밖에 없는 시동생에게 어떻게 형수까지 이럴 수 있습니까? 그러고도 얼마나 잘사나 두고 봅시다!" 하고 나와서는 목표를 설정하고, 밤낮없이 열심히 일해서 형과 형수 보란 듯이 크게 성공했어야 한다. 그런데 밥주걱에 묻은 밥풀 좀 더 얻어먹겠다고 반대쪽도 때려달라 한다.

이 얼마나 자신감 없고 치사한 행동인가? 우리는 이야기의 내용에만 집중하다 보니 이러한 부분을 잘 느끼지 못했다. 그러면서 잠재의식 속에 저렇게 자신감 없는 행동이 착한 행동이라는 개념이 자리 잡지 않았을까 싶다. 나쁜 계모와 언니에게 불쌍하게 당하기만 하는 콩쥐, 아버지의 눈을 뜨게 하기 위해 인당수로 뛰어들었던 심청이, 어느 것 하나 자신감을 가지고 자신의 환경을 깨고 나오는 동화를 만나기 어려웠다. 모두 자신감과는 거리가 먼, 재수와 운이 좋아서 성공한 케이스가 많다.

자신감을 인정하지 않는 환경

또 우리는 어릴 때, 자신감에 넘쳐 설치고 다니다가 부모님이나 학교 선생님에게 혼났던 경험이 있거나 목격한 경우가 많다. 보통 학교에서 벌을 서고, 꾸중을 듣는 아이들은 주로 말썽꾸러기였다고 생각했지만, 지금 생각해보니 당당하고 자신감 넘치게 다니던 애들이었다. 선생님에게 맞서기도 하고, 따지기도 하다가 엄청 혼났다. 오죽하면 부모님들조차도 "어디 가면 나서지 말고 중간쯤만 해라"고 당부를 했을까 싶다.

그래서 우리는 자신의 의견을 드러내지 않고 순응하면서 가만히 있는 게 미덕인 줄 알았다. 그러는 사이 자신감은 다 사라져 버린 것이다. 지금은 다른 사람 앞에 서서 자기소개하는 것조차 벌벌 떨며 제대로 하지 못한다. 회식자리에서 건배제의 하나도 조리 있게 하지 못한다. 앉아서는 청산유수요, 모르는 것이 없고, 세상에 이렇게 똑똑한 사람이 또 있을까 싶을 정도지만 사람들 앞에만 서면 벌벌 떨게 된 것이다.

17

자신감 강화하는 법

어릴 때 배웠던 것을 자기도 모르게 답습하는 경우가 많다. 호된 시어머니 밑에서 엄청난 스트레스를 받았던 며느리는 내가 나중에 시어머니가 되면 절대 그러지 않겠다고 다짐을 한다고 한다. 하지만 실제로 자신이 시어머니가 되었을 때는 그보다 더 심한 시어머니가 되는 경우가 많다. 배운 게 그것뿐이라서 그렇다고 한다.

　주변에서 자신감이 넘치는 사람을 만나기는 쉽지 않다. 겸손하고 얌전하고 조용조용한 사람들이 더 많다. 나서는 사람은 비난의 대상이 되기 쉽고, 존경보다 미움을 받는 경우가 더 많기 때문이다. 그러다 보니 자신감 없이 행동하는 것이 당연한 것이 되었고, 그래야 모든 일이 조용히 흘러간다. 하지만 바로 이것이 우리를 자신감 없게 만드는 문제의 환경이다.

자신감 있는 사람을 인정하자

나서는 것을 좋아하고, 용기 있게 행동하거나 말하는 사람을 보면 비난하거나 미워하지 말고, 오히려 존경해야 한다. 그리고 대단하다고 인정해 주면서 가까이 지내려고 노력해야 한다. 그래야 내 잠재의식도 그것을 인정하게 되고, 우리도 빨리 자신감 넘치는 사람이 될 수 있다. 내가 그런 사람을 먼저 인정하지 않고는 절대로 자신감 넘치는 사람이 되기 어렵다.

그리고 혼자서도 자신감을 강화하는 방법을 알아보자. 일단 뭔가 대단히 큰 것을 해야 한다는 생각을 버리고 조그마한 것부터, 내가 할 수 있는 것부터 하나씩 연습해야 한다. 그러면 나도 모르는 사이에 예전과는 많이 달라진 자신의 모습을 발견하고 깜짝 놀라게 될 것이다. 한방에 '뿅'하고 변하는 방법은 없다. 하나씩 꾸준히 연습해 나가야 한다.

하늘을 향해 얼굴을 들자

얼굴을 들고 하늘을 보자. 고민이 있거나 우울한 생각이 들 때는 머리를 숙이게 되어 있다. 그러면 머릿속이 부정적인 생각으로 가득 찬다. 사람은 기분이 좋으면 본능적으로 하늘을 향해 머리를 들게 되고 얼굴에 웃음이 가득 찬다. 그런데 꼭 기분이 좋지 않더라도 의도적으로 머리를 들고 하늘을 보면 기분이 좋아지게 된다. 처음에는 잘 안되더라도 몇 번 연습하면 그렇게 된다.

이 작은 동작만으로도 몸속에 많은 변화가 일어난다. 모든 세포들이 긍정적인 방향으로 자세를 잡고, 몸의 근육들에도 생기가 도는 것을 느낄 것이다. 사람은 자신감이 없으면 저절로 고개가 숙여진다. 이때 의식적으로 고개를 들어 부정적인 생각이 내 몸에 임하지 못하게 하자.

눈에 힘을 주자

눈에 힘을 주고 똑바로 응시해보자. 눈에 핏발이 설 때까지 연습하자. 사람은 뭔가 목표가 생기거나 각오를 했을 때 본능적으로 눈에 힘을 주게 되어 있다. 강한 복수심에 불타는 사람의 눈을 보라. 그 눈만 봐도 자신감이 넘치고 겁이 없어졌다는 것을 느낄 수 있다. 이것을 의도적으로 활용할 수 있다면 우린 언제든지 자신감 넘치는 사람으로 변신할 수 있는 것이다. 자신감이 없으면 눈에 힘도 빠진다. 그리고 상대방의 눈을 피하게 된다. 의식적으로 눈을 똑바로 동그랗게 뜨고 힘 있게 상대방을 바라보자. "왜 눈을 동그랗게 뜨고 쳐다보냐"고 묻거든 이렇게 대답해라. "그럼, 당신은 눈을 세모로 뜰 수 있냐"고.

목소리를 크게 내는 연습을 하자

자신감이 없으면 목소리가 나도 모르게 점점 작아지고, 발음도 불분명해진다. 반대로 자신감이 넘치는 사람은 목소리도 크고 발음도 정확하고 힘이 있다. 자신감이 좀 없더라도 목소리를 크게 내다 보면 몸이 거기에 맞춰서 따라온다. 없던 자신감이 뱃속 깊은 곳에서부터 뜨겁게 솟아오름을 느낄 것이다. 그리고 스스로 자신감 넘치는 사람이라고 인정하게 된다. 대화를 할 때나 다른 사람들 앞에 나서게 될 경우 연습할 좋은 기회라고 생각하고 크고 강하고 또렷하게 발음해 보자.

걸음걸이를 씩씩하게 걷자

군인들이 행군하는 모습을 보면 자신감이 넘치고 뭔가 믿음이 간다. 바로 힘 있고 씩씩하게 걷기 때문이다. 내가 훈련을 받을 때도 일부러라도 군화소리를 힘차게 내면서 힘 있게 걸었던 기억이 있다. 가능하면 빠른 걸음으로 힘 있게 걸어 다니자. 이것이 나도 모르는 사이에 내 몸속에 자신감을 불어넣고 있을 것이다. 자신감 없는 사람이 걷는 모습을 본 적이 있는가? 주머니에 손을 넣고, 머리를 푹 숙이고, 다리에는 힘이 하나도 없이 흐느적흐느적 거리는 모습이다. 짧은 인생, 그렇게 살고 싶은가?

미소 짓는 연습도 자신감에 크게 도움이 된다

입꼬리를 끌어올리는 단순한 동작 하나만으로도 충분하다. 실제로 해 보라. 좋은 기분이 들면서 자신감이 생긴다. 어떤 사람들은 발표 자리에 올라가기 전에 화장실에 가서 한바탕 크게 웃고 온다고 한다.

사극을 보면 장수들이 상대방과 싸우기 전에 "으하하하, 가소로운 놈!" 하면서 호탕하게 웃는 모습이 많이 나온다. 바로 두려움을 떨쳐내기 위한 몸부림이다. 진정한 강자는 슬쩍 미소만 짓는다. 미소만 지어도 몸에 변화가 일어난다. 어려운 상대를 만났을 때 한번 실험해보라. 그 위력에 놀라움을 느낄 것이다. 자신감이 없으면 절대 미소 지을 수 없다는 것을 기억하라.

가능한 앞자리에 앉아라

앞자리에 앉는 그 행위 하나만으로도 자신감이 생겨난다. 대부분 강사가 겁이 나서 뒷자리를 찾아가는데, 겁도 없이 앞에 당당히 앉았으니 얼마나 대단한 자신감인가?

　뒷자리를 선호하는 사람치고 진정한 자신감이 넘치는 사람은 별로 없다. 엉뚱한 소리나 잘하고, 앞에 나와서 이야기하라고 하면 잘 못하면서 비난하는 데는 익숙해져 있는 사람이 많다. 그것은 자리의 위치상 그렇게 되기 쉬운 환경이기 때문이다. 발표하는 사람의 얼굴 표정이나 제스처가 잘 보이지 않고, 말소리도 명확하게 들리지 않는 데다가 뒤에서 보니 전체적으로 보이기 때문에 강의 속에 빠져들기보다는 평가자의 입장이 되기 십상인 것이다.

타인을 의식하지 말자

우리의 자신감을 위축시키는 것 중에 제일 큰 것이 타인의 생각을 의식하는 것이다. 골프연습장에서 혼자 연습하면 잘되다가도 코치가 다가온다고 느껴지면 그때부터 이상하게도 공이 엉뚱한 곳으로 날아간다. 혼자 있을 땐 노래를 잘 부르다가도 옆에 누가 오기라도 하면 갑자기 목소리가 작아지든지 노래를 멈추게 된다. 교육시간 중에도 다른 사람이 먼저 웃어야 나도 쉽게 웃을 수 있다. 다른 사람이 웃지 않으면 웃고 싶어도 참는 경우가 많다. 모든 게 눈치 때문이다. 전혀 도움이 안 된다는 걸 알면서도 그것에서 쉽게 벗어나기 어렵다. 그래서 앞에 사람이 있어도 무시하고 없는 것처럼 생각하는 연습을 꾸준히 해야 한다. 자꾸 하다 보면 내 몸속의 세포들이 적응을 하게 될 것이다.

18

옷은 말을 한다

"아들아, 사람들이 너의 외모를 보고 너를 평가한다는 사실을 평생 명심하고 살아라." 이런 말을 들은 적이 있다. 100% 공감하는 말이다. 자신의 마인드만큼 외모도 중요하다. 그래서 사람들이 많은 돈을 투자해 자신을 치장하고 꾸미는 것 같다.

자신을 사랑하고 자신을 가치 있게 생각하는 사람은 옷도 아무렇게나 입지 않는다. 옷을 잘 차려 입은 사람은 자신을 사랑하는 것만큼 자신이 하는 일에 대해서도 자신감이 넘치고, 완벽하게 잘해낼 수 있을 것이라는 믿음이 간다. 반대로 옷을 아무렇게나 입은 사람을 보면 맡은 일도 대충 아무렇게나 할 것 같은 느낌이 든다. 일을 맡겨도 신뢰가 가지 않는다.

양복은 전문가로 보이게 한다

이벤트 일을 하는 후배가 있다. 이 후배는 무대와 조명, 그리고 음향

시스템 설치를 주로 많이 하는데 그를 만날 때마다 항상 이렇게 조언했다.

"행사장에 갈 때는 양복을 깔끔하게 차려 입고 가라. 그리고 행사 담당자와 인사를 나누고 나서 작업복으로 갈아입든지, 아니면 양복 윗도리를 벗고 와이셔츠를 걷어붙이고 일을 해라. 그러면 사람들은 너를 볼 때 그 분야의 전문가로 볼 것이다. 처음부터 작업복 차림으로 나타나면 널 그냥 하찮은 일꾼으로만 본다. 꼭 그것이 아니더라도 사람들을 만날 때는 그것이 중요한 예의범절이다."

이 얼마나 중요한 조언인가? 그런데도 이 후배는 아직도 내 말을 듣지 않는다. 그래서 10년이 넘도록 아직 똑같은 일을 그렇게 하고 있다.

옷이 날개다

나의 경우에도 다른 사람을 볼 때 항상 외모를 먼저 본다. 외모가 깔끔하지 못하고 자신을 제대로 가치 있게 꾸미지 못하는 사람을 보면 무슨 일인들 제대로 할까, 하는 생각이 든다. 두발상태가 깔끔해야 하고, 얼굴이 밝으면서도 광채가 나야 한다. 옷은 최대한 깨끗하면서도 품위가 돋보일 수 있도록 입어야 한다. 옷이 날개라고 했다. 옷이 나를 대변해주고, 나를 더욱 가치 있게 보이게 해서 돈을 더 많이 벌게 하고, 성공할 수 있도록 한다는 말이다. 구두는 항상 반짝반짝하게 닦아라. 구두 하나로 인해 내 가치가 무너지는 일이 없도록 해야 한다.

남 앞에서 말하는 사람들일수록 더욱 신경 써야 하는 부분이 외모다. 첫인상이 매우 중요하기 때문이다. 청중은 발표자가 나오기 전부터 모든 신경이 발표자에게로 향해 있다. '어떤 사람일까?' '과연 오늘 들을 만한 가치가 있을까?'를 생각하고 있다. 이때 발표자의 태도와 외모, 옷 입은 상태 등을 보면서 나름대로 먼저 판단을 하는 것이다. 여기서 외모로 신뢰감을 떨어뜨리는 우를 범하지 말아야 한다.

자신에게 맞게 입어라

개량 한복을 입는다든지 유아스런 복장, 교복 같은 옷, 신부님 같은 옷 등을 입을 경우 청중의 관심을 끌고, 신비감을 일으키게 하는 효과는 있지만 그 경우에는 그 옷을 소화할 만한 실력이나 마인드가 되어야 한다. 그렇지 않을 경우에는 오히려 천해 보이거나 가치가 떨어져 보이는 결과를 초래한다. 이미 유명하고 잘 알려진 사람일 경우에는 그것이 멋있어 보이고 더욱 훌륭하게 보일 수 있지만 어설프게 따라 했다가는 역효과가 나기 십상이다.

나의 경우에는 항상 검은색 계열 양복에 하얀 와이셔츠, 붉은색 계열 넥타이를 한다. 와이셔츠의 하얀색은 깔끔하면서도 지적인 인상을 주고, 넥타이의 붉은색은 사람들을 끌어당기는 마력을 가진 열정의 색이기 때문이다. 나도 이 부분에 대해서는 잘 몰랐는데 디자인 전문가들이 그렇게 이야기하고 권하니까 하는 것이다. 굳이 그것을 따지고 분석해야 할 이유가 없다. 그냥 그 분야의 전문가가 하라고 하면 바로 실행으로 옮기는 것이 최선책이라고 생각한다. 그래서 우리 집에는 빨간색 넥타이만 가득하다. 또 커프스 버튼과 고급 예물 시계를 통해 품위가 있다는 것을 말없이 전하고 있다. 얼굴 마사지도 한다. 피부의 탄력과 생동감 넘치는 얼굴을 위해 투자하는 것이다. 그런 것들이 나의 가치를 더욱 높여주고, 내가 훌륭한 사람이란 것을 대변해주기 때문이다.

'옷은 말을 한다'는 사실을 명심하자. 아주 유명해져서 다른 사람들이 모두 알아볼 때는 필요 없겠지만, 그때까지는 최대한 신경 써서 자신을 더욱 가치 있고 품위 있게 보일 수 있도록 하자. 내가 직접 "난 훌륭한 사람입니다"라고 말하기는 좀 그렇지 않은가? 옷이 대신 말을 하도록 하는 것이 더 쉽다.

PART 02

가정이 나를
행복하게 한다

01

가정의 문제점

대한민국의 이혼율이 점점 높아지고 있다고 한다. 1년에 약 30만 쌍이 결혼을 하고 약 15만 쌍이 이혼을 한다고 하니 놀라울 따름이다. 세계에서도 2~3위를 달린다고 한다. 이런 부분에서는 꼴찌를 했으면 좋으련만, 왜 이렇게 높은 수치로 우리를 부끄럽게 하는지 모르겠다. 이혼사유로는 '성격차이'가 65%, '가족 간 불화'가 21%를 차지한다고 한다. 이혼하는 10쌍 중 8쌍은 서로를 이해하고 배려하지 못해서 이혼한다는 말이다.

물론 이혼을 하고 새로운 사람을 만나 행복할 수 있다면, 아니 이혼하는 것만으로도 행복하고 즐거울 수 있다면 하는 것이 더 좋을 것이다. 하지만 이혼을 해야겠다는 생각을 하는 순간부터 부부 당사자뿐만 아니라 자녀들에게까지 고통이 엄습한다. 자녀들이 말은 하지 않지만 속으로 얼마나 마음고생이 심할까? 사랑과 행복이라는 기초질서가 깨어진 곳에서 어떻게 좋은 인격이 형성될 수 있겠는가?

그리고 부모님들은 또 얼마나 속상하겠는가? 이혼하는 당사자들도 매일매일 가시밭길을 걸어가는 기분일 것이다.

그렇게 고통을 감수하고서라도 이혼을 감행했다면 그 이후에는 잘살아야 한다. 재혼을 했다면 알콩달콩 잘살아야 한다. 그러나 많은 사람들이 그렇지 못하다고 한다. 조사결과를 보면 재혼했다가 이혼하는 사람이 더 많다고 한다. 한 번 이혼해 봤기 때문에 이혼이 그리 어렵지 않다는 것을 알고, 서류도 무엇을 챙겨야 하는지 잘 알기 때문이다. 어쨌든 이혼한다고 더 행복해지는 것은 아니라는 말이다.

결혼과 직장은 비슷하다

결혼이란 직장에 들어가는 것과 비슷하다. 직장이 없는 사람들은 파란 트레이닝복 한 벌에 의존한 채 아침부터 저녁까지 방에서 뒹굴거린다. 자신을 몰라주는 사회와 국가를 원망하기도 한다. 그러면서 어떻게 해서든 직장에 들어가기 위해 애를 쓴다. 그렇게 오랜 시간 백수생활을 하다가 직장에 들어가게 되면 본인뿐만 아니라 가족 전체가 축제 분위기가 된다.

왜 그렇게 직장에 들어가기 위해 안달을 하고 목숨을 거는 것일까? 바로 경제적인 부분을 해결하고 자신의 능력을 발휘하기 위해서이다. 그리고 그런 기회만 주어진다면 어떠한 일도 감내하겠다는 각오를 한다.

하지만 어느 정도 회사생활에 익숙해지면 그때부터 마음이 달라진다. 처음 입사할 때 가졌던 각오는 어디로 사라지고 내가 하는 일에 비해 받는 돈이 적다고 생각하고, 회사의 방침이 마음에 들지 않고, 직장 상사가 도저히 이해가 되지 않는다. 저녁마다 소주로 마음을 달래보지만 도무지 여기에 있어서는 해결될 기미가 보이지 않는다. 답답한 마음에 다른 회사에 다니는 친구들을 만나 물어보기도 한다. 그러면 어떤 친구는 "당장 그만두라. 네 능력이 아깝다. 어디 가서 그 돈을 못 벌겠느냐"고 부추기기도 한다. 또 다른 친구는 "직장 생활하는 사람들 대부분 가족과 생계를 위해 참고 다닌다. 그러니 너도 참고 견뎌라"고 말한다.

그러던 어느 날 자신에게 잔소리를 해대는 직장상사에게 과감하게 대든다. 그동안 참아왔던 분노를 터트리면서 고함을 지르고 삿대질을 한다. 그리고 멋있게 사직서를 상사의 얼굴에 던져버리고 나온다. 그렇게 해서 자신이 그토록 바라던 직장을 잃어버린다. 그리고는 새로운 직장을 또 어렵게 구하게 되고, 그 직장이라고 크게 달라질 것은 없다.

결혼도 마찬가지다. 혼자서는 살아가기 어렵고 남들처럼 멋진 배우자를 옆에 두고 싶은 마음이 간절하다. 그리고 자신의 부족한 부분을 채워줄 누군가를 절실히 찾는다. 그러던 어느 날 누군가가 크게 다가온다. 사랑의 감정이 생겨날 때는 상대의 장점만이 크게 보인다. 하지만 결혼을 하고 시간이 지나게 되면 그러한 장점은 당연시되어 버린다. 그리고 그 사람이 함께 갖고 있던 단점들이 크게 부각되어 보이기 시작한다. 그것을 바꾸어보려고 부단히도 노력하지만 불가능하다는 것을 깨닫고 이제 벗어나기만을 기다린다. 그러던 어느 날 사소한 일로 다툼이 일어나고, 그것이 불씨가 되어 이혼을 하게 된다.

이처럼 자신에게 생긴 고마운 일들을 모두 당연하게 생각하는 데서 문제가 발생한다. 이러한 마음을 가지고 있다면 직장에 다니든, 결혼을 하든 똑같은 문제가 계속 생길 수밖에 없다. 처음에는 자신이 가지고 있지 않은 것을 다른 사람에게서 느끼면 그것이 그렇게 크게 보인다. 하지만 그 이면에 큰 단점이 있다는 것을 알아야 한다. 그리고 시간이 조금 지나면 그 장점조차 당연하게 생각되어 또 다른 불평불만이 솟아남을 알아야 한다. 재혼을 하는 사람들이 다시 이혼하는 이유가 거기에 있는 것이다.

나를 바꾸는 것이 쉽다

나를 바꾸려고 노력해야 한다. 어떠한 문제든 모든 것이 나에게서 비롯된다고 생각해야 한다. 결혼식장에 가보면 하객들 대부분이 양복과 양장에 멋을 내고 온다. 농촌에서 농사일만 하던 분들도 시키면 얼굴에 어색하지만 양복을 입고 온다. 그냥 편하게 작업복이나 트레이닝복을 입고 오지 않고 왜 양복을 입고 오는 것일까? 바로 다른 사람들에게 욕먹기 때문이다. 비난의 대상이 되고 싶지 않기 때문인 것이다. 그렇다고 사람들에게 우리 다음부터는 편하게 트레이닝복을 입고 오자고 할 수는 없다. 그냥 귀찮더라도 나 하나만 양복을 입으면 된다.

자신을 바꾸는 것이 얼마나 어려운 일인지 우리는 잘 알고 있다. 자신도 그렇게 바꾸기 어려운데 어떻게 남을 바꾸는 것이 가능하겠는가? 안 되는 일에 애쓰지 말고, 가능한 것에 초점을 맞추어야 한다. 행복한 가정을 만들려고 한다면, 인생을 즐겁게 살고자 한다면 나를 변화시키고 업그레이드 하자. 그것이 훨씬 쉬운 일이며 또 가능한 일이기 때문이다.

우리 가정의 경우에도 아내와 나는 성격이 극과 극이다. 나는 무슨 일을 하든 빨리빨리, 열심히 해야 하고, 목표를 정해 그것을 달성하기 위해 노력해야 하고, 게으름을 피우거나 뒹굴거리는 것을 싫어한다. 항상 시간을 아끼고, 같은 시간에 좀 더 많은 일을 효율적으로 해내고자 노력을 한다. 하지만 아내의 경우에는 완전 반대다. 무슨 일이든 천천히, 여유 있게 세월아, 네월아 한다. 옆에서 지켜보고 있으면 복장 터져 죽는다. 설거지거리와 빨랫거리가 쌓여 있어도 드라마 보는 것이 먼저다. 앉을 수 있는 곳에서는 서 있지 않고, 누울 수 있는 곳에서 앉아 있는 법이 없다. 신혼 때 부모님과 함께 살았는데 이렇게 살다가는 어머님이 심장마비에 걸릴 것 같아 분가를 했다. 사정을 모르는 사람들은 속 편한 소리를 한다. '착하다. 순하다. 편하다. 여유 있다.' 나도 사실은 그 부분이 마음에 들어 결혼을 했다. 그 이면에 있는 부분을 제대로 보지 못한 것이다.

지금 우리 부부는 어떻게 되었을까? 이혼했을까? 아니면 아내는 아내대로, 나는 나대로 그렇게 살고 있을까? 아내가 달라졌을까? 천만의 말씀이다. 앞에서 말한 대로 내가 변했다. 좀 힘들긴 했지만 내가 생각을 바꾸었다. 설거지거리가 쌓여 밥을 담을 그릇이 모자라면 그릇을 더 사면 된다. 빨랫거리가 쌓여 입을 옷이 없다면 까짓것 옷을 좀 더 사면 된다는 식으로 생각이 바뀌었다. 그렇게 사소한 것 때문에 마음 상하고, 서로 괴롭힐 것 뭐 있냐는 말이다. 요즘은 같이 앉아서 드라마를 본다. 드라마 애청자인 아내는 나에게 자세하게 상황설명까지 하면서 좋아한다. 난 그래서 드라마를 가끔 봐도 전체를 다 본 것처럼 쉽게 이해가 된다.

이렇게 변하니까 지금까지 내가 잘못 생각하고 살았다는 것이 느껴졌다. 어차피 인생은 즐겁고 행복하게 살기 위함인데, 돈을 벌고 목표를 달성하는 것도 모두 행복하기 위함인데, 난 그러한 행복이나 즐거움을 느낄 수 있음에도 느끼지 못하고 살아온 것이다. 편안하게 누워 안락함을 느낄 수 있음에도 머릿속이 복잡해 그것을 느낄 수 없고, 영화나 드라마를 보면서 재미와 감동에 젖을 수 있음에도 시간낭비라고만 생각해 온 것이다. 그런 내 생각을 강조하고 내 생각에 따라주기만을 바라면서 짜증을 내고, 아내에게 스트레스를 준 것이 아닌가 생각된다.

사실 아내만큼 나에게 큰 깨달음을 주는 사람도 없다. 내가 배우려고 생각하니까 여러모로 배울 점이 너무 많았다. 이성과 똑똑한 머리만을 강조하면서 살아온 나에게 감성이 더 중요하다는 것을 알게 해주고, 차가운 머리보다 따뜻한 마음이 더 중요하다는 것을 깨닫게 해 주었다. 돈과 권력이 중요한 것이 아니라 사랑과 베푸는 것이 중요하다는 것도 알게 해 주었다. 이처럼 우리의 배우자는 나에게 괴롭힘을 주는 사람이 아니라, 나에게 깨달음을 주기 위해 신이 보낸 선물이다. 우린 그러한 소중한 선물을 차 버리고 엉뚱한 곳에서 행복과 즐거움을 찾아 헤매고 있는 것이다.

02

가정이 살아야 모두가 산다

가정은 우리가 즐거움을 창조해야 하는 제1의 공간이다. 우리는 가족의 행복을 위해 일하고, 돈을 벌며, 우리의 모든 노력에 대한 결과는 가정으로 집약되기 때문이다. 그런데 오히려 더욱 스트레스를 받는 공간으로 전락된 가정이 많다.

가정에서부터 즐거움을 찾는 경험을 해야 한다. 배우자, 자녀와 함께 웃음꽃이 피어나고, 사랑이 솟아나는 공간이 되어야 한다.

가정이 화목하면 부모는 일터에 나가서도 업무에 집중할 수 있고, 좋은 성과를 내고, 인정받는 사람이 될 수 있다. 자녀들은 공부에만 집중할 수 있어 좋은 성적을 낼 수 있고 자신의 역량을 키울 수 있게 된다. 반대로 가정에 불화가 많으면 일단 부모는 일이 손에 잡히지 않는다. 매사에 불평불만만 늘어나게 되고 업무효율도 떨어지게 된다. 사는 것이 재미없으니 부정적인 사람으로 변하게 되고, 주변 사람들에게까지 악영향을 미친다. 자녀들 또한 마찬가지다. 웃음과 사랑이 없는 가정에서 배우는 것이라고는 불평불만뿐이다. 가정이 재미없으니 밖으로 겉돌게 되고, 밖에서는 돈이 많이 필요하니 나쁜 짓을 해서라도 돈을 마련하려고 한다. 이런 것에 익숙해지면 일을 하는 것보다 돈을 쉽게 얻을 수 있다고 생각하고 남에게 피해 입히는 것에 죄의식이 없어지는 것이다. 이것이 사회의 문제가 되고 이 문제를 해결하기 위해 또 많은 돈과 인력을 투입해야 하는 악순환이 반복된다.

가정에서 먼저 즐거움을 찾아야 한다

어릴 때부터 숱하게 반복하면서 가르쳐야 한다. 아는 것에서 그치지 않고 실제로 그렇게 느끼면서 살 수 있도록 해야 한다. 가정에서 행복이나 즐거움을 찾지 못하는 사람은 어디에 가서도 행복을 느끼기 어렵기 때문이다.

우리 아버지는 무척 엄한 분이셨다. 말씀도 거의 없었고, 혹시라도 입을 연다면 우리 형제들을 야단칠 때뿐이었다. 식사할 때도 배고픔을 해결하는 것이 목적이었고, 말이 많은 것은 용납이 되질 않았다. 그래서 난 가족이 원래 그런 것인 줄 알았다. 그렇게 재미없이 오직 생존만을 위해 함께 먹고 자는 것이 전부인 양 알고 있었다. 아버지는 가족의 생계를 위해 돈을 벌어오는 사람이고, 어머니는 그 돈으로 밥하고 빨래하고 청소하는 것이 전부인 양 생각하고 있었다. 즐거움은 밖에 나가서 친구들에게 찾거나 나중에 크게 성공해서 얻는 것인 줄만 알았다.

아마 지금도 우리나라의 많은 가정들이 이렇게 살고 있지 않을까 싶다. 부모 자식 간에 나이 차이가 많이 나니까 생각하는 것이 다르고, 그 세대차이로 인해 대화가 끊긴 지 오래다. 아버지가 입을 열면 오히려 겁이 나고 부담스럽다. 차라리 아버지가 없었으면 좋겠다는 생각도 많이 하고 있을 것이다. 돈 때문에 어쩔 수 없이 함께 살아야 한다고 생각하는 것이다.

정말 억장이 무너지는 통탄할 현실이다. 가장 큰 즐거움과 행복이 있어야 할 곳이 이렇게 살벌한 곳이 되었으니 무슨 일할 맛이 나고, 살아갈 맛이 나겠는가 말이다. 돈 때문에 일을 하고 내가 낳아 놓은 자녀를 먹여 살려야 하는 책임감에 더럽고 아니꼬워도 그만두지 못하고 어쩔 수 없이 일을 해야 한다고 생각하니 무슨 재미가 나겠는가? 집에만 가면 자녀들이 원수덩어리로 보인다. 내 어깨에 짊어진 큰 짐이라는 생각뿐이니 어찌 웃으면서 지낼 수 있겠는가 말이다. 그 마음은 그대로 자녀들에게 전달되니 자녀들의 마음속에는 어찌 사랑이 피어나겠는가?

돈이 문제가 아니다

물론 돈은 중요하다. 하지만 이렇게 살다 보면 돈이 생기고, 경제적으로 여유가 생겨도 행복한 삶을 살 수 없다. 인생에서 가장 큰 부분을 놓치고, 살아도 사는 것이 아닌 삶으로 전락하고 만다.

얼마 전 외국영화를 보다가 특이한 것을 발견했다. 직장 상사가 "이번 주 토요일에 회사에 중요한 손님이 찾아오니 시간을 비워두게" 하자 남자는 바로 이렇게 이야기한다. "이번 주 토요일에는 아들과 함께 야구경기를 관람하기로 약속이 되어 있습니다. 죄송합니다." 그러자 그 상사는 "아, 그런가. 그럼 할 수 없지. 즐거운 시간 보내게" 하고는 바로 물러나는 것이었다. 우리나라였다면 어땠을까? 상상하기도 어렵다. 이렇게 중요한 회사 일에, 자녀와의 약속을 앞세운다는 것 자체가 이해가 되지 않을 것이다. 자녀와의 시간은 언제든지 보낼 수 있다고 생각한다. 또 자녀와의 약속은 크게 중요하지 않다고 생각한다.

물론 매사에 가정을 먼저 생각하라는 말은 아니다. 업무의 경중에 따라 적절하게 처리해야겠지만, 우리는 가정의 일을 너무 소홀하고 가볍게 생각한다는 데에 문제가 있다는 것이다. 자녀나 배우자와의 약속을 어떤 것보다 중요하게 생각할 줄 알아야 한다는 것이다. 나뿐만 아니라 상사나 사장도 모두 가정을 행복하게 하기 위해 일하고 있고, 서로 그것을 이해해주고 인정해줘야 한다는 말이다.

누가 뭐래도, 어떤 일이 있더라도 가정의 행복을 먼저 생각하자. 돈이 아니라 사랑과 대화, 웃음과 배려가 넘치는 가정을 만들자. 따뜻한 말 한마디를 건네고, 등을 토닥여 주고, 안아주고, 이해해주면서 가정을 이 세상에서 제일 행복한 곳으로 만들어 놓자. 그래야 모든 일이 잘되고 잘 풀릴 것이다.

03

이 땅에서 천국을 찾지 못하면

미국의 여류시인 에밀리 디킨슨은 이런 말을 했다. "이 땅에서 천국을 찾지 못한 사람은 하늘에서도 천국을 찾지 못한다. 우리가 어디를 가든 간에 천사들이 내 옆집을 빌리기 때문이다."

주변에서 천국과 극락을 찾는 사람들을 많이 볼 수 있다. 그런데 천국이나 극락에 가서 살 생각에만 부풀어 현재의 삶은 대수롭지 않게 여기는 경우가 많은 것 같다. 그리고 이 땅에서 고통스럽고 힘들게 살수록 내세에 더욱 큰 상을 받을 것이라는 생각을 한다.

사람들을 내려다보고 있는 신이 있다면 참으로 답답할 것 같다는 생각이 든다. 이 땅에서 재미있고 즐겁게 놀다가 오라고 여행을 보내줬는데, 집으로 돌아올 생각만 하면서 살고 있으니 얼마나 안타까워 하실까 싶다. 또 이왕 여행 간 김에 더 재미있게 즐기면서 살라고 일을 만들어 줬는데, 즐기기는커녕 하는 일마다 짜증내고 스트레스 받아가면서 자신에게 영광을 돌린다는 이야기만 하고 있으니 답답하지 않겠는가?

자녀가 아빠에게 잘 보이겠다고, 아빠의 이름을 유명하게 한다고 친구들과 어울려 놀지도 않고, 아빠의 광고 전단지만 돌리고 다닌다면 어느 아빠가 좋아하겠는가? 어느 아빠가 그런 자녀를 자랑스러워하겠는가? 어떤 아빠라도 내 자녀가 그런 일을 하는 것보다 친구들과 잘 어울려 놀고, 친구들을 도와주고, 사이좋게 지내는 것을 더 바랄 것이다.

전지전능한 신께서는 내가 영광을 돌리지 않아도 스스로 영광스럽고 대단하고 훌륭하다. 내가 그것을 증명해야 할 만큼 작은 분이 아니라는 말이다.

내가 만나는 모든 사람이 천사다

천사들이 내 옆집을 빌린다는 말은 내 옆에 있는 사람들이, 내가 만나는 모든 사람들이 바로 천사라는 이야기일 것이다. 만약 진짜로 신과 친하게 지내는 천사를 만난다면 우리는 천사에게 잘 보이기 위해 온갖 노력을 다 기울일 것이고, 잘 대접할 것이며, 나로 인해 편안하고 기분이 좋을 수 있도록 노력할 것이다. 때로는 선물도 사다 주고 아부를 하기도 할 것이다. 신에게 잘 좀 이야기해달라는 의미에서 말이다.

먼저 나와 함께 하는 가족들을 천사라고 생각하고 대접해야 한다. 나 때문에 아내가 진정 행복해질 수 있도록 최선의 노력을 기울여야 한다. 자녀와 부모님이 즐거워할 수 있도록 하고, 이웃에 사는 사람과 직장 동료들도 나로 인해 조금이나마 더 기쁜 삶을 살도록 한다면 얼마나 좋겠는가.

비록 그들에게서 돌아오는 것이 없다고 할지라도 다음 세상에서 기다리는 신에게 큰 상금을 받을 것이라고 확신한다. 그리고 이 세상을 살면서도 그렇지 않은 사람에 비해 훨씬 더 마음 편하고 행복하리라고 생각한다. 나도 예전에는 나만 알고 나만 생각하면서 살아왔다. 내가 좀 더 편하길 원했고, 많이 가지길 원했다. 형제끼리 재산을 놓고 다투고, 심지어는 아들과 마지막 남은 고기 한 점을 가지고 다투기도 했다. 내 가족이 행복하게 살게 하기 위해 돈을 번다고 하면서도 나 때문에 가장 고통받는 사람이 내 가족이란 것을 뒤늦게야 깨달았다.

잘 모르는 다른 사람을 행복하게 해 주려 하기 전에 가장 가까이에 있는 사람부터 행복하게 해 주어야 마땅할 것이다. 그리고 조금씩 범위가 넓어져야 한다. 난 지금은 만나는 모든 사람들을 천사라 생각하고 그들을 소중하고 귀하게 대하려고 노력한다. 조그마한 선물이라도 준비해서 만날 때마다 전하려 하고 가능한 도움을 주려고 노력한다. 그렇게 하니까 사람들도 나를 더욱 적극적으로 도와주는 것 같고, 일도 더 잘되는 것 같다.

04

자녀가 있어야 행복하다

우리나라의 출산율이 3년 연속 OECD 국가 중 최하위 수준이 되었다. 이 문제는 앞으로 5년, 10년 계속될지도 모른다. 앞으로는 젊은 사람은 없고, 노인들만 즐비한 나라가 될 것이라고 한다. 젊은이 한 사람당 몇 명의 노인을 먹여 살려야 하고 그것 때문에 세금이 엄청 높아질 것이다.

산모가 없어 문을 닫는 산부인과가 늘어나고 어린이집, 유치원까지 타격을 입고 있다. 대학교에서도 신입생이 모자라 고심하고 있다. 이건 사회적으로나 국가적으로 엄청나게 큰 문제다. 때문에 각 지역별로 출산율을 높이기 위해 나름대로 대책을 내놓고 있으나 기대했던 만큼의 실효는 거두지 못하고 있다.

출산율을 높이기 위한 대책

그럼 어떻게 해야 출산율이 높아질 수 있을까? 바로 우리의 근본적인 생각부터 바꾸어야 한다. 황금만능주의, 권력만능주의, 미모만능주의 같은 생각부터 버려야 한다. 이런 사회적 풍토를 바꾸지 않는 한 우리는 이 문제에서 헤쳐 나올 수 없다. 아이를 낳게 되면 성형 수술비부터 걱정해야 하고, 학원비부터 걱정해야 하는 사회에서 어떻게 마음 편하게 아이를 낳을 수 있겠는가?

사람들이 가장 많이 의존하는 오락거리인 TV에 출연하는 사람들은 한결같이 예쁘고 멋있고 완벽한 외모와 몸매를 갖추고 있다. 혹시라도 얼굴이 조금 떨어진다 싶으면 웃기는 조연이거나 개그맨인 경우가 많다. 연예 프로그램에서도 이제는 공공연히 말한다. 얼굴과 몸매가 안 되면 살아남기 어렵고, 성형에만 몇 억의 돈이 들어간다고 한다. 그런데도 성형하지 않은 사람은 찾아보기 어려울 정도다.

이 문제는 우리가 살고 있는 사회에까지 번져 나와 중·고등학생들이 벌써 성형수술에 나서고 있다. 뜨거운 여름에 힘들게 아르바이트를 하고 있는 여학생을 보고 참 훌륭하다는 생각이 들었다. 그래서 돈을 벌어서 뭐할 건지 물어보자, 당연하다는 듯이 코를 높이는 성형수술을 하기 위해서라고 했다. 친구들 사이에 그게 유행이란다. 미팅에서도 못생긴 사람을 폭탄이라고 칭하며 폭탄 제거반까지 만들어져 설친다. 쉽게 말해 돈 없는 집의 자녀들은 폭탄이 된다는 말이다. 친구들과 어울리지도 못한다는 말이다. 이러니 어찌 자녀를 맘 편하게 낳아 기를 수 있겠는가.

학교와 방송에서 앞장서자

학교에서도 학생들에게 지식을 주입하는 것도 중요하지만 어릴 때부터 미모가 성공과 행복의 전부가 아니라는 것을 강조하고 또 강조해야 한다. 시험에도 나와야 한다. 그리고 방송국에서도 사회적으로 일어난 이 같은 문제에 대해 좀 미안한 생각을 가지고 드라마 중간 중간에, 또는 연예 토크쇼에서나 강좌 프로그램에서 이 문제를 자꾸 다루어야 한다.

왜 인종차별이나 남녀차별에 대해서는 그렇게 떠들면서 미모차별에 대해서는 모두가 무관심한지 통탄할 노릇이다. 여기에 관련된 법을 만들어야 한다. 입사면접에서 미모로 사람 차별을 하면 바로 구속 조치해야 한다. 자리를 양보할 때도 예쁜 사람에게만 하면 현장에서 바로 벌금 스티커를 발부해야 한다. 시내 곳곳의 불법주차단속 카메라처럼 미모차별 단속카메라가 뱅뱅 돌고 있어야 한다. 그리고 9시 뉴스에도 나와야 한다. "연예인 ○○○ 씨는 오늘 오전 미모차별 단속법에 걸려 철창행이 되었습니다" 하면서 얼굴에 뭘 뒤집어쓰고 쇠고랑을 찬 채 끌려가고, 그것을 취재하는 기자들의 카메라 플래시가 여기저기서 펑펑 터져야 한다. 못생긴 사람도 똑같이 세금 내는데 차별대우를 받아야 할 이유가 없다.

"못생긴 사람들이여, 일어나라!" 둥둥 둥둥~~ "못생겼다. 차별마라. 우리도 세금 낸다!" 둥둥 둥둥 ~~ "우리도 조연 싫다. 주연좀 맡아보자." 둥둥 둥둥~~ "이 세상에 못생긴 사람들이 대우받는 그날까지 일어나라!"

　TV 드라마를 보고 있으면 외제차에, 화려한 액세서리에, 궁궐 같은 집에, 아름다운 몸매와 얼굴이 많이 나온다. 그것을 보는 국민들은 상대적으로 빈곤감을 느낄 수밖에 없고, 그것은 불행으로 느껴지고, 자신의 자식들에게까지 가난을 물려주고 싶지 않은 마음이 되는 것이다. 교육하기도 벅찬데 성형수술까지 해줘야 하는 세상이니 어찌 아이를 낳고 싶단 말인가?

기업체와 관공서에서 나서자

교육문제는 기업체와 관공서에서 적극적으로 팔 걷어붙이고 나서야 한다. 신규사원을 채용할 때 학부란을 아예 없애버리자. 영어테스트도 없애자. 우리 대한민국이 미국의 식민지도 아닌데, 왜 한국어보다 영어를 더 중요하게 다루어야 하는지 곰곰이 생각하자. 신규채용 때 가장 눈여겨볼 것은 어느 대학이며, 토플 성적이 어느 정도냐가 아니라 학교 다닐 때 친구들과 어떻게 지냈으며, 꿈이 무엇인지, 멘토가 누구인지, 사회에 봉사활동은 얼마나 했는지, 힘들고 어렵게 산 경험은 있는지, 부모와의 관계는 어떠한지, 자신만의 뚜렷한 철학과 신념이 있는지 등을 중점적으로 봐야 한다.

　그래야 입사를 했을 때 선후배들과 잘 어울리고 팀워크를 이뤄 좋은 결과를 낼 것이 아닌가. 영어가 꼭 필요한 업무라면 입사하고 난 다음 배워도 늦지 않다. 요즘 '6개월 만에 말문이 열리는 영어'

등 영어공부 방법이 많이 나와 있다. 자신에게 꼭 필요하면 배우게 되어 있다. 그렇지만 좋은 마인드는 6개월 만에 갑자기 갖출 수 없다. 그리고 가능하면 유머감각 있고, 타인을 배려할 줄 아는 마음을 가진 사람을 뽑는다고 신문에 대문짝만하게 광고를 내자. 그러면 서서히 사회 분위기가 달라질 것이다. 깊은 산중의 사찰에 들어가 몇 년간 공부만 한 사람이 사회를 어떻게 잘 알겠는가? 제발 기업과 관공서에서 나서자. 입사시험 기준이 달라지면 우리 사회도 금방 바뀔 수 있다.

돈과 권력이 아니라 인품을 강조하자

우리 사회는 모든 게 돈에 맞춰져 있다. 돈만 있으면 된다는 생각이 팽배하다. '인생은 한방이다' '무전유죄 유전무죄'라는 말도 있으니 모두가 어떻게 해서든 돈을 끌어모으려고 혈안이 되어 있다. 돈을 위해서 권력을 남용하고, 다른 사람에게 피해를 입히기도 하고, 심지어는 해치기까지 한다. 그렇게 해서 번 돈으로 뭘 하겠는가? 명품 옷을 사 입고, 해외여행을 다니고, 외제차를 타고 다니고, 큰 저택에서 살기밖에 더 하겠는가? 그러면 더 행복한가? 남에게 손가락질과 원망을 들으며 그 속에서 살면 무슨 기쁨이 있을까?

남보다 좀 부족해도 맘 편하게 사는 것이 최고라고, 남에게 조금이라도 도움을 주면서 사는 것이 값진 삶이라는 것을 모든 매스컴과 학교, 종교기관에서 입을 모아 외쳐야 한다. 자신의 성공과 권력과 돈을 위해 타인을 괴롭히고 피해를 입히는 사람은 어떤 범죄자보다 더 나쁜 사람이다. 그런 사람은 최고 나쁜 악질로 치부해 전자발찌를 채우고, 다른 사람과 어울리지도 못하게 만들어야 한다.

그런데 이 사회는 그들에게 너무 관대하다. 높은 관직에 있으면서 불법자금을 끌어모으다가 구속이 되어도 몇 년 후면 금방 나온다. 그리고 언제 그랬느냐는 듯이 잊어버린다. 그런 사람이 또 선거에 나와 길거리에서 머리 숙이며 한 표를 부탁하고 있다. 우리는 또 그 사람을 찍는다.

범국가적인 차원에서 이런 병폐를 막지 않는다면 우리나라의 저출산율은 영원히 해결될 수 없다. 지금처럼 속은 치료하지 않고 겉만 치료한다고 해결될 문제가 아니다. 눈 가리고 아웅하는 것이다. 지구온난화 문제보다, 북한의 핵문제보다 더 무서운 것이 지금 우리 사회에 퍼져 있는 잘못된 생각들이다. 이러한 문제만 해결된다면 누군들 애를 낳고 싶지 않겠는가? 사회가 그렇게 바뀐다면 나도 한 명 더 낳도록 힘써 볼 것이다.

05

자녀와의 즐거운 소통방법

세대가 달라지면서 소통하는 방법도 많이 달라지고 있다. 그런데 세대 간에 서로의 소통방법만 고집하다 보니 아예 소통이 끊어져버리는 경우까지 발생한다. 요즘 아이들은 말보다는 휴대폰 문자와 인터넷을 즐겨한다. 그러다 보니 표현이 매우 짧다. 모든 말을 줄여서 한다. TV 프로그램 제목도 모두 줄여서 말한다. 나도 처음엔 못 알아들었다. 우리 아이들은 내가 어리둥절한 모습을 보이니 재미있는지 못 알아들을 말만 한다. '베프'가 무엇인지 아는가? '베스트 프렌드'라고 한다. 아이들끼리는 이런 용어를 모르면 소통이 안 되니 하지 말라고 할 수도 없는 노릇이다.

내 아들도 말이 별로 없는 편이다. 무엇을 물어봐도 아주 간단하게 대답한다. "예" 한 글자로 끝난다. 좀 길게 이야기하라고 부탁하면 "예~~~" 한다. 속이 뒤집어진다. 그래도 '언젠가 좋아지겠지' 하는 마음으로 기다렸는데 요즘에서야 그 이유를 알 것 같다. 거의 문자로만 소통을 하다 보니 말을 잃어가고 있는 것이다. 가족 간의 대화도 부족하고, 대화를 한다 하더라도 안부를 묻는 정도나 훈계를 듣는 것밖에 없다. 친구 간의 대화도 짧은 말로만 하다 보니 표현력을 점점 잃어가고 있다.

자녀가 만약 이렇다면 내가 자녀들에게 맞추어서 대화를 하는 연습을 해야 한다. 내가 부모니까 자녀들이 나에게 맞추기를 기대해서는 안 된다. 그것은 계속 갈등을 생기게 하고, 서로에게 스트레스가 될 뿐이다.

자녀들의 방식으로 소통하자

자녀들이 사용하는 소통방법을 먼저 배워 대화를 나눠보자. 일단 피곤하겠지만 휴대폰을 들고 자녀에게 문자를 보내자. 길게 쓰지 말고 짧게 한 줄만 쓴다. 나의 경우는 욕심 때문에 문자를 화면에 가능한 꽉 채우려고 힘쓴다. 그러면 자녀들은 '아~ 피곤한데' 하는 생각을 한다. 돈 아깝다는 생각하지 말고 그냥 짧게 한 줄 날리자. "아들~ 아빠야. 사랑해" 이렇게 보내보자. 당장 답장이 올 것이다. "아빠, 어디 아파?" 그러면 또 한 줄만 보내자. 그리고 단어도 가능한 축약해서 보내라. 예를 들어 '즐겁고 행복한 하루가 되길 바란다'는 '즐~' 이렇게 한 글자면 족하다.

이렇게 하다 보면 점점 자녀들의 문화에 익숙해지고 재미있어진다. 그들이 버릇없고 잘못된 것이 아니라 다만 우리와 살아온 문화가 다르다고 이해해야 한다. 그래야 소통이 된다. 그리고 자녀들에게도 훌륭한 아빠로 인정받게 된다. 자녀들은 학교에서 친구들에게 자랑할 것이다. "우리 아빠가 나에게 이런 문자를 보냈다"고 하면서 보여주면 많은 친구들의 부러움을 살 것이다. 돈 버는 것에만 급급해하지 마라. 그것을 핑계로 자녀와 멀어진다면 무슨 소용이 있단 말인가?

그것도 나름대로 재미있다

나도 해보니까 나름대로 재미있었다. 그래서 딸과 자주 문자를 주고받는데 딸의 친구들에게 '인기 짱' 아빠로 통하고 있다. 어려울 것 없다. 그들의 용어를 배워서 그 용어로 대화를 시도하면 된다. "네가 하는 말이 참 어이가 없구나"는 '헐~' 하나로 충분하다. 이러한 용어는 자녀를 통해서 배우는 것이 가장 좋다. 나도 집에서 말을 축약해서 한다. "아들아, 커한!" 그러자 말이 없던 아들도 답답했던지 물어본다. "아빠, 그게 무슨 뜻이에요?" "응, 커피 한 잔이 마시고 싶구나. 네가 커피 한 잔 타주면 좋겠다는 뜻이야." 그러자 아들은 빙긋이 웃으면서 커피를 타왔다. 요즘 우리 가족들은 그렇게 '커한'처럼 축약된 단어를 사용하며 재미있게 살고 있다.

이렇게 자녀와 소통이 원활해지고 친구가 되고 났을 때 조금씩 어른들의 세계를 이해시켜나가면 된다. 그들 세대와 어른 세대가 문화의 차이로 인해 생각이 다르다는 것을 알려주고 "어른들과 대화할 때는 문자로 하듯이 축약된 말로 하지 말고, 끝까지 이야기하는 것이 좋단다. 어른들은 그렇게 배워 왔기 때문에 할 수 없어. 이제 와서 고치기도 힘들거든. 네가 조금 힘들어도 그렇게 해봐. 그러면 요즘 그런 애들이 거의 없기 때문에 어른들이 대번 예의바르고 착하고 똑똑한 아이라고 인정하게 된단다" 하고 이야기를 해주면 자녀들은 부모가 하는 잔소리가 아니라 친구가 하는 말이라고 생각하고 수긍을 하게 된다.

06

출생의 비밀

이 글을 읽고 있는 당신은 혹시 결혼을 하셨는가? 결혼을 했다면 자녀도 있으신가? 그렇다면 한 가지 물어보고 싶은 게 있다. 혹시 자녀를 낳을 때 태몽을 꾸셨는가? 무슨 꿈을 꾸셨는가?

강의를 할 때 이렇게 물어보면 대부분 태몽을 꾸지 않았다고 말하고, 태몽을 꾼 사람들도 물고기, 뱀, 고구마, 호박, 강아지, 호랑이 등 다양하게 나온다.

그런데 내 생각은 이렇다. 자녀가 엄마나 아빠에게 자신의 태몽이 무엇이냐고 물어보면 무조건 '용꿈'을 꿨다고 말하자. 그 말을 들은 자녀들은 어릴 때부터 얼마나 자신감과 용기를 가지고 인생을 살아가겠는가. 왜 태몽 없이 태어났다고 말하는가? 용꿈을 꿨다고 하면 자녀들이 조사라도 하겠는가? 내가 꿨다는데 말이다.

자녀가 이해하기 쉽게 그리고 실감나게 시나리오를 하나 만들어두자. 고향이나 시골에 가면 연못이나 바다가 있을 것이다. "우리 동네 그 연못에서 누런 용이 입에서 불을 뿜으면서 손에 여의주를 들고, 몸을 비틀며 하늘로 올라가더라고. 그러다가 갑자기 여의주를 딱 떨어뜨리는 거야. 근데 그게 내 품으로 쏙 들어오더라고. 그리고 네가 태어났잖아." 이렇게 만들어두자. 그러면 자녀의 마음이 뿌듯해지고, 뭔가 큰 사람이 될 것 같은 느낌이 들지 않겠는가.

어떤 남자와 결혼하겠는가?

비슷한 조건의 남자가 둘 있다고 치자. 얼굴 생김새도 비슷하고, 키도 비슷하고, 직업도 비슷하고, 능력도 비슷하다. 그런데 한 명은 용꿈을 꾸고 태어났고, 한 명은 개꿈을 꾸고 태어났다. 만약 당신이 여자라면 누구와 결혼하고 싶겠는가? 당연히 용꿈 꾼 사람이다. 이왕이면 뭔가 잘될 것 같은 사람과 결혼하고 싶을 것이다.

지금까지 이야기하지 않으신 분들은 오늘 저녁에 집에 돌아가서 자녀들을 조용히 부르자. 그리고 정색을 하고 자녀에게 차분한 목소리로 이렇게 말하라. "지금부터 내 말을 잘 들어라. 오늘은 내가 너의 출생의 비밀에 대해 알려 줄 것이다. 어떤 말을 하더라도 놀라지 말거라. 넌 용꿈을 꾸고 태어났다. 내 고향의 연못에서~" 하면서 미리 준비해 둔 시나리오를 쭉 이야기해 주면 될 것이다. 실수하면 안 된다. 심각한 분위기에 빠져들어 본인이 무슨 말을 하려는지 헷갈려서 "출생의 비밀을 알려 주겠다. 지금 네 아빠는 진짜 아빠가 아니다." 이러면 절대 안 된다. 큰일 난다.

성공의 씨앗이 된다

이렇게 용꿈 이야기를 해주고 자녀가 무엇을 잘할 때마다 "역시 용꿈 꾼 사람은 달라. 크게 될 인물이야." 이렇게 말해보라. 그러면 자녀의 마음속에 조그마한 성공의 씨앗이 탁 떨어진다. 그러면서 생각과 행동이 의젓해지고, 용기 있는 행동을 하게 될 것이다.

자녀가 의기소침해 있을 때도 등을 두드리면서 이렇게 말하라. "괜찮아. 넌 용꿈을 꾸고 태어났기 때문에 모든 일이 잘될 거야. 이런 사소한 일에 흔들리지 마. 네가 크게 되려고 하는 약간의 잡음일 뿐이야." 이렇게 말하면 자녀가 '맞아, 난 용꿈을 꾸고 태어났지. 그래, 이런 작은 일에 흔들리지 말자' 하면서 다시 용기를 갖고 기운을 되찾을 것이다. 그런데 "이 자슥은 개꿈 꿀 때부터 알아봤어. 뭐 하나 똑바로 하는 게 없어." 이렇게 하면 자녀의 가슴에 못을 박게 될 것이다.

긍정적인 생각을 하자

거짓말을 하라는 이야기가 아니다. 꿈이란 생각에서 나오는 것이고, 내가 생각을 긍정적이고 진취적인 것으로 바꾸면 얼마든지 그런 생각을 할 수 있는 것이다. 그때는 그런 생각을 못했다고 하더라도 지금이라도 긍정적으로 생각하고 말하자는 것이다. 이왕이면 자녀들도, 우리들도 기분 좋고 힘이 나게 하는 이야기를 해 주자는 것이다.

여러분은 부모님께 어떤 태몽을 들었는가? 밤? 도토리? 그것과는 상관없이 무조건 용꿈을 꾸고 나를 낳았다고 생각하자. 용꿈을 꿨는데 기억 못하시는 것이라 생각하자. 그리고 누굴 만나도 무조건 용꿈을 꿨다고 말하자. 금방 결혼할 수 있을 것이다. 생각보다 용꿈의 위력은 대단하다는 것을 느낄 수 있을 것이다.

참고로 내 아내도 용꿈을 꾸고 태어났다고 한다. 장모님이 리얼하게 이야기하는데 정말인 것처럼 느껴진다. 그리고 아내 주변에서 일어나는 일들을 보면 정말 용꿈이 맞다는 확신이 든다. 왜냐하면 지금 대한민국에서 가장 행복한 생활을 하고 있고, 아무리 어려운 일이 생겨도 걱정하지 않고 또 그것이 쉽게 풀려버린다. 나 또한 용꿈을 꾸고 태어났다. 그래서 어릴 때부터 큰 인물이 될 것이라는 생각이 뿌리 깊게 박혀 있었다. 이름도 넓을 홍에 호걸 걸, 넓은 곳에서 호걸이 될 운명이라는 뜻을 가진 김홍걸金洪傑이다. 이런 이유로 내가 가는 모든 곳에는 항상 웃음과 행복이 피어나고, 나와 함께 하는 모든 사람들이 같이 잘되는 놀라운 경험을 많이 했다. 우리 딸과 아들도 당연히 용꿈을 꾸고 태어났다. 앞으로 큰 인물이 되리라 확신한다.

07

웃을 수 있는 분위기를 만들자

웃는 가정이 행복한 가정이라고 했다. 웃는 가정에는 행복이 와서 들여다보고, 근심 걱정이 많은 가정에는 불행이 와서 들여다본다고 한다. 이렇게 말하면 "어디 몰라서 안 웃습니까? 웃을 일이 있어야 웃고, 돈이 있어야 웃죠" 하고 오히려 화를 내는 경우가 많다. 내가 자신 있게 말하는데 절대 그렇지 않다. 그렇게 말을 하는 사람은 돈이 많이 들어와도 웃지 못한다. 그 돈으로 인해 또다른 걱정과 근심이 생기기 때문이다. 누가 훔쳐갈까 걱정되고, 어디에 쓸까, 무엇을 할까 등 걱정거리가 더 많아지기 때문이다. 그러니까 부자가 될 때까지 기다리지 말고 지금부터 조금씩 연습해 보자는 이야기다.

웃는 가정이 행복해지고 또 웃기만 해도 복이 온다고 하면, 그것이 사실이라면 혹시나 웃어 볼 의향이 있는가? 아마 대부분 그렇게 이야기할 것이다. "진짜로 복이 온다면 밤을 새서라도 웃겠다. 그게 다 듣기 좋으라고 하는 이야기고 성공한 사람들이 그냥 하는 이야기지, 우리 같이 돈 없는 사람들이 웃는다고 뭐가 달라지겠는가”라고.

좋다. 그렇다면 내 말을 명심하기 바란다. ‘웃으면 복이 온다’는 속담이 있고, 웃음이 건강과 행복에 큰 부분을 차지한다고 많은 책들과 언론, 심지어 제품 광고에까지 나오고 있다. 그러니까 까짓것 속는 셈 치고 한번 도전해보자. 알고 보면 그렇게 힘든 것도 아니다. 그냥 빙긋이 미소만 지어도 되고, 웃긴 일이 있을 때 큰소리로 웃어보고, 남을 웃기려고 노력도 해보자. 처음엔 잘 안 되겠지만 자꾸 하다 보면 익숙해지고, 습관이 되지 않겠는가.

지금부터 일 년 정도만 눈 딱 감고 연습해보자. 옛 말이 맞는지 아닌지, 책에서 말하는 것이 맞는지 틀린지 실험해 보자는 것이다. 말처럼 안된다고 하더라도 지금보다 더 나빠질 것도 없지 않겠는가? 실제로 그렇게 해 봤는데 아무런 변화가 없다든지, 복은커녕 안 좋은 일만 더 많이 생겼다면 그때부터는 과감하게 지금의 모습으로 돌아가면 된다. 그렇다고 크게 손해 보는 것도 없다. 걱정 안 해도 된다. 웃다가 사업 망했다는 소리 들어본 적 없고, 웃다가 회사에서 잘리고, 이혼했다는 이야기도 들어본 적 없다. 그러니 과감하게 도전해 보자. 밑져야 본전이고 잘되면 대박이다. 손해 볼 것 없는데 안 할 이유가 없다.

웃는 표정으로 바꿔보자

자, 이제 해 보겠다는 결심이 섰다면 표정부터 바꿔보자. 조그마한 거울을 항상 들고 다니면서 틈나는 대로 거울을 보며 웃는 연습을 하자. 입꼬리를 끌어올리고, 눈도 웃는 표정을 하고, 잘 안 되면 양 손가락으로 입꼬리를 강제로 끌어올리자. 그래서 약간만 힘을 줘도 입꼬리가 확 올라가게 만들자. 그리고 사람을 만나면 무조건 미소를 짓는 연습을 하자. 모르는 사람이라도 눈이 마주치게 되면 빙그레 웃어주자. 미친놈이라고 욕할까봐 겁나는가? 까짓것 욕 좀 먹을 생각하자. 그것이 무서웠다면 이렇게 도전하지도 않았을 것이고, 그 정도 태클도 없다면 도전의 재미도 없다. "왜 웃느냐?"고 물어보면 솔직하게 "웃는 연습 중입니다" 하고 대답하자. 뭐 어떤가? 축구나 족구, 골프 연습처럼 이것도 그런 연습의 일종일 뿐이다.

직장의 동료나 친구, 가족은 연습하기 아주 좋은 상대이다. 얼굴이 마주치면 무조건 환하게 웃어보자. 그러면 상대방도 아마 환한 미소로 화답을 해 올 것이다. 사람들을 만나 인사를 할 때는 더욱 환하게 연습해야 함은 물론이다. 사람들의 반응에 신경쓰지 말고 꿋꿋하게 밀고 나가자. "과장님, 요즘 왜 그렇게 웃고 다니십니까? 뭐 좋은 일 있으십니까?" 하고 물어보면 또 솔직하게 말하자. "웃으면 복이 온다고 하잖아. 그래서 딱 일 년 동안만 웃어보려고. 진짜 복이 오는지 안 오는지 겪어보고, 결과를 이야기해 줄게. 많이 도와줘. 이게 쉬울 줄 알았는데 의외로 어렵더라. 얼굴만 보면 미소를 지으려고 노력하는데 그게 잘 안 되네. 내 표정 어때? 괜찮아?" 이렇게 말하면 이해를 하고 아마 다음부터는 상대방도 미소를 지으면서 협조해 줄 것이다.

웃는 사진을 걸어두자

사진을 모아 둔 앨범을 꺼내 웃고 있는 사진만 골라내 보자. 그것을 큰 전지나 달력의 뒷면에 예쁘게 붙여보자. 멋지게 만들었으면 잘 보이는 벽에다 붙여두자. 가족 전체가 환하게 웃으면서 찍은 사진이 있다면 크게 확대해서 걸어두는 것도 좋다. 아무런 의미 없는 그림이나 한문으로 쓴 붓글씨에 빨간 낙관이 찍힌 액자가 걸려 있다면 이제 떼어내버리자. 또한 가족사진에 한 명이라도 웃지 않는 사람이 있다면 그것도 떼어내자. 그리고 환하게 웃고 있는 사진으로 바꿔 걸자. 안방, 거실, 화장실까지 꼼꼼하게 살펴서 사진을 걸어둘 수 있는 곳에는 최대한 많이 걸어두자. 사진은 보관하라고 찍은 것이 아니라 보기 위해서 찍은 것이다. 아마 이 정도까지는 돈을 들이지 않아도 할 수 있는 일이니까 쉽게 잘할 수 있으리라 믿는다.

유머를 전시하자

인터넷이나 책에서 유머를 찾아서 집안 곳곳과 회사의 게시판, 화장실 등에 자꾸 게시를 해 놓자. 그리고 최소한 일주일에 한 번은 업그레이드를 하자. 떼어내고 다른 내용으로 붙이자는 말이다. 그러면 자동으로 웃을 수 있는 분위기가 형성된다. 긴 내용의 유머는 간단하게 축약해서 한 줄로 만드는 것이 좋다. 너무 길면 읽다가 지치기 때문이다. 인터넷을 조금만 뒤져보면 재료는 널려 있다. 집안을 좋은 가구로 채울 것이 아니라 좋은 유머로 채우겠다는 생각을 하자. 내가 먼저 하다 보면 자녀들이 협조를 해 줄 것이고, 회사의 동료들도 소스를 제공해 준다든지 격려의 말과 박수라도 보내줄 것이다.

TV 채널을 바꾸자

지금까지 즐겨보던 것이 드라마나 뉴스, 스포츠였다면 이제 채널을 바꿔보자. 개그 프로그램이나 토크 프로그램을 즐겨보자. 그리고 TV 속의 청중이라고 생각하고 재미없더라도 그들과 함께 억지로 웃어보자. 그들도 연출된 각본에 의해 억지로 웃고 있을지 모른다. 나도 PD가 시켜서 어쩔 수 없이 웃는다고 생각하고 자꾸 웃는 연습을 하자.

뉴스는 가능하면 보지 말아야 한다. 뉴스는 항상 시작 때부터 가슴을 두근거리게 하는 음악과 무슨 큰일이라도 난 것처럼 위기감을 조성하는 아나운서의 목소리가 우리의 관심을 쏠리게 한다. 뉴스를 보지 않아도 살아가는 데 큰 지장이 없다. 그것은 내 웃음 연습을 방해하는 아주 큰 장애물임을 알아야 한다. 그리고 슬프고 골치 아픈 내용의 드라마도 가능한 보지 말자. 대신 웃기는 시트콤을 보면서 웃는 연습을 하자.

유머 책을 방마다 배치해 두자

집에 들어오면 유머 책을 언제 어디서나 쉽게 볼 수 있도록 해 두자는 말이다. 화장실에 들어가서도, 침대에 누워서도, 거실 소파에 앉아서도 팔만 뻗으면 집을 수 있는 곳에 유머 책이 있도록 하자. 그래서 틈만 나면 읽고 또 읽으면서 웃을 수 있도록 하자. 유머는 읽었던 것을 또 읽어도 된다. 그래야 외워지고, 더 재미있다. 유머 책은 알기 위해 읽는 것이 아니라, 웃기 위해 읽는 것이라는 것을 기억해야 한다. 그러다가 재미있게 읽었던 것이 기억나면 가족이나 회사 동료에게 이야기를 해주자. 크게 웃지 않더라도 걱정하지 말고 그냥 해 보자. 웃기지 못하는 내가 잘못된 것이 아니라 웃지 못하는 그 사람들이 잘못된 것이다. 우린 도전했다는 그 자체만으로도 박수받아 마땅하다.

이렇게 일 년 동안만 꾸준하게 해 보고 결과를 지켜보자. 과연 복이 오는지 안 오는지, 좋은 일이 생겼으면 어떤 일인지, 느낌은 어땠는지도 기록해 두는 것이 좋다. 금방 잊어버릴 수 있기 때문이다. 그리고 그것을 가족이나 동료들과 공유하는 것도 좋다. 좋은 것을 자기만 알고 있기보다는 모두가 같이 알고, 같이 웃으면 좋지 않겠는가!

08

함께 하는 시간을 갖자

요즘은 부모들보다 자녀들이 더 바쁘다. 학교와 학원을 오가면서 공부를 하느라 밤 12시가 넘어서야 들어오고 새벽에 또 나간다. 얼굴 볼 시간도 없고 대화할 시간도 없다. 아이들 교육 때문에 외국으로 아내와 자녀들이 떠나버려 기러기 아빠가 된 경우도 많다. 혼자서 열심히 돈 벌어 자녀의 뒷바라지에 모든 것을 쏟아붓는다. 그렇게 하지 않으면 경쟁에 뒤져서 이 험난한 세상에 낙오자가 될 것 같은 두려움이 생긴다. 그러니 가족이 함께 사랑과 경험을 공유할 시간이 없는 것이다.

그렇게 해서 자녀가 돈 많이 버는 사람이 되면 부모님의 은혜에 감사하고 효도할까? '자신의 자녀는 분명히 효도할 것이다' 라고 생각하는 사람 손들어 보시라. 아마 아무도 장담하지 못할 것이다. 또 그들이 효도하기를 기다리고 있는 사람도 별로 없을 것이다. 나중에 자녀에게 의지하지 않으려고 벌써 준비하고 있을 테니까 말이다.

자녀들은 자신에게 돈을 많이 투자한 부모보다는 함께 재미있게 놀아준 부모를 더 고맙게 생각한다. 그리고 그렇게 한 부모가 더 그립고 보고 싶어지는 것이다. 돈만 쥐어주고 얼굴조차 보기 힘들었던 부모라면 아무런 추억이 없기 때문이다. 자녀들이 힘들 때 아빠보다 엄마를 더 많이 찾는 이유는 무엇일까? 엄마와의 따뜻한 추억이 더 많기 때문이다. 아버지가 힘들고 어렵게 돈을 벌어다 줬음에도 불구하고 아버지 생각은 별로 나지 않는다.

꼭 무엇을 거창하게 해야 하는 것은 아니다

함께 하는 시간을 가지라고 해서 꼭 무엇을 해야 한다는 부담감은 갖지 말자. 아무것도 하지 않더라도 그냥 함께 있는 시간을 가질 수 있으면 된다. 자녀가 TV를 보고 있다면 그냥 아무 말 없이 옆에 앉아서 함께 TV를 보자. "왜 공부 안 하고 TV만 보느냐!" 말하고 싶겠지만 절대적으로 참아야 한다. 그 말을 하는 순간 모든 것이 날아가버린다. 그리고 자녀와 같은 입장이 되어 함께 TV를 보자. 자녀가 이상하게 생각해도 그냥 가만히 있어보자. '내가 이 아까운 시간에 뭐하고 있나' 싶더라도 참아야 한다. 그러면 어느 순간에 갑자기 모든 것이 해결된다.

또한 시간이 된다면 영화를 보러 가든지 외식을 하러 간다. 뭔가 조그마한 것이라도 자꾸 가족 모두가 함께 하는 시간을 가져야 한다. 그것은 서로의 마음에 조금씩 신뢰가 쌓이게 하고 정이 들게 한다.

나이가 들면 초등학교부터 고등학교 때까지 친구들이 많이 생각난다. 그중에서도 함께 수박서리를 했다든지, 함께 캠핑을 가거나 시간을 많이 보낸 친구가 더 많이 생각난다. 함께 쌓았던 추억이 많기 때문이다. 알게 모르게 정이 많이 든 것이다. 가정에서도 그것을 만들어야 한다. 같은 집에 살았다고 해서 저절로 생겨나는 것이 아님을 명심하자.

부부 간에도 마찬가지다. 같이 살고 있지만 실제로 함께 보내는 시간이나 대화가 극도로 부족한 현실이다. 의도적으로 그런 시간을 만들지 않으면 사랑과 정이 생겨나기 어렵다. 아내가 드라마를 보고 있다면 함께 드라마를 보고, 설거지를 하고 있다면 옆에 서 있기라도 하자. 그럴 시간이 어디 있냐고 반문하지 마라. 그 시간에 그것보다 더 소중한 일이 도대체 무엇이란 말인가? 나중에 성공하고 나면, 돈 많이 벌어서 해외여행이라도 멋지게 하면 된다고 생각하지 마라. 그런 날은 오기 힘들고, 설령 온다고 하더라도 늙어서 어디 가기가 힘들어지니까 말이다. 지금 할 수 있을 때 조그마한 것이라도 함께 하자.

이때 주의할 것은 자녀에게든 배우자에게든 절대 가르치려는 말이나 행동, 비교하는 말 등은 삼가야 한다는 것이다. 그런 말이 가정의 행복을 깨는 주범이라는 사실을 알아야 한다. 나는 강사라서 얼마나 말을 하고 싶은지 모른다. 속에서는 천불이 난다. 그래서 처음에는 실수도 많이 했다. 몇 번의 시행착오를 거치고 나서야 깨달았다. 가족은 내 강의를 듣고자 하는 학습자가 아니라는 사실을 말이다. 그래서 지금은 그냥 조용히 있다. 강사가 아무 말도 하지 않고 있으면 그보다 더 멍청한 사람이 없다. 강의 분야 외에는 별로 아는 것이 없으니까. 하지만 내가 멍청하니까 다른 사람들이 좋아하는 것 같다. 이것은 불변의 진리다. 내가 똑똑해지는 순간 함께 있는 다른 사람이 괴로워짐을 잊지 말아야 한다.

09

나를 바꾸는 것이 먼저다

세계적으로 유명한 동기부여 강사 브라이언 트레이시가 말했다. "미국뿐만 아니라 세계 각국을 다니면서 강연으로 수많은 사람들에게 꿈과 희망을 주고, 그들이 새로운 삶을 살 수 있도록 변화시켜왔다. 하지만 그 숱하게 많은 시간 동안 딱 한 사람 변화시키지 못한 사람이 있다. 안타깝고 부끄러운 이야기지만 이 자리에서 공개하겠다. 그 사람은 바로 내 아내다."

난 이 말을 듣고 "아하~ 그렇구나" 하고 크게 깨달았다. 나도 지금까지 숱하게 많은 사람들에게 웃음과 감동을 주면서 강연을 해 왔지만 내 아내만큼은 지금까지 변화시키지 못하고 있다.

어떤 목사님이 하나님께 이렇게 기도를 했단다. "컴퓨터를 손바닥만큼 조그마하게 만들어서 손에 들고 다니면서 인터넷도 하고 자료도 보고 공부도 할 수 있게 만들어 주십시오. 지금은 노트북도 너무 커서 들고 다니기 무겁습니다." 그러자 하나님이 '펑' 하고 나타

나서는 "야~ 김 목사, 생각을 좀 해봐라. 컴퓨터가 되려면 모니터가 있어야 하고, 키보드도 있어야 하고, 마우스도 있어야 하고, 하드디스크도 들어가야 하는데 그게 어떻게 가능하겠느냐? 그것 말고 다른 가능할 만한 것을 얘기해 봐라"고 하셨다. 그러자 목사님은 "좋습니다. 그러면 아주 간단한 소원을 말하겠습니다. 제 아내가 제 말을 잘 듣고, 잘 따를 수 있도록 마음의 변화를 일으켜 주십시오." 그러자 하나님은 갑자기 말을 더듬으며 "아까 그 뭐.. 뭐라고 그.. 그랬냐, 손바닥만 하면 된다고 했느냐?" 하셨더란다. 그래서 지금의 아이폰이나 안드로이드폰, 갤럭시 등의 스마트폰이 탄생하게 되었다는 전설이 있다.

이처럼 하나님도 벌벌 떨면서 불가능하다고 외치는 것을 우리가 어찌 가능하게 하겠는가? 안 되는 것은 과감하게 포기할 줄 알아야 한다. 대신에 내가 할 수 있고, 나의 영향력이 미칠 수 있는 것에 관심을 가지고 도전을 해야 할 것이다. 그러면 모든 것이 평온해지고 행복이 찾아든다.

부부 간에 불화가 생기는 가장 중요한 요인은 대화를 하지 않기 때문이며, 대화를 하지 않는 이유는 바로 상대방의 말을 듣지 않기 때문이다. 상대방의 말을 듣지 않는 이유는 내가 상대방을 위해 존재하는 것이 아니라, 상대방이 나를 위해 존재한다는 생각 때문이다. 그러니까 배우자를 자신의 소유물로 생각한다는 것이다. 만약 자동차를 구입했다고 하면, 이제부터 이 자동차가 나를 위해서 존재한다고 생각하는 것과 같은 것이다.

　내가 필요할 때 언제든지 타고 다니고, 필요 없을 때는 주차장에서 며칠씩 말없이 대기하는 것이 자동차다. 그 생각은 맞다. 그러나 그렇게 말 못하는 자동차라도 주기적으로 오일을 교환해주고, 부품도 새것으로 갈아주고, 장시간 달렸을 경우 잠시 쉬어주기도 하면서 관리를 해주어야 한다. 만약 관리를 제대로 하지 않든가, 운전을 제대로 하지 않으면 금방 고장이나 사고를 일으키고, 심지어 주인의 목숨까지 위협하는 경우가 발생한다. 하물며 말을 하고, 스스로 움직이고, 자신만의 생각을 가지고 있는 사람의 경우에는 오죽하겠는가 말이다.

　말을 듣지 않는다고 해서 시댁이나 처가에 가서 주인에게 AS해달라고 해보자. 아마 안 될 것이다. 나도 숱하게 거절당했다. 개봉 후에는 AS도 안 되고 반품도 불가하다는 말만 들었다. 이건 소비자보호원에서도 해결이 되지 않는다. 그러니까 그냥 포기하자. 수리도 안 된다. 그냥 내가 생각을 바꾸어서 사는 수밖에 없다. 상대방을 절대 고치려고 해서는 안 된다. 그렇게 했다간 부작용과 트러블이 매우 심하게 일어나기 때문이다.

　그냥 내가 변해주자. 나 때문에 이 세상에 단 한 사람, 내 배우자가 행복해 한다면 그것으로 만족하면서 살자. 차가 나를 위해 존재하듯이 내가 배우자를 위해 존재한다고 생각하고, 어떻게 하면 더 잘해줄까? 어떻게 하면 저 사람이 더 기뻐할까? 생각하면서 내가 아닌 배우자가 좋아하는 행동과 말을 해야 한다. 그리고 자동차가 휘발유만 넣어주면 만족하듯이 나도 밥만 먹을 수 있다면 그냥 만족하면서 살자. 더 이상을 기대하게 되면 그것은 고통과 괴로움과 외로움, 스트레스, 두통까지 불러들이는 것이다.

두통이라고 하니 생각나는 이야기가 있다. 첫사랑의 여인이 나와 헤어지고 다른 남자와 결혼을 했다. 그 첫사랑의 여인이 다른 남자와 잘살게 되면 나는 배가 아프다. 다른 남자와 힘들거나 어렵게 살고 있다면 나는 마음이 아프다. 그런데 나와 같이 살고 있다면 머리가 아프다고 한다. 이렇게 배우자는 원래 나를 어디라도 아프게 하는 사람이다. 그냥 그렇게 인정하고 살자. 동그란 자동차 바퀴를 나 혼자서 애써 바꾸려고 노력하지 않고, 내가 그것에 적응하면서 사는 것처럼 말이다.

교감의 중요성

얼마 전 승마를 배우러 갔을 때였다. 승마 강사는 내가 말 위에 올라타기 전에 이렇게 강의를 했다.

"말은 자동차와 비슷한 면이 있고, 완전히 다른 면이 있습니다. 먼저 비슷한 면은 자동차에 액셀러레이터와 브레이크, 방향을 트는 핸들, 속도를 높이는 기어가 있는 것처럼 말에게도 그러한 기능이 다 있다는 것입니다. 그러나 완전히 다른 점은, 말은 기계가 아니라 살아 있는 동물이라는 것입니다. 자동차와는 다르게 그들은 감정이 있고, 생각이 있고, 표현이 있습니다. 말이 사람의 말과 표현, 생각을 읽어내고 그에 따라 움직여주는 것처럼 사람도 말의 표현을 보고 읽어낼 수 있어야 합니다. 그것을 교감이라고 합니다. 자신이 타는 말과 좋은 교감을 할 수 있어야 승마를 제대로 즐길 수 있습니다. 그렇지 못하면 아주 위험할 수 있습니다."

그러면서 말에게 신호를 보내는 방법과 말의 기분과 상태를 알 수 있는 방법에 대해 이것저것 가르쳐 주었다. 사람에 따라 다르겠지만 최소한 6개월 정도는 꾸준히 배워야 어디 가서 말 좀 탄다고 이야기할 수 있다고 한다. 옆에서 4년째 승마를 하고 있다는 사람은 아직도 자신이 부족하고 모르는 것이 많다고 말했다.

우리 생활 속에서 해도 되고, 안 해도 되는 취미생활 중의 하나인 승마도 그것을 하나 터득하기까지는 6개월 이상의 기간이 소요되고, 말과 함께 즐거운 시간을 보내기 위해서는 눈치 있게 말이 보내오는 신호를 빨리 알아채 그것에 적절하게 대응할 수 있어야 하고, 내 생각도 말에게 전달할 수 있어야 한다.

그런데 우리는 말보다 더욱 복잡하고 어려운 사람과 살면서도 전혀 배우거나 학습을 하지 않고 살아간다. 이 얼마나 간 크고 위험한 행동인가? 하찮은 말과도 그렇게 교감을 하지 않으면 아주 큰 사고가 일어난다고 하는데 하물며 사람은 얼마나 더 위험하겠는가 말이다. 그런데도 우리는 왜 사람과는 교감하려 하지 않는 것일까? 정말 미스터리하다.

결혼하기 전에 최소한 말과 교감하는 정도라도, 아니 자동차 운전 면허를 따는 정도만이라도 배우자에 대해 공부하고 시험을 거쳐야 한다고 생각한다. 먼저 필기로 학과시험을 봐서 최소한 80점 이상은 나와야 1차 합격이 되고, 다음에는 운전 연수를 하듯이 실기 시험을 봐야 한다. 깜박이 넣고 서서히 출발하는 법, 돌발 사태에 대응하는 법, 신호등을 보는 법 등을 직접 테스트해 보듯이, 그렇게 결혼하기 전에 2차로 실기시험을 봐야 한다. 2차 합격 후에는 대기업에 들어가는 것처럼 면접시험까지 봐야 한다. 그렇게 해서 어렵게 결혼 자격증을 가진 사람만 결혼할 수 있도록 해야 현재의 문제가 많이 해소될 수 있을 것이다.

이것을 제도화해서 국회를 통과하고 상용화하기까지는 많은 시간이 소요될 수 있기 때문에 그때까지는 스스로 깨우치는 수밖에 없다. 그래서 일단은 승마를 배우는 것처럼 상대방이 나와는 전혀 다른 종류의 사람이라는 것을 인정하고, 그 사람에 대해 깊이 공부해야 한다. 상대방이 보내오는 몸의 신호를 알아차리고, 말로 보내오는 깊은 속뜻을 헤아려 내고, 표정을 보고 상대방의 기분을 읽어내는 기술을 하루빨리 길러야 한다. 모르겠으면 인터넷에서 검색해 보고 관련분야의 책을 여러 권 읽어서라도 빨리 깨우쳐야 한다.

그렇게 공부해서 완전하게 깨닫기 전까지는 아무 요구도 하지 마라. 기대도 하지 마라. 그냥 나와 있어 준다는 것만 해도 감사하게 생각하자. 그리고 상대방을 위해 무엇을 해줄까만 생각하라. 고아원이나 양로원에 가서 아무런 보상 없이, 웃으면서 좋은 마음으로 봉사하는 것처럼 그렇게 봉사하자. 정 답답하다면 자신이 배우자에게 봉사하는 장면을 사진이라도 찍어두자. 그래서 자신의 봉사하는 장면을 인터넷에 올려 사람들에게 인정받도록 해 보자. 그 이상은 기대하지도 말고, 생각지도 마라. 아무런 공부 없이 상대방이 내 뜻대로 움직이기를 기대하는 것은 운전면허증 없이 차를 몰고 도로를 질주하는 것과 같은 위험천만한 행위이다. 부부가 행복하게 살기 위해서는 공부를 해야 한다. 영어회화보다 먼저 이것부터 공부하자. 공부가 하기 싫다면 다른 사람에게 질문이라도 해보자.

물어보자

옛날에 아주 혹독하고 못된 시어머니가 있었다. 이 시어머니는 언제나 며느리를 괴롭히고 못살게 굴었다. 그리고 다른 사람들에게 자신의 며느리가 게으르고, 무식하고, 예의가 없다고 흉을 보고 다녔다. 매일매일 계속되는 괴롭힘에 며느리는 도저히 살기가 어려웠다. 동네 사람들까지 자신을 벌레 보듯이 쳐다보는 것도 너무 싫었다. 그래서 용하다는 점쟁이를 찾아가 자신의 상황을 이야기하고 도저히 못 살겠으니 좋은 처방을 내려달라고 부탁했다. 그러자 그 점쟁이가 물었다. "시어머니가 가장 좋아하는 음식이 무엇이냐?" 며느리는 "인절미를 가장 좋아하는 것 같습니다" 하고 대답했다. 그러자 점쟁이는 "그럼 내가 시키는 대로 해라. 오늘부터 100일 동안 시어머니가 좋아한다는 인절미를 매일 맛있게 만들어서 갖다 드려라. 그러면 100일 이내에 시어머니는 원인 모를 병에 걸려 죽게 될 것이다. 시어머니가 눈치채지 못하도록 항상 생글생글 웃으면서 해야 한다"하고 처방을 주었다.

며느리는 시어머니가 죽는다는 말이 마음에 걸렸지만, 달리 선택할 방법이 없었다. 며느리는 점쟁이가 시킨 대로 매일매일 시어머니에게 인절미를 맛있게 만들어 드렸다. 마음은 내키지 않았지만 웃으면서 매일 정성껏 드렸다. 당연히 시어머니는 처음에는 이상하게 생각했다. '이게 나에게 잘 보이려고 이러나? 나에게 무엇을 바라고 이렇게 하는 거지?' 그러면서도 인절미를 맛있게 잘 먹었다. 그 다음날도 다음날도 계속해서 가져오니 기분이 좋아졌다. 며느리를 불러서 뭐 바라는 게 없느냐고 물어봐도 없다고 하면서 웃으며 기분 좋게 가져다주니 시어머니도 덩달아 기분이 좋아졌다.

이제는 며느리를 괴롭히지도 않고, 화를 내지도 않았다. 오히려 잘 대해주기 시작했다. 동네사람들에게도 며느리에 대해 좋은 이야기를 하기 시작했다. 그러자 며느리도 서서히 시어머니를 좋아하고 사랑하는 마음이 생기게 되었다. 늦게 들어오면 걱정이 되고, 인절미를 맛있게 먹는 모습에 자신도 덩달아 기분이 좋아졌다. 그러다 어느덧 인절미를 해준 지 석 달이 지나갔다. 며느리는 갑자기 덜컥 겁이 났다. 인절미를 먹은 지 100일이 되기 전에 시어머니가 죽는다는 말이 기억났기 때문이었다.

며느리는 부랴부랴 점쟁이에게로 달려갔다. "우리 시어머니 좀 살려주세요. 이제 100일이 다 되어가는데 큰일입니다. 죽으면 안 됩니다. 어떻게 방법이 없을까요? 제발 살려주세요." 그러자 점쟁이는 웃으면서 이렇게 말했다. "네 마음속에 있던 미운 시어머니는 벌써 죽었지. 봐, 내가 죽는다고 했잖아. 이젠 좋은 시어머니만 옆에 계실 거야. 더 잘해 드려."

서로를 사랑할 방법을 모르겠으면 혼자 끙끙 앓지 말고, 행복하게 잘살고 있는 부부나 훌륭한 분들을 찾아가서 물어봐야 한다. 그리고 물어봤으면 제발 시키는 대로 행동하자. 물어보지도 않고, 또 방법을 알려줘도 시키는 대로 하지 않고, 자신에게 유리하고 이해되는 것만 하려 하기 때문에 문제가 발생하는 것이다. 원리는 너무나 간단하다. 상대방을 행복하게 해 주면 나도 덩달아 행복해진다. 내가 좋아하는 것이 아니라 상대방이 좋아하는 것을 해줘야 한다는 것이다. 그런데 아직도 많은 사람들이 자신이 좋아하는 된장국만 갖다 주면서 왜 된장국을 좋아하지 않는지 이해가 되지 않는다고 한다. 언제까지 그렇게 살 것인가?

10

들기를 먼저하자

영어를 진정 잘하기 위해서는 말하는 것보다 듣는 것을 잘해야 한다고 한다. 그것도 모르고 영어선생님을 따라 숱하게 영어단어를 외우고 굿모닝, 하우 아 유, 파인 땡큐 하면서 말하는 것을 외웠던 기억이 난다. 그렇게 오랫동안 영어를 배웠지만 미국사람과 대화를 제대로 하지 못하고, 아직도 외국영화를 볼 때 자막을 보지 않으면 내용을 하나도 알 수 없다.

그런데 말하는 것에 집중하는 것이 아니라 듣는 것에 집중해서 오랫동안 듣다 보면 저절로 귀가 뚫리고, 무슨 말을 하는지 알게 되고, 말도 쉽게 할 수 있다고 한다. 갓난아기가 말을 배우는 것만 봐도 알 수 있다. 아이들은 말할 수 없는 동안 듣기만 계속한다. 그러다가 어느 날 갑자기 조금씩 말을 하기 시작하면서 우리를 놀라게 한다. 하지만 겨우 '엄마'가 고작이다. 그러다 어느 순간 생각지도 못한 놀라운 단어들을 쏟아내기 시작하고, 말을 잘하게 되는 것이다.

귀를 닫으면 행복도 닫힌다

문제는 이때부터 시작된다. 말을 잘할 수 있게 되면서부터는 듣는 것에 집중하지 않는 경향이 많다. 그래서 자신의 생각과 기분만 말하고, 그것이 통하지 않으면 아예 입과 귀를 닫아버리고 자신만의 고립된 세계로 들어가 버린다. 명령과 지시어 따라 겨우 움직이는 정도만으로 변하게 된다. 능동적인 사람이 아니라 수동적인 사람으로 변하면서 소심해지고 자신감 없이 인생을 살게 되면서 불평불만이 많아지는 부정적인 사람이 되는 것이다. "이놈! 아버지가 말하는데 딴 생각하고 있어!" "선생님이 말하는데 누가 엉뚱한 짓 하는 거야!" 등의 이야기를 많이 들어 보았을 것이다.

가정에서부터 상대방의 말을 잘 들어주는 습관을 길러야 한다. 부모는 자녀가 어떤 생각과 감정을 가지고 있는지 자녀들의 입과 표현을 통해 직접 들어야 한다. 그리고 그 기분을 함께 공감할 수 있어야 한다. 그런 분위기의 가정에서 자란 자녀들은 듣는 것과 말하는 것을 아주 자연스럽게 하게 되고 긍정적이고 적극적인 어른으로 성장하게 되며, 사람들을 이끌 수 있는 위치에까지 무난하게 올라간다.

하지만 자녀의 기분이나 생각과는 상관없이 부모가 일방적인 지시만 내리고, 어떻게 하라는 가르침만 계속되는 경우에는 자신의 생각과 기분을 말할 기회를 잃게 되고, 나중에는 그런 기회가 와도 어떻게 표현해야 하는지 모르게 된다. 또한 자신의 말이 상대방에게 제대로 먹히지 않는다는 것을 너무 많이 경험했기에 말하는 것에도 자신감이 없고, 두렵고 그로 인해 사람들을 기피하는 현상이 생기고, 사회에 대해 부정적인 생각만 쌓여간다. 이러한 자녀를 둔 부모들은 답답한 마음에 자꾸만 다그치게 되고, 자녀를 더욱 어두운 구석으로 몰아넣는 악순환이 반복되는 것이다.

스피치 교실보다 듣기 교실이 필요하다

이렇게 제대로 잘 들어주는 것은 매우 중요한 일이다. 말을 잘하고 적극적이며 긍정적인 사람이 되는 것에는 말을 잘하는 방법이 아니라 잘 들어주는 방법이 더욱 중요한데 우린 그것에 대해 그렇게 크게 강요하지도 않고, 가르쳐주는 곳도 없다. 주위를 둘러보라. 웅변학원이나 스피치 교실은 많이 열려도, 듣기교실이나 경청 학원은 한 군데도 없다. 왜냐하면 당장 급한 것이 말하는 것이라고 생각하기 때문이다. 영어를 배우면서 그만큼 시행착오를 겪었으면 이제 깨달을 때도 되었건만 우린 한번 걸려 넘어졌던 돌에 계속 또 넘어지고 있다.

속을 치료하지 않고 겉만 치료해서는 그 병이 절대 나을 수 없다. 말만 번지르르하게 잘한다는 말이 거기에서 나오는 것이다. 또한 우리는 말을 잘하지 못하는 것에 대해서는 콤플렉스가 있어도, 말을 잘 듣지 못하는 것에 대해서는 아무렇지도 않게 생각한다. 듣는 것의 중요성에 대해 제대로 알지 못하기 때문이다. 말은 잘 못하면 벌벌 떨리기도 하고, 다른 사람에게 창피를 당하기도 하고 혼나기도 하지만, 잘 듣지 못하는 것에 대해서는 그런 기억이 별로 없다. 그래서 듣는 기능이 점점 약화되었다. 지금도 TV의 연예 프로나 뉴스시간에 한국말임에도 자막으로 나오는 경우를 종종 본다. 듣는 기능이 약화되었다는 증거가 아닐까 싶다.

사람을 만났을 때는 가능한 말을 시켜놓고, 그 말을 들으면서 상대방의 기분을 읽어낼 수 있도록 노력해보자. 이것도 의외로 재미있다는 것을 알 수 있을 것이다. 자동판매기처럼 내가 누르는 대로 말이 나오는 것을 보면 신기하다. 상대방은 자기가 실컷 말하면서 좋은 정보를 제공하고는 자신이 더 기분 좋게 생각한다. 그 모습을 보면 나도 함께 즐거워진다.

우선 듣는 연습부터 하자. 가능하면 말하지 말고 듣는 것에 집중하자. 듣는 것도 두 가지 종류가 있다. 들을 문 聞이라고 해서 들리는 소리를 막연하게 듣고 있는 상태가 있고, 들을 청 聽이라고 해서 집중해서 열심히 듣는 상태가 있다. 귀를 왕처럼 세우고 눈과 마음을 집중해서 들어야 한다. 그래야지 듣기의 즐거움을 깨우칠 수 있다.

소통의 기본은 듣기다

우리는 보통 남의 말을 귀담아 듣지 않는다. 그래서 커뮤니케이션에서 오해가 생기고 다툼이 일어나기도 한다. 다른 사람과 대화를 하는 경우에도 남이 말하고 있으면 그 사람의 달을 듣는 것이 아니라 머릿속으로 내가 할 다음 이야기를 생각하면서 그 사람의 말이 빨리 끝나기만을 기다리고 있다. 참다 못하면 이야기하는 도중에 끼어들기도 한다. 이렇게 해서 내가 이야기를 한다 하더라도, 상대방 역시 건성으로 들으면서 속으로 자신이 할 말만 생각하고 있다. 서로 말을 듣지 않으니 허공이나 벽에다 대고 이야기하는 것과 같다.

나의 경우에는 사람과 만났을 때 내가 이야기를 하는 경우는 거의 없다. 나에게 특별히 무슨 기술을 배우러 온 것이거나, 코칭을 받으러 왔을 때가 아니면 상대방의 직업과 관심사에 대해 질문을 하고 주로 듣는 편이다. 상대방의 눈을 보면서 고개를 끄덕거리며 중간중간 추임새도 넣는다. 말이 끊어지면 또 상대방이 좋아할 만한 질문을 해서 계속 말을 하도록 유도한다. 이렇게 습관화하는 데 오랜 시간이 소요되었다. 지금 내가 말을 잘하는 이유가 여기에 있다는 사실을 아는 사람은 별로 없다. 원래 타고난 줄 안다.

우리 어머니 말씀처럼 이불 속에서 아무리 만세를 불러봐야 소용없다. 아무리 많이 알고 있어도 행동하지 않으면 아무 소용이 없다는 말이다. 듣기가 중요하다고 생각하고 이유를 알게 되었으면 지금까지 하던 행동을 멈추고, 과감하게 변화해야 한다. 조금 신경 쓰이기는 하지만 그렇게 어려운 것이 아니다. 관성의 법칙처럼 하던 것을 계속하면 평생 그 테두리를 벗어나지 못한다. 방향을 바꾸고, 동작을 바꿔보자. 내가 바뀌면 세상이 바뀐다는 진리를 직접 느껴보자. 이왕 하는 것 즐거운 마음으로 들어보자. 그 즐거움을 알게 되면 나중엔 저절로 된다. 내가 그 즐거움을 알지 못하면 남에게 그것을 제대로 알려줄 수 없다. 그래서 이론만으로 떠드는 사람이 많은 것이다. 듣기의 즐거움을 터득하면 이제 도인의 길로 들어선 것이다. 도인들의 귀가 대부분 큼지막한 이유가 아마 거기에 있지 않을까 싶다.

좋은 말을 듣자

이왕 듣는 것이라면 좋은 말을 듣자. 들은 대로 말한다고 했다. 어릴 때부터 영어를 들으면 영어를 하게 되고, 한국말을 들으면 한국말을 한다. 사투리를 들으면 사투리를 구사한다.

그렇듯이 부정적인 이야기를 많이 들으면 부정적인 욕설이나 안 좋은 말들이 많이 쏟아져 나오게 된다. 근심 걱정이 많은 이야기를 들으면 마찬가지로 항상 걱정스런 말들만 하게 된다.

불화가 많은 가정에서 자란 아이의 말과 행동이 거칠고 사나운 이유가 여기에 있다. 부모로부터 불평불만과 욕설, 비난, 시비 등의 이야기만 많이 들었기 때문에 나타난 당연한 결과이다. 반면, 사랑이 넘치는 가정에서 자란 아이는 부정적인 말을 할 줄 모른다. 그런 단어들이 쉽게 떠오르지 않아 욕설을 하고 싶어도 못하는 상황이 발생한다. 그래서 그런 자리에 있거나 그런 상황이 되면 불편해지는 것이다.

이렇게 우린 잘 듣는 것에 대해 제대로 배우질 못했고, 중요하다는 것도 모르고 신경 쓰지 않았다. 하지만 지금이라도 늦지 않았다. 모든 소통의 체계를 말하는 것이 아니라 듣는 것에 맞추고 그렇게 하도록 노력해야 한다. 가정의 행복이나 인생의 즐거움은 이렇게 적극적인 경청에서 시작된다는 것을 인식해야 할 것이다. 듣는 것밖에 안 하는 귀는 왜 두 개 달려 있고, 먹기도 해야 하고 말하기도 해야 하고 숨쉬기도 해야 하는 입은 왜 하나밖에 없는지, 조물주의 깊은 뜻을 이제는 알겠는가?

듣기를 즐기는 방법

1. 배꼽으로 듣는다

다른 사람의 말을 들을 때는 내 배꼽이 상대방을 향해 있어야 한다. 배꼽의 방향이 매우 중요하다. 배꼽으로 듣는다 생각하자. 배꼽은 옆으로 돌아가 있으면서 얼굴만 상대방에게로 돌리면 성의 없어 보이고, 건방지게 보이기도 하기 때문이다. 나의 몸 전체가 말하는 사람을 향하는 것이 정석이다. 이것이 어릴 때부터 습관 되어 있어야 한다. 지금이라도 자꾸 몸 전체를 돌리는 연습을 하자. 이것은 상대방에게 신뢰를 주고, 마음을 편하게 해 주어 말이 쉽게 나올 수 있도록 도와주는 역할을 한다.

2. 눈을 바라본다

말하는 사람의 눈을 부드럽게 응시하면서 이야기를 듣는다. 그래야지 그 사람의 마음속까지 보이기 때문이다. 눈은 마음의 창이라고 했다. 그리고 말하는 사람의 표정을 보면서 같이 따라한다. 상대방이 찡그리면 나도 찡그리고, 웃으면 나도 웃고, 걱정하는 표정이면 나도 걱정하는 표정으로 따라한다. 이것을 거울기법이라고 하는데 해 보면 재미있다. 그 사람을 통해 내가 간접경험을 하고 있는 것이다. 상대방도 내가 자신의 이야기에 흠뻑 빠졌다고 생각하면서 매우 만족해한다. 동작도 따라해 보자. 팔짱을 끼면 같이 팔짱을 끼고, 다리를 꼬면 나도 다리를 꼬고, 옆으로 비스듬히 기대면 나도 기대보자. 그러면서 자신과 동질성을 느끼게 되고 마음이 편하게 되어 좋게 생각되는 것이다. 자녀에게 말을 시켜놓고 이렇게 연습해 보자. 자녀와 금방 친해질 수 있다.

3. 고개를 끄덕인다

난 상대방의 이야기를 들으면 자동으로 고개가 아래위로 끄덕여진다. 그것만 가지고 1년 이상을 연습했기 때문이다. 이해가 되든 안 되든 무조건 고개를 끄덕이는 연습을 열심히 했다. 처음에는 그것도 쉽게 되질 않았다. 그러던 어느 날 길거리 리어카에서 파는 앞뒤로 고개를 끄덕이는 인형을 보는 순간 '아, 저 인형을 사다놓고 같이 연습하면 되겠다' 생각하고 그 인형을 구입해 같이 연습을 했다. 이제는 누가 내 앞에서 이야기만 하면 자동으로 고개가 끄덕여진다. 그렇게 하니까 상대방도 좋아하지만 나도 상대방의 이야기가 훨씬 잘 들리고 이해도 잘 되는 것 같은 느낌이었다. 강의를 할 때 나와 눈이 마주치면 고개를 끄덕여 주는 사람이 있는데 그런 분들은 정말 대단하고 훌륭한 분들이다. 그것이 쉽게 보여도 절대 쉽게 되지 않는 행동임을 알기 때문이다. 자녀나 배우자가 이야기를 할 때 그냥 고개를 끄덕이는 연습을 해보자. 알고 있는 것을 실천하는 것, 그것이 현명한 것이다.

4. 추임새를 넣어준다

판소리를 보면 옆에서 북을 치는 고수가 "얼쑤~" "잘한다" "좋다" 등의 추임새를 넣어주는 것을 많이 본다. 이것처럼 우리도 상대방에게서 좋은 말이나 명언이 나왔을 때 "캬~ 정말 멋진 말이네요" "표현력이 참 뛰어나십니다" "야, 오늘 정말 좋은 명언을 들었네요" "고맙습니다. 제게 큰 도움이 되었습니다" 는 등의 표현을 해야 한다. 우린 표현력이 부족한 민족이라 이런 것에 매우 서툴다. 그러나 이야기를 듣는 사람은 자신의 생각이나 마음을 표현해 주어야 한다. 북을 두드리면 소리가 나듯이, 내가 입을 두드리면 상대에게서 무슨 소리가 나야 한다. 암만 두드려도 소리가 안 나면 무슨 재미가 있겠는가.

5. 메모를 한다

나는 가능한 수첩에 메모를 하면서 듣는다. 조금 지나면 금방 잊어버리는 내 메모리의 한계도 있지만 메모를 하면서 들으면 더 자세히 듣게 되고, 집중을 할 수 있기 때문이다. 나의 경우에도 내가 말을 하는데 정성껏 메모를 하면서 듣는 사람을 볼 때, 그 사람이 성실해 보이고 뭔가 열심히 하려는 의지가 엿보이는 것을 느낀다. 그래서 난 항상 수첩과 필기구를 가지고 다닌다. 메모하면서 들으면 효과 면에서도 뛰어나다. 그냥 듣는 것보다 4배의 효과가 난다. 귀로 듣고, 눈으로 글을 보고, 손으로 글씨를 쓰게 되고, 쓴다고 바빠서 다른 생각을 할 여유도 없기 때문이다. 난 내 머리의 한계 때문에 메모를 하고, 상대방의 말에 집중하고 제대로 잘 듣기 위해서 메모를 하는데 이것을 상대방은 더욱 좋아한다. 자신의 말에 완전히 몰입해 주는데 좋아하지 않을 사람이 누가 있으랴.

6. 질문을 잘한다

난 상대방의 말을 잘 듣고 있다가 끝나간다 싶으면 궁금했던 점이나 더 듣고 싶은 점에 대해 질문을 한다. "그래서 그때 어떻게 하셨습니까?" 하고 물어보면 또 이야기가 쏟아져 나온다. 상대방도 자신에게 관심을 가지고 질문을 해주니 신이 난다. 중간 중간 다른 이야기로 빠질 것 같으면 질문으로 그 말의 방향을 바로 잡아준다. 아니면 말의 내용이 내가 관심 없는 부분으로 흘러가버릴 염려가 있기 때문이다. 내가 듣고 싶은 말을 듣는 것, 이 비결은 바로 내가 관심 있는 쪽으로 질문을 하는 것이다. 상대방이 말을 하고 있을 때 다음에 내가 해야 할 말을 생각하지 말고, 내가 질문해야 할 것을 생각하자. 그러면 경청의 달인이 될 수 있다.

7. 자세를 낮춘다

자녀나 어린이 또는 노인들과 대화할 때는 그 사람들의 눈높이를 맞추는 것이 좋다. 사람은 올려다보면서 말하기가 상당히 어렵다. 그리고 왠지 모를 중압감에 눌리는 기분도 든다. 그런 중압감이나 격이 다르다는 생각이 들면 보통 마음 문을 닫게 되고 말을 해도 진심이 나오지 않는다. 사람들은 자신과 격이 달라도 눈높이가 같으면 친근감이 느껴지고, 상대방을 쉽게 신뢰하기 때문이다.

19세기 미국의 유아교육에 큰 업적을 남긴 피바디 선생이 있다. 초등학교 선생님 시절에 그는 학생들의 박물관 견학을 앞두고 미리 사전답사를 가서 앉은뱅이처럼 무릎으로 기어 다니며 박물관을 살폈다. 앉은뱅이인 줄 생각하고 있었는데 나갈 때는 벌떡 일어서서 제대로 걸어나가는 것을 본 박물관 직원이 깜짝 놀라 물었다. "아니, 왜 그렇게 앉은뱅이처럼 무릎으로 기어 다니면서 구경을 하셨습니까?" 그러자 피바디 선생은 이렇게 말했다. "내일 우리 반 학생들이 유물을 보러 오는데 애들이 다 키가 작습니다. 그래서 그들이 바라보는 눈높이에서 유물을 보았다가 설명해 주려고 그렇게 한 것입니다."

이렇게 눈높이에 따라 보이는 것도 다르고, 생각하는 것도 달라진다. 상대방의 이야기를 들을 때도 상대방과 눈높이를 맞추어야 그 사람의 마음을 이해할 수 있고, 생각하는 것도 보이게 된다. 우리는 보통 남의 이야기를 들으면서도 내 눈높이에서 계산하고 생각하니까 이해가 되질 않고 공감이 되지 않는 것이다.

8. 배운다는 마음으로 듣는다

이렇게 하는 것은 결국 상대방을 위한 것이 아니라 나를 위한 것이다. 선박을 영업하는 사람을 만나면 그곳의 사정과 현황에 대해 이야기를 듣고, 부동산 하는 사람을 만나면 부동산을, 주식하는 사람을 만나면 주식에 대해 배우는 것이 많아진다. 우린 무엇을 알기 위해서 책을 보고, 강의를 듣기도 하면서 시간을 투자한다. 그러나 그보다 더 자세하고 쉽게 배울 수 있는 것이 바로 직접 입을 통해 듣는 것이다. 그런데 왜 들으려고는 하지 않고 자꾸 가르치려만 드는지 모르겠다. 참으로 미스터리하다.

나의 경우는 상대방의 말을 들으면서 그 속에서 나에게 도움이 되는 좋은 것만 골라 담는다. 이렇게 하면 내가 훨씬 더 고맙고, 내가 더 좋은 시간을 보낸 것인데 이상하게도 상대방이 훨씬 더 좋아한다. 그러면서 자기만 말했다고 미안해하는 사람도 있다. 평소에 자신의 이야기를 이렇게 잘 들어주는 사람이 거의 없겠라는 것이다. 그러면서도 그 사람은 내 이야기는 또 들으려 하지 않는다.

나 역시 예전에는 잘 듣지 못했다. 남이 말을 하면 어떻게 해서라도 기선을 빼앗아 내가 말을 해야 직성이 풀렸다. 상대방이 이야기를 하면 모두 귓등으로 들으면서 내가 할 말만 생각했다. 그러다가 다투기까지 했다. 지금 생각하면 어리석기 그지없었다. 듣기의 즐거움을 알고 난 다음에는 달라졌다. 사람을 만나면 말을 하고 싶어도 꾹 참았다. 정말 참기 힘든 고통이었지만 그래도 참았다.

사실 강사의 입장에서는 내 이야기를 잘 들어주는 사람이 그렇게 고맙고 좋을 수가 없다. 먼 산을 바라보거나 다른 행동을 하고 있는 사람을 보면 신경이 쓰인다. 우리는 다른 사람을 행복과 즐거움으로 안내해야 하는 리더이다. 그런 리더가 듣기의 즐거움을 몰라서야 되겠는가? 오히려 다른 사람과 똑같이 말하는 즐거움만 알고 있으니 경쟁력이 떨어지고, 사람들이 진심으로 따르는 리더가 되기 어려운 것이다.

PART 03

직장이 우리를
신나게 한다

01

나의 존재가치는 무엇인가?

강의를 갔다가 그곳에서 일하는 직원들을 만나 "왜 일을 하느냐?"
고 물어보면 대답은 하지 않고 나의 얼굴을 빤히 쳐다본다. 뭘 그런
당연한 것을 물어보느냐는 표정이다. 당연히 돈을 벌기 위해 일하
지, 그 이외에 무슨 답이 있겠는가? 그렇다. 우린 돈을 벌기 위해 일
한다. 돈을 많이 벌어야 자녀 공부도 시키고, 차 할부금도 내고, 집
세도 내고, 음식도 사 먹고, 옷도 사고, 여행도 다니고, 취미생활도
할 수 있으니까.

　만약에 자녀들이 "공부는 왜 해야 돼?" 하고 물어보면 뭐라고 대
답하는가? 그것도 당연하게 나오는 답들이 많이 있다. 좋은 대학에
가기 위해서, 좋은 회사에 취직하기 위해서, 든을 많이 벌기 위해서,
하고 싶은 일을 하며 살기 위해서, 잘 먹고 잘살기 위해서 등등의 대
답이 나올 것이다.

공부를 하는 이유

대답을 이렇게밖에 해 주지 못하니 이 아이들이 자라서 돈만 쫓아다니는 사람이 되어 버린다. 돈을 준다고 하면 몸이 아니라 영혼까지도 팔아버리는 일이 벌어진다. 돈 때문에 오랜 우정을 배신하고, 부모를 내다 버리고, 범죄인 줄 알면서도 청탁을 위해 사과박스에 돈을 가득 담아 트렁크에 실어주기도 한다. 그러면서 사회의 유명인사로 살아가다가 어느 날 9시 뉴스에 구속되었다는 소식이 심심찮게 들리는 것이다.

더 좋은 차를 타고, 더 좋은 옷을 입고, 더 비싼 음식을 먹고, 더 큰 집에 살고, 더 많은 물건을 소유하기 위해서 우린 일을 하고 공부를 하는가? 아니면 더 높은 지위에 올라가고, 더 많은 사람 위에 군림하고, 더 많은 사람에게 존경받고, 더 많은 사람을 거느리고, 더 많은 권력을 쥐기 위해서 하는가?

어릴 때부터 이렇게 잘못 심어진 인식 때문에 많은 사람들이 고통받고 있다. 엄마가 길에서 청소를 하고 있는 사람을 보며 옆에 있는 자녀에게 이렇게 이야기한다. "저 아저씨를 봐. 너도 공부 열심히 하지 않으면 저 아저씨처럼 길거리 청소나 하게 돼." 아마도 어릴 때 한 번쯤은 부모로부터 이런 이야기를 들어봤을 것이다. 나도 많이 들었던 이야기다. 이것은 나도 모르게 나의 잠재의식 속에 자리 잡았다. 그래서 난 남에게 지지 않기 위해, 다른 사람보다 위에 올라서기 위해, 명예와 권력을 쥐기 위해, 돈을 많이 벌어서 떵떵거리며 살기 위해 공부를 열심히 해야 하는 줄 알았다. 지금도 전국의 수많은 학생들이 밤늦도록 학교와 학원을 오가며 공부하는 이유가 바로 이것 때문이 아닌가.

그러나 우린 큰 오해 속에 빠져 있다는 사실을 알아야 한다. 우리가 공부를 하고 일을 하는 이유는 잘 먹고 잘살기 위해서만이 아니다. 돈만 벌기 위해서가 아니다. 나의 능력으로 다른 사람들을 행복하게 해 주기 위해서이다. 그때 내가 가장 큰 행복을 느끼기 때문이다.

삶의 궁극적인 목적은 행복이고 사람이 가장 큰 행복을 느낄 때는 나로 인해서 다른 사람이 즐거워하고 기뻐하는 모습을 볼 때이다. 그래서 나의 능력을 조금이라도 더 키워서 더 많은 사람들이 나 때문에 행복해질 수 있도록 하고자 더 열심히 공부하고 일을 하는 것이다. 그런데 오히려 나 때문에 다른 사람이 괴로워하는 것을 즐기는 사이코패스적인 인간이 늘어나고 있다. 아마 이런 농담들을 들어 봤을 것이다. '남의 불행은 곧 나의 행복이다.' '사촌이 땅을 사면 배가 아프다.' 아니다. 우리는 함께 행복해야 한다. 남의 행복이 나의 행복이고, 남의 즐거움이 나의 즐거움이 되어야 한다.

일당을 벌기 위해 일하는 사람

한 철도회사에 도랑 파는 일을 하는 두 사람이 있었다. 한 사람은 그 일을 시작한 지 얼마 되지 않은 젊은 청년이었고, 다른 한 사람은 30년 이상의 작업으로 허리가 휜 노인이었다. 한창 일을 하다가 신참이 나이 든 선배 일꾼을 보면서 말했다.

"어젯밤에 회장님의 리무진에서 내린 사람이 선배님 아니었나요?"

나이 든 일꾼은 굽은 허리 때문에 신참을 올려다보면서 대꾸했다.

"맞아. 우리는 자주 같이 저녁을 먹곤 하지."

젊은 일꾼은 어떻게 도랑을 파는 사람과 회장이 같이 저녁식사를 할 수 있는지 매우 의아해했다.

"어떻게 회장님과 저녁을 먹게 되었나요?"

"회장과 나는 오래전부터 아는 사이지. 사실 우리는 여기서 같은 날, 도랑 파는 일을 시작했거든."

"와우! 바닥부터 시작해서 회장이 됐다는 말이에요? 그럼… 선배님은요?"

나이 든 일꾼은 한숨을 쉬며 이렇게 말했다.

"그 사람은 다른 사람의 행복을 위해 일하러 왔고, 나는 시간당 1달러 30센트를 벌기 위해 이 일을 했던 거야."

이렇게 똑같은 장소에서 똑같은 일을 하더라도 어떤 마음으로 임하느냐에 따라 결과는 완전히 달라진다. 똑같은 일을 하면서도 다른 사람의 행복을 위해 일하는 사람은 항상 즐겁다. 즐겁게 생각하니 모든 것이 아름다워 보인다. 만나는 모든 사람에게 감사하고, 잘해주려고 하고, 도와주려고 한다. 그러다 보니 자신에게 더 좋은 결과와 기회가 다가온다. 또 결과가 좋게 나오다 보니 더 좋은 일이, 더 큰일이 맡겨진다.

그러나 이것을 깨닫지 못한 사람들은 이런 사람들을 보고 운이 좋은 사람이라고만 생각한다. 원래 재수가 좋았던 사람이고 조상 묘를 잘 써서 그럴 것이라고 추측한다. 아니면 아부를 잘 하든가, 부모를 잘 만났다든가, 부동산 투자를 잘해서 생긴 기회와 돈일 것이라고 추측하면서 애써 자위한다.

이렇듯 자신이 생각만 바꾸면 되는데 그것을 어렵다고, 힘들다고 못하고 있는 사람들이 많다. 그래서 평생 그 모습을 벗어나지 못하고, 그것은 자녀들에게까지 대물림되고 있다. 사람이 존재하는 이유는 나만 잘 먹고 잘사는 것이 아니라, 초점이 나 이외의 다른 사람에게 맞춰져 있어야 한다. 그래야 사람들에게 감동을 줄 수 있고, 신의 마음까지 움직일 수 있는 것이다.

어린이 두 명에게 사탕을 한 봉지씩 줬다. 한 명은 친구들과 사이좋게 나누어 먹고, 한 명은 자신이 받은 사탕을 가방 속에 숨겨둔 채 나누어주는 친구의 것을 얻어먹고 있다. 여러분이라면 어떤 어린이에게 사탕을 더 주고 싶겠는가? 만약에 신이 존재한다면 어떤 사람에게 복을 더 주고 싶겠는가?

즐기는 것은 소유물에 있지 않다

이렇게 우리는 아직도 진정한 행복의 본질을 잘 모른다. 남보다 더 비싼 음식을 먹으면 행복할 것 같고, 남들이 쉽게 타지 못하는 외제

차를 타고 다니면 더 즐거울 것 같은 착각에 빠진다. 나아가 높은 자리에 올라서면 다른 사람들이 나에게 머리를 조아리고 굽실거리니까 더 행복할 것 같은 착각에 빠진다. 하지만 이러한 것들은 채워도 채워도 채워지지 않는, 갈증 날 때 탄산음료를 마신 것처럼 더욱 갈증만 심해질 뿐이다.

즐기는 것의 기준은 내가 어떤 마음가짐을 가졌는가에 달렸다. 강연을 하면서도 힘들어하고 짜증을 내고, 청중에 대해 불평하는 강사를 많이 봤다. 남에게 동기부여를 하고, 감동을 주고, 변화를 이끌어 내고자 하는 강사도 이런 경우가 있다. 청중이 감동을 하고 마음의 변화를 일으켜 더욱 행복한 삶을 살도록 하기 위해서 강연을 하는 것이 아니라 내가 먹고살기 위해서 한다고 생각하니 힘들 수밖에 없다.

현재 많은 사람들이 자신이 하는 일이나 삶에서 스트레스를 받고 고통을 느끼는 것은 사회와 국가가 잘못된 것이 아니라, 주변의 사람들이 잘못된 것이 아니라 스스로 뭔가 뚜렷한 사명감이 없기 때문이다. 사명감만 똑바로 가지고 있다면 그 사람은 무슨 일을 해도 즐겁고 행복할 것이다.

실력보다 마인드가 먼저다

농구코치를 소재로 한 영화 〈코치 카터〉에 나오는 카터 코치는 아이들에게 선수가 되기 전에 먼저 인간이 되도록 가르친다. 조금 실력이 있다고 건방지게 굴거나 규칙에 따르지 않으면 가차없이 잘라 내 버린다. 그리고 학생들의 마인드 교육과 기초체력 다지는 일에 더 매진한다.

코치의 속마음은 대회에서의 승리 때문에 다급하지만 그것을 애써 숨긴다. 그리고 학교 성적을 일정수준까지 받아오지 못하면 선수의 자격까지 박탈해 버리는 강경한 조치를 취한다. 교장선생님이나 학부모의 반발에도 불구하고 흔들리지 않는다. 나는 진정으로 학생들이 잘되기를 바라는 마음으로 농구보다 공부를 먼저 시키는 카터 코치의 모습에서 진정한 리더의 모습을 보았다. 리더는 이렇게 자기의 명성보다 다른 사람들의 미래를 먼저 생각할 줄 아는 사명감이 있어야 한다.

우리는 누구나 리더의 자리에 있다. 자기 자신을 리드하고, 가정을 리드하고, 직장에서는 팀을 리드하기도 한다. 지금은 아니라고 하더라도 언젠가는 리더가 된다. 그렇게 리더가 되었을 때 남들처럼 목표를 달성하라고 소리만 고래고래 질러댈 것이 아니라 진정 그 사람이 발전하고 꿈을 실현할 수 있도록 도와주는 것을 사명으로 삼아야 한다.

사람들은 바로 안다. 이 사람이 지금 진심으로 우리가 잘되기를 바라는 마음으로 하는 것인지, 아니면 자신만 돈을 벌고 잘살기 위해서, 높은 자리에 올라가기 위해 우리를 이용하려는 것인지 느낌으로 알게 된다. 나와 함께 하는 사람들을 속이려 들지 마라. 차라리 귀신을 속이는 게 더 낫다.

작은 일을 하더라도, 남들이 볼 때는 보잘것없는 일을 하더라도 나름대로 자신만의 사명감을 가지고 하는 사람이 훌륭하다. 어떤 환경미화원 아저씨가 그렇게 말했다. "난 지금 지구의 한 모퉁이를 깨끗하게 만들고 있다." 그러자 내 아내도 꽃밭에 꽃을 심으며 말했다. "난 지금 지구의 한 모퉁이를 아름답게 가꾸고 있다. 여기를 지나다니는 사람들이 이 꽃을 보고 조금이라도 아름다움을 느꼈으면 좋겠다."

나로 인해 조금이나마 도움이 된다면

내가 하는 일로 인해서 내 이웃과 다른 사람들이 조금이나마 더 즐거워졌으면 좋겠다는 마음으로 일을 하자. 그래야 나도 함께 즐거워지고, 재미있어진다. 몸에서 힘도 나고, 능률도 더욱 올라간다. 먹고 살기 위해 어쩔 수 없이 한다고 생각하는 순간 몸에 힘이 빠지고, 피곤하고, 짜증이 나고, 스트레스가 밀려온다. 어떤 것을 선택할지 그것은 바로 나에게 달렸다.

　가끔 딸이 좋아하는 인형을 사 가지고 집에 들어갈 때가 있다. 딸이 환호를 지르며 좋아서 날뛰고, 내 뺨에 뽀뽀를 하고, 인형의 이름을 지어주면서 한없이 기뻐할 때, 양로원에 봉사활동을 하러 가서 어르신들이 빙긋이 미소를 지으며 쭈글쭈글한 손으로 내 손을 잡으면서 정말 고마워하고 기뻐하시는 모습을 볼 때, 내 강의를 들은 청중이 감동을 하고 웃고 기뻐하는 모습을 볼 때, 내가 쓴 글을 읽고 사람들이 도움이 되었다고 이야기를 할 때, 어떤 모임에서 내가 막 재롱을 피우면 다른 사람들이 깔깔 웃어 넘어갈 때, 이럴 때 나는 가장 큰 기쁨과 즐거움을 느낀다.

이것 때문에 내가 공부를 하고 일을 하는 것이다. 더 많은 사람들에게 더 좋은 것들을 전달하기 위해 오늘도 열심히 책을 읽고, 강의를 듣고, 공부와 연구를 하지만 피곤한 줄 모르고 재미있는 이유가 여기에 있다.

이왕 공부를 한다면 내 능력을 더욱 키워서 많은 사람들에게 조금이나마 도움이 되는 사람이 되겠다는 생각으로 하자. 일을 할 때도 그냥 일만 하지 말고, 내가 더 연구하고 공부하고 열심히 해서 나 때문에 조금이나마 내 상사에게 더 도움이 되고, 내 부하직원들에게 귀감이 되고, 회사에도 이익이 되고, 소비자들에게도 유익할 수 있는 그런 사람이 되고자 하는 마음으로 일을 하자. 그래야 행복해지고 크게 성공할 수 있을 것이다.

02

피할 수 없다면 즐겨라

숲 속의 왕 사자가 생일파티를 열었다. 사자는 고기를 무척 좋아해서 파티에 오는 모든 동물들에게 선물로 고기를 가져오라고 했다. 그래서 모두 고기를 들고 왔는데 원숭이는 고기를 구할 길이 없어서 할 수 없이 바나나 3개를 들고 왔다.

원숭이의 바나나를 받고 화가 난 사자는 바나나 하나를 원숭이에게 힘껏 던졌다. 바나나를 2개째 던지는데 원숭이가 갑자기 웃는 것이 아닌가. 머리끝까지 화가 난 사자는 3개째 바나나를 힘껏 던졌다. 그러자 결국 원숭이는 너무 웃다가 쓰러져 버렸다. 원숭이가 웃다가 쓰러진 이유는 무엇일까? 저 멀리서 토끼가 낑낑대며 늙은 호박 3개를 들고 오는 모습을 보았기 때문이다.

이렇듯 어떤 상황에서도 우린 즐길 수 있는 여유를 가져야 한다. 이 세상을 살아가기 위해서는 어차피 누구나 일을 해야 한다. 어떤 방식의 일이든 약간의 차이가 있을 뿐, 놀고 먹지는 못하게 되어 있다. 만인의 꿈이라고 할 수 있는 놀고 먹는 것이 사실 알고 보면 더 힘들 수 있다. 그런데도 대부분 연봉이나 직책, 하는 일에 관계없이 자신이 하고 있는 일을 힘들다고만 생각하는 경우가 많다. 사람들에게 "이 정도의 회사에서 이 정도의 대우를 받으면 좋지 않습니까?" 하고 물어보면 대부분 이렇게 대답한다. "힘듭니다. 강사님이 우리 하는 일을 몰라서 그렇습니다. 스트레스 엄청 받습니다." 그러면서 기회가 된다면 하루빨리 벗어나고 싶다고 말한다. 실제로 한 설문조사의 결과 77%의 사람들이 직장을 떠나고 싶다고 대답했다고 한다.

이런 사람은 어떤 회사에 들어가도 똑같은 이야기를 할 것이다. 기업의 속성상 놀면서 돈을 주는 곳은 단 한 곳도 없기 때문이다. 지금 같은 경쟁시대에는 더욱 생산성을 높여야 하고, 더욱 업무의 효율을 높여야 살아남을 수 있기 때문이다. 시간을 조금이라도 더 아끼고, 투자비용을 조금이라도 줄여야만 하는 현실이다. 그래서 더욱 생산성을 높이라고 고함을 치고, 회의를 하고, 추궁을 한다. 신입사원 때는 그렇게 하는 것이 죽도록 싫게 느껴지지만 막상 리더의 입장이 되면 똑같은 행동을 아랫사람들에게 반복한다. 그건 어쩔 수 없는 일이다. 내가 일하는 기업이 경쟁력을 갖추어야 하고, 또 성과가 있어야 나도 존재할 수 있기 때문이다.

비가 온다고 하늘을 탓해 봐야 아무 소용이 없다. 옷이 젖고, 물이 튄다고 불평불만을 늘어놔 봐야 나만 손해다. 비가 올 때 물이 땅과 부딪히면서 생기는 음이온을 느끼고, 비를 보며 마음이 차분해짐을 느끼면서 깊은 상념에 빠져보기도 하자. 따뜻하고 향기로운 커피 한 잔 하면서 첫사랑을 생각해 보기도 하고, 내일은 햇볕이 쨍쨍 뜰 것이라는 희망을 가지면서 비가 오는 것을 즐겨보자. 그러면 나에게 생기는 모든 일이 축복이라는 생각이 들 것이다.

직장생활이 힘들어진 이유

직장이 힘든 곳이라는 생각은 태어난 후 말귀를 알아듣게 되었을 때부터 갖게 된 듯하다. 일하고 돌아온 부모로부터 '힘들다, 죽겠다, 어렵다, 고통이다, 스트레스받는다'는 등의 이야기를 무수히 들어오면서 우리의 고정관념에 그렇게 박혀버린 것이다. 또한 자라면서도 언론매체나 사회로부터 일에 대해서는 부정적인 말만 들어왔다. '직장이 천국이다' '직장은 즐거운 곳이다' '직장은 내 놀이터다' '직장은 나를 행복하게 해 주는 곳이다' 이런 말을 혹시 들어보았는가? 이렇게 긍정적이고 희망찬 이야기는 들어보지 못하고, 힘들지만 마지못해 한다는 이야기만 들었기 때문에 우리의 머릿속에는 직장에 대한 부정적인 생각들로만 가득 차게 된 것 같다. 그렇다면 직장이 좋아질 수 있는 마인드를 찾아보자.

1. 이 자리가 최고라고 생각하자

'네 앉은 자리가 꽃방석이니라' 하는 말을 들어보았는가. 남이 앉은 다른 자리가 훨씬 더 높아 보이고 좋아 보이지만 결국 내가 앉은 자리가 가장 좋다는 말이다. 우린 보통 그 자리를 떠나고 나서야 그 사실을 깨닫는 경우가 많다. 내가 일하는 이곳이 대한민국에서 최고로 좋은 회사이고, 내가 맡은 이 업무가 최고로 좋은 업무다. 내 옆에 있는 배우자가 세상에서 최고로 좋은 사람이고, 나와 함께 일하는 상사가 제일 좋은 상사라고 생각하자. 그 자리에서 만족하지 못하는 사람은 다른 어떤 곳에서도 만족하기 어렵다는 것을 알아야 한다.

2. 짜증이나 불평불만 대신 재미있는 부분을 찾아보자

다른 사람들이 부정적으로 말하고 생각하는 데 동조하지 말고 나름대로 재미있는 부분을 찾아보자. 이 세상에 어떠한 일도 절대적으로 재미없는 일은 없다. 단지 내가 찾지 못했을 뿐이고, 깨닫지 못하고 느끼지 못할 뿐이다. 산과 들에 피어 있는 꽃을 제대로 보지 못하고 느끼지 못하듯이 좋은 부분은 당연하다고 생각하고 조금이라도 불편하고 안 좋은 부분에만 집중하기 때문이다. 아무리 좋은 것이라도 부정적인 측면에서 파고들면 최악이 되어버린다는 것을 알아야 한다. 하나씩 찾다 보면 다른 사람이 보지 못하는 엄청난 것들을 발견하게 된다.

3. 게임이라고 생각하자

힘들고 어려운 부분을 만났을 때, 그것을 피하려고만 하지 말고 나를 업그레이드 시키는 계기로 삼아보자. 그것이 말처럼 쉽냐고 반문

할지 모르지만 어차피 피할 수 없다면 즐기자는 말이다. 인생은 컴퓨터 게임과 비슷하다는 생각이 든다. 처음에는 호기심에 가볍게 시작하지만 나중에는 승부욕이 생기고, 자꾸 실패하면 화가 치밀어 올라 계속 도전하게 된다. 별로 큰일이 아닌데도 자존심이 상하는 것 같고 내 능력이 의심되는 것이다. 그렇게 1단계를 통과하고 나면 더 어려운 2단계가 기다리고 있다. 1단계를 통과하지 못하면 절대 2단계로 넘어가지 못한다. 그것처럼 내 인생에서도 어떤 문제나 어려움이 생겼다면 도전할 게임이 생겼다고 생각하고 부딪혀보자. 그러면 의외로 쉽게 풀리는 경우가 많다.

03

우리의 꿈은 즐거운 직장

2002년 월드컵 때가 기억나는가? 우리의 저력에 모든 세계가 깜짝 놀랐다. 세계를 놀라게 한 것은 자랑스러운 태극전사들보다 우리 국민들의 응원하는 문화였다. 수많은 사람들이 각 지역마다 광장으로 모여들었고 모두가 붉은 악마라 새겨진 빨간 옷을 입었다. 아무도 강요한 사람이 없는데 손에 응원도구를 들고 우리는 스스로 그렇게 참여했다. 모두가 함께 '대한민국'을 소리쳤고, 리듬박수를 쳤다. 축구경기가 열리는 날은 바로 축제의 날이었다.

누가 돈을 주는 것도 아니고, 안락한 공간도 아니고, 공휴일도 아닌데 왜 그렇게 사람들이 몰려들었을까? 그것은 바로 그곳에 가면 재미가 있고, 신바람이 났기 때문이다. 우리는 신바람이 나면 물불을 안 가리는 특성이 있다. 날씨가 추워도 상관없고, 비가 내려도 아랑곳하지 않는다. 밤이 늦어도 아무런 불평을 하지 않는다.

신바람 나면 모든 게 즐거워진다

우리가 일하는 직장도 이렇게 재미있으면 얼마나 좋을까? 날이 밝으면 빨리 회사에 출근하고 싶고, 퇴근시간이 되면 동료들과 헤어지는 것을 아쉬워하고, 휴일에는 회사에 가고 싶어 안달이 날 정도라면 얼마나 좋을까?

신바람 나서 즐겁게 일을 하면 일하는 시간도 겁나게 빨리 간다. 주변의 동료들도 좋게 느껴진다. 조금 실수를 하더라도 너그럽게 봐준다. 일의 능률도 올라가고, 당연히 생산성도 높아진다. 자신의 일에 대해 자부심도 느끼게 되고 모든 일에 자신감이 생기게 된다. 스트레스도 받지 않고 몸에 피로도 별로 느끼지 못한다.

불가능하다고만 할 것이 아니라 그렇게 만들어보자. 안 된다고 생각하면 아무런 답이 생기지 않는다. 오로지 부정적인 생각들로만 가득 차게 된다. '어떻게 하면 될까?' 하고 의문을 가지다 보면 답이 보이기 시작한다. 최고경영자부터 갓 입사한 신입사원까지 모두의 머릿속에 그 의문이 들어 있다면 문제는 금방 해결된다. 우린 분명히 할 수 있다.

우리의 사명은 즐겁게 일하는 것

이것은 직장에 다니는 사람이라면 누구에게나 사명이 되어야 한다. 꿈이 되어야 한다. '우리 회사를 세상에서 가장 재미있는 회사로 만들겠다' 또는 '우리 회사를 제일 행복한 회사로 만들겠다'는 등의 사명을 만들어야 한다. 모두가 이런 생각을 가지고 있다면 그 회사는 머지 않아 어떤 회사보다 훨씬 더 강력한 경쟁력을 가지게 될 것이고 훨씬 더 좋은 회사로 거듭나게 될 것이다.

다른 사람을 탓하지 말자. 사장님 때문에, 쿠장님 때문에, 직원들 때문에 안 된다고 말하지 말자. 그러한 불평불만은 끝이 없다. 그런 소리를 멈추자. 사회와 국가도 탓하지 말자. '원래 우리 국민들은 안 돼' '우리 사회구조가 그렇게 안 되게 되어 있어' 등의 불평도 아무 도움이 되질 않는다.

할 수 있다는 생각을 가지고 시작해보자. 이것은 어떠한 것보다 더 큰 영향력을 가진다. 신바람 난 사람의 힘은 아무도 막지 못하고, 아무도 이기지 못한다. 자신감과 열정이 넘쳐나는 사람들을 생각해 보라. 얼굴에 웃음이 가득하고 밝고 희망찬 표정을 생각해보자. 어떤 어려움도 거뜬히 이겨내고 함께 재미있게 큰 승리를 거머쥘 수 있다. 당연히 이런 현상은 하루아침에 도깨비방망이를 두드린 것처럼 이루어지지 않는다. 된다는 믿음을 가지고 꾸준히 노력을 계속할 때 언젠가는 우리 직장도 신바람 나는 곳이 되지 않겠는가.

04

돈을 벌면서 다니는 학교

우리가 어릴 적 학교에 다닐 때는 돈을 내고서 가야 했다. 돈을 내지 못하는 학생들은 선생님께 혼나고, 친구들에게도 조롱거리가 되기 일쑤였다. 지금도 대학에 다니려면 등록금이 장난이 아니다. 집안 기둥이 흔들린다. 그런데 그렇게 돈을 받기만 하던 학교에서 거꾸로 돈을 준다고 하면 얼마나 좋을까? 돈도 벌고 배우기도 하니 일석이조, 금상첨화일 것이다. 그런 곳이 있을까?

사실 돈을 벌어가면서 다니는 학교가 있다. 아주 많이 존재한다. 그것도 우리 가까운 곳에. 지금 우리가 다니고 있는 직장이 바로 그런 곳이다. "에이, 난 또 뭐라고. 직장이 일하는 곳이지, 무슨 학교란 말이야" 하는 이야기가 쏟아지는 것이 느껴진다. 하지만 다시 잘 생각해보자. 직장은 꼭 일만 하는 곳인가? 아니다. 우리가 그동안 학교에서 다른 과목 때문에 제대로 배우지 못한 진짜 중요한 것들을 실습과 함께 배워나가는 곳이다.

과목도 여러 가지가 있다. 고객들을 만나면 해야 하는 '친절'이라는 과목이 있고, 동료들과 잘 협조하면서 지내야 하는 '인간관계'라는 과목도 있고, 내가 계급이 높아졌을 때 발휘해야 할 '리더십'이라는 과목도 있다. 그뿐만이 아니다. '팀워크'라는 과목도 있고, '문제해결'이라는 과목도 있고, '커뮤니케이션-의사소통' '조직 활성화'라는 과목도 있다. 특별히 '아부'라는 과목을 배우는 때도 있다. 물론 성적표도 있다. 직장 내에서 인사고과를 매기기도 하지만 자신이 받는 월급액수가 바로 성적표라고 보면 된다. 그리고 서점에 가보면 성적을 높이고 싶은 사람들을 위해서 참고서가 굉장히 많이 나와 있다. 세계적으로 유명한 사람들이 우리를 위해서 참고서를 작성해 놓았는데 우리가 거들떠보지 않는 것이다. 자녀들에게는 고액과외까지 시키면서 정작 과외가 필요한 우리는 참고서조차 보지 않는다. 그러니 결과에서 차이가 날 수밖에 없지 않겠는가 말이다.

이렇게 남들이 모두 직장은 힘들고 어려운 곳이라 생각하고, 마지못해 다니는 곳이라 생각하고 있을 때 '난 학교 간다'는 마음으로 다닌다면 발걸음도 가벼울 것이고, 직장에서 보내는 시간도 즐거울 것이며, 결과나 성과 또한 남들보다 훨씬 더 좋게 나타날 것이다.

나를 괴롭히는 직장상사가 있다면 '어떻게 하면 저 사람을 내 편으로 만들 수 있을까?' 연구해보자. 모르겠으면 책을 사보고, 다른 상사에게 물어보고, 인터넷에서 검색해보면서 다양하게 노력하다 보면 언젠가는 그 문제를 극복할 수 있을 것이다. 까다로운 고객도 부드럽게 만드는 방법을 연구하고, 말 안 듣는 부하직원을 충성하도록 만들고, 어떤 문제가 생길 때마다 그것은 나에게 던져준 숙제요, 리포트라는 생각으로 부딪혀보면 의외로 일이 재미있고 도전하는 맛이 나고 성취감도 느낄 수 있을 것이다. 직장에 다니지 않는 사람들은 절대로 느낄 수 없는 나만의 재미가 될 것이다.

명퇴를 두려워하지 말자

이렇게 하다 보면 혹시 어떤 사유로 퇴직을 해서 자신의 사업을 한다 하더라도 성공할 수밖에 없는 요건을 갖추는 셈이 된다. 모든 성공의 기본을 다 갖추고 나왔기 때문이다. 모든 과목에서 우수한 성적을 받았으니 어찌 잘 되지 않겠는가 말이다. 그런데 대기업에 다니는 내 동생이나 다른 사람들을 보면 감원이나 명퇴라는 말만 들어도 벌벌 떠는 것 같다. 혹시라도 직장을 그만두게 되면 먹고살 길이 막막하기 때문이다. 그러면 지금부터라도 불평불만을 멈추고 이러한 부분을 공부해야 할 텐데 그러질 못하고 있다. 정말 답답하고 안타까운 생각이 든다. 사람들이 알면서도 행동하지 않기 때문이다. 그러면서 행동을 하는 사람을 보면 손가락질을 하고, 못하게 말리기도 한다. 그러다가 그 사람이 잘되면 "내 예전부터 저놈은 잘될 줄 알았어" 하면서 자신은 하던 방식을 고수한다. '나도 성공하고 싶다. 부자가 되고 싶다'고 생각하면서도 '난 안돼, 나 같은 놈이 어떻게 성공한단 말이야' 하면서 스스로를 틀 속에 가두어버린다.

'90명의 사람들은 10명 안에 들기를 바라면서 90명이 하는 방식이 아니면 안 된다고 말한다'는 말이 있다. 대부분의 사람들, 아니 모든 사람들은 성공하기를 바라고, 부자가 되길 바라고, 행복하게 살기를 바랄 것이다. 그런데 그렇게 살고 있는 10명의 이야기를 듣지 않고, 그들이 하는 방식을 따라 하려고 하지 않는다. 어렵다고 생각하고, 안 된다고 생각하면서 도전조차 하질 않고, 도전한다 하더라도 금방 포기해 버린다. 그러면서 90명이 하는 방식을 보면서 안도하고 그게 내 운명이라고 스스로 결정지어 버린다. 그리고 어떤 좋은 이야기를 들으면 "뭐 몰라서 안 하는 줄 아느냐?"고 오히려 반문을 한다. "그래서 될 것 같으면 다 되겠네" 하면서 큰소리를 친다. 그렇게 해 보지도 않았으면서 말이다.

알고 있는 것은 소용없다

우리가 엄청나게 착각하고 있는 게 하나 있다. 바로 우리가 어떤 것에 대해 알고 있으면 행동을 했다는 착각이다. 강의를 하면서 항상 느끼는 것이지만 열심히 배우려고 하는 사람들은 항상 열심히 적는 것을 볼 수 있다. '적자생존'이라는 말을 알기 때문이리라. 그런데 그렇게 열심히 적기만 하고 끝낸다. 들은 것을 어떻게 행동할 것인가 생각해야 하는데 그렇게 적어두고는 끝이다. 그러면서 다음에 비슷한 강의를 듣게 되면 다 아는 것이라 생각하고 아예 들으려고 하지도, 배우려 하지도 않게 된다.

행동이 없는 지식은 모르는 것만 못하다. 차라리 모르면 시키는 대로 잘하기나 하는데 알면 시키는 것조차 제대로 하지 않으니 하는 말이다. 기업체의 사내강사들을 대상으로 강사 양성과정을 진행해 봐도 그런 것을 느낀다. 아무것도 모르고 그냥 사내강사가 되겠다는 열의만 가지고 있는 사람은 시키는 대로 잘 따라한다. 그런데 다른 곳에서 좀 배우다가 온 사람은 자신이 나보다 더 잘 알고 있는 것처럼 말하고, 나를 평가하려 든다. 그러면서 오히려 나를 가르치는 경우도 있다. 나야 좋지만 그 사람은 발전이 없을 것이 눈에 뻔히 보이지 않는가.

무엇을 더 배우려고 하기 전에, 알고 있는 것을 행동으로 옮기는 습관이 먼저 선행되어야 한다. 행동은 하지 않고 아는 것만 많아지면 주변사람들이 피곤해진다. 그들은 스스로 움직이는 백과사전이다. 백과사전은 집에 있는 것만 해도 족하다. 내 스스로 백과사전 같은 사람은 되지 말자. 아는 것이 많음을 자랑 말고 행동하는 것이 많음을 자랑해야 한다. 직장은 내가 무엇을 배우고 행동으로 옮겨 볼 수 있는 좋은 기회의 장이다. 그것을 최대한 활용하여 내 인생을 즐겁게 만들고, 내 주변의 사람들도 행복하게 만들어주자.

05

직장은 내 능력 발휘의 장이다

강의를 하러 다니다 보면 대기업, 중소기업, 보험회사, 관공서, 학교, 단체 등 다양한 회사를 경험한다. 그러다 보면 '어느 곳에 근무하는 사람이 가장 행복하다고 느낄까?' 궁금해진다. 그래서 때로는 "지금 근무하는 곳에 만족하십니까?" 물어보기도 한다. 그러면 대부분 고개를 가로저으며 힘들다고 말한다. 나름대로 스트레스 엄청받는다고 한다. 관공서의 경우 몸은 편한 것 같이 보여도 정신적인 스트레스가 엄청 심하다는 것이다. 차라리 육체적으로 좀 힘들더라도 마음 편히 일했으면 좋겠다고 말하기도 한다. 직책이 높으면 높은 대로, 낮으면 낮은 대로, 중간에 끼어 있는 사람은 그 나름대로 힘들다고 말한다.

부서에 따라 편한 부서가 있고, 더 힘든 부서가 있을까? 나는 가끔씩 이렇게 물어본다. "지금 하는 업무가 정말 편하고 좋다고 생각하는 사람은 손들어 보시라. 봐라, 아무도 없지 않는가?" 가만히 따져 보면 편하고 힘든 것은 직책이나 부서의 업무에 있는 것이 아니라 나의 마음에 달린 것이다. 지금 하는 일에서 만족을 느끼지 못하는 사람은 어느 곳에 가더라도 만족을 느낄 수 없다고 생각한다.

힘들거나 편안한 것으로만 따진다면 아마도 제일 힘든 직업은 대통령이 아닐까 한다. 얼마나 신경 쓸 것이 많으며, 한쪽을 잘해주면 반대쪽에서 들고 일어나고, 잘해야 본전이고, 조금만 잘못하면 규탄의 목소리가 하늘을 찌른다. 우리의 힘으로 어쩔 수 없는 천재지변도 대통령의 탓이라고 소리 높이는 사람들도 있다. 그런데도 왜 그렇게 많은 사람들이 대통령이 되려고 애쓰는 것일까?

대부분 명예욕 때문이라고 이야기하겠지만, 내 생각에는 그것보다도 자신의 능력을 최대한 발휘해 볼 수 있는 좋은 기회가 생기기 때문인 것 같다. 자신의 능력을 발휘해 많은 사람에게 좋은 영향을 끼치는 것만큼 큰 행복이 없기 때문이다.

나의 성공을 도우려고 준비하고 있다

이처럼 직장이란 내가 그동안 갈고 닦고 공부한 능력을 최대한 발휘할 수 있는 공간이고, 그것을 도와줄 사람들이 상사에서부터 동료, 부하직원까지 줄줄이 기다리고 있다. 상사가 호랑이처럼 딱 버티고 서서 으르렁 대는 것이 아니라, 내가 더 큰 성공과 성과를 내기 바라면서 나를 자극해주고 있는 것이다. 그런데 모두가 상사를 피하려고만 하지, 가까이 다가가서 고마움을 전하고 그의 깊은 심정을 알아주는 사람이 없다. 이때 남들과는 다르게 웃으면서 진심으로 감사의 표현을 해보라. 가지고 있는 모든 것을 다 퍼주고 싶은 생각이 들지 않겠는가.

목표를 달성하라고 호통이 난무하고, 연일 쏟아지는 엄청난 업무를 두려워하지 마라. 직장이란 원래 그런 곳이다. 그것이 없다면 무슨 재미가 있겠는가? 그것에 스트레스받지 말고, 상사가 목표달성을 위해 취하는 말이나 행동 등을 유심히 보면서 배우자. 만약에 내가 이 다음에 그 자리에 간다면 사람들에게 어떻게 목표에 대해 피력할 것인가? '아, 저 방법이 참 좋군' '저렇게 표현하는 것은 사람들에게 상처가 될 텐데, 나는 절대 저런 말은 하지 말아야지' 이렇게 생각하면 상사의 심정이 이해가 되고, 스트레스받는 일도 없을 것이다.

그들은 원래 그렇게 말해야 한다

학교 선생님은 학생들에게 죽기 살기로 무조건 공부만 해야 한다고 소리쳐야 한다. 그렇게 말할 수 있는 사람이 선생님이다. 그것을 싫어해서는 안 된다. 목사님은 성도들에게 매일 기도하고, 찬송하고, 성경을 보라고 외친다. 어떻게 매일 그렇게만 하고 사는가? 그런데도 목사님이니까 그렇게 외쳐야 한다. "밥도 먹고, 잠도 자고, 놀기도 하고, TV도 보고, 사람도 만나고, 그러다가 혹시 시간이 나면 성경도 보고 기도도 하십시오." 이렇게 말한다면 이상하지 않은가? 물론 같은 말이라도 사람들에게 더욱 동기부여를 일으키고 효과적인 말이 있다. 지금부터 그것을 연구하자는 말이다. 미리 준비해두면 좋지 않은가?

일이 산더미처럼 쌓여 있다면 행복해하라. 나를 믿고 이렇게 일을 맡겨준 게 얼마나 고마운가? 사람은 일을 많이 해서 죽는 것이 아니라 그 일을 고통으로 받아들이기 때문에 죽는 것이다. 내 능력을 발휘할 기회가 왔음에 기뻐하라. 까짓것 힘들어봐야 죽기밖에 더하겠는가?

06

어떤 일을 하느냐가 아니라
어떤 마음으로 하느냐다

우리가 인생을 살아가는 궁극적인 목적은 행복하기 위해서다. 맞다고 동의를 하시는가? 그런데 우리 대부분은 어떻게 해야 행복한지 잘 알지 못한다. 왜냐하면 그런 부분에 대해 제대로 배우지 않았기 때문이다. 가르쳐 주는 곳도 없다. 나의 경우에도 어떻게 해야 행복한지를 깨달은 것이 얼마 되지 않는다. 지금까지는 그냥 돈만 많으면 행복할 것 같다는 막연한 생각을 가지고 있었다. 물론 행복하기 위해서 돈이 필요한 것은 맞지만 돈이 전부는 아니라는 말이다. 그런데 지금도 수많은 사람들은 돈만을 위해 열심히 뛰고 있다. 바쁜 그들의 귀에는 행복에 대해 아무리 떠들어도 들리지 않는 것 같다. 돈을 모으면 모을수록 더 모으고 싶어 하고, 더 부자가 되고 싶어 한다. 자신이 죽어가는지도 모르고 말이다.

무엇을 해야 행복한가?

우리가 인생에서 가장 많은 시간을 보내는 곳이 직장이라고 한다. 그런데 직장에서 행복하지 않으면 어디에서 무엇을 하며 행복할 것인가? 직장은 사실 이래야 한다. 새벽 6시만 되면 일어나서 '아~ 왜 이렇게 시간이 안 가지? 빨리 출근하고 싶은데, 사람들이 보고 싶어 죽겠는데.' 그러다가 일찍 출근해서는 사람들을 만나면 하이파이브를 하고, 끌어안으면서 "어젯밤은 잘 보냈느냐, 보고 싶어서 죽을 뻔했다"는 등의 이야기를 하고, 그렇게 함께 재미있게 일하다가 저녁에 퇴근하라고 해도 "퇴근하기 싫다"고 말하고, 휴가 가라고 해도 "휴가는 뭐하러 갑니까?" 하면서 반납을 하고, 혹시 휴가를 가더라도 하루만에 선물 사가지고 직장으로 돌아와야 한다. 그런데 지금 직장 다니는 사람들에게 "직장 다니는 게 재미있습니까?" 하고 물어보면 "미쳤습니까? 직장이 무슨 장난인 줄 압니까?"하며 화를 낸다.

내 스스로 선택해서 하는 일이다

나의 경우 택시를 많이 타는데 택시 기사님에게 "택시 운전하시면 참 행복하시겠습니다" 하고 이야기를 건넨다. 그러면 "왜요?"하고 의아한 듯이 반문을 한다. 그러면 나는 "아니, 기사님이 가고 싶은 데로 가고, 다니고 싶은 곳으로 다니고, 태우고 싶은 사람 태우고, 쉬고 싶으면 쉬고, 얼마나 좋습니까?" 이렇게 말하면 택시 기사님은 바로 화를 내면서 이렇게 대답한다. "지금 놀립니까? 돈을 많이 벌어야 행복하지, 돈도 안되는데 뭐가 좋다는 말입니까?"

혹시 국가에서 시켜서 현재의 일을 하고 있는 사람이 있는가? 대부분 자신이 선택해서 그 일을 시작했다. 지금 다니는 직장도 스스로 선택해서 시험을 치고, 경쟁률을 뚫고 들어왔을 것이다. 누구 하나 국가에서 보내서 온 사람이 있는가 말이다. 그렇게 자신이 스스로 선택해서 시작했으면 재미있고 즐겁고 신나게 해야지, '힘들다, 어렵다, 죽겠다'는 말만 늘어놓고 있다.

어떤 일을 할 때 가장 행복한가?

강의 중에 "어떤 일을 할 때 가장 행복할 것 같습니까?" 하고 질문을 하면 "자신이 좋아하는 일을 할 때"라고 대답하는 경우가 많다. 맞는 말이다. 그렇다면 자신이 좋아한 일은 언제부터 좋아하게 되었는가? 태어날 때부터인가? 아니다. 어느 순간, 어떤 계기로 한번 해 봤는데 그 일이 잘되었고, 그것 때문에 타인으로부터 인정을 받았고, 기분이 좋았고, 그래서 더욱 열심히 했고, 많은 시간을 투자해서 더욱더 기술을 쌓았고, 인정을 받을수록 더욱 그 일에 매진을 했기 때문일 것이다. 그러다 보니 그 일이 자신에게 딱 맞는 일이라고 착각하고 살아가는 것이다. 그러나 그 일이 직업이 되어보라. 또 힘들어진다. 왜냐하면 우리의 잠재의식 속에는 일이란 힘들고 괴로운 것이라는 큰 고정관념이 자리 잡고 있기 때문이다.

"그래도 적성이란 것이 있지 않냐"고 반문하는 사람이 있을 것이다. 맞다. 자신에게 맞는 적성이란 것도 있다. 그러나 우린 이미 그 적성이란 것을 적용하고 있다. 아마도 적성에 맞지 않았다면 이 직장에 들어오지도 않았을 것이고, 들어오지도 못했을 것이다. 그리고 들어왔다고 해도 얼마 버티지 못하고 벌써 그만두었을 것이다. 지금까지 버텨왔다면 그것은 이미 '적성에 맞다'는 말이다. 적성에 맞지 않다는 핑계로 자신을 합리화시키지 않기를 바란다. 사람은 나이가 들면서 입맛이 변하듯이 성격도 변한다. 공부나 교육을 통해서 마인드가 변하기도 한다. 그리고 사람은 닥치면 어떤 일이라도 해낼 수 있는 놀라운 저력을 가지고 있다. 절대 나약하게 말하지 마라.

이왕 하는 것 즐겁게 하자

매주 주말만 되면 낚시도구를 챙겨서 바다로 낚시를 가는 낚시광인 친구가 있다. 이 친구는 대부분의 돈을 낚시도구에 쏟아 붓고, 모든 시간을 낚시에 대해서 연구하고, 낚시에 대해 말하며 어느새 낚시 전문가가 되었다. 직장을 그만두고 낚시점을 차려서 낚시만 하고 살면 좋겠다는 꿈을 가지고 있었다. 그러던 어느 날 드디어 직장을 그만두고 낚시점을 차렸다. 매일 승합차로 사람들을 태우고 낚시를 하러 떠난다. 이 친구가 이제 진정한 행복을 찾았겠구나, 생각하고 물어보았다. "야~ 정말 좋겠다. 이제 매일매일이 크리스마스겠네." 그런데 이 친구의 대답은 시큰둥했다. "아~ 죽겠다. 이것도 하루 이

틀이지, 매일 낚시하러 가 봐라. 보통 힘든 게 아니다. 거기다 가게 운영해야지, 손님들 비위 맞춰야지, 운전해야지, 미치겠다."

그렇다. 현재 내가 어떤 일을 하느냐가 중요한 게 아니라 그 일을 어떤 마음으로 하느냐가 중요하다. 직장에서 청소를 제대로 할 수 없는 사람은 복사하는 일도 제대로 할 수 없고, 서류를 꾸미는 일은 더더욱 제대로 할 수 없다. 청소를 시키면 회사가 생긴 이래로 가장 청소를 잘하는 사람이 되어보자. 윗사람들이 보고 저 사람은 저런 일을 시키기에 아깝다는 생각을 할 것이다. 그러면서 더 좋은 위치에, 더욱 능력을 발휘할 수 있는 곳으로 발령이 날 기회가 생긴다. 대학 나와서 청소만 하고 있다고 불평불만하고 자신의 처지를 한탄만 한다면 영영 기회가 오지 않을 것이다.

지금 하는 일도 제대로 못하면서 무슨 일안들 제대로 하겠는가? 아무리 하찮은 일이라 할지라도 지금 하는 일에서 최고가 되겠다는 마음으로 하면 다른 일도 저절로 잘되고 인생이 즐거워지고 행복해지는 놀라운 경험을 하게 될 것이다.

07

돈을 내면서 일하는 곳

월급을 받는 것이 아니라 오히려 돈을 내가면서 열심히 일하는 곳이 있다면 믿어지는가? 나는 그러한 놀라운 곳을 발견했다. 그것도 가까운 곳에 여러 군데 있었다. 바로 교회다. 나는 얼마 전부터 교회에 나가기 시작했다. 내가 원해서 나간 것이 아니라 자녀들이 교회에 나간 지 꽤 오래 되었는데 총동원 전도주일이라고 아빠를 꼭 데리고 가야 된단다. 그래서 '한번 따라가 주지' 하는 편안한 마음으로 교회에 갔다.

그런데 교회의 입구에 들어서자 많은 사람들이 무안할 정도로 반갑게 환영을 하며 인사하는 것이었다. 남자들은 모두 양복을 깔끔하게 차려 입었고, 여자들은 한복으로 곱게 단장을 한 상태였다. 난 그들이 누구인지, 무엇을 하는 사람들인지도 몰랐지만 처음 오는 사람을 환영하는 입장에서 으레 저렇게 인사를 하는 것이라 생각했다. 교회 안으로 들어가니 나를 좌석으로 안내하는 사람이 있었다. 그분의 안내에 따라 자리에 앉았다. 모두가 환한 표정으로 미소를 머금고 있었다.

웅장한 음악소리와 함께 예배가 시작되었고, 잠시 후 찬양단의 우렁찬 찬양이 시작되었다. 아름다운 소리에 흠뻑 취해서 듣고 있다 보니 주옥같은 목사님의 설교가 이어진다. 졸음 반, 듣는 것 반으로 겨우 예배를 마치고 밖으로 나오니 점심식사가 준비되어 있다고 먹고 가라고 하신다.

밖에서는 주차관리를 하는 분, 안내를 하는 분, 식사준비를 하는 분 등 모두 매우 분주해 보였다. 그러나 짜증내는 사람 하나 없고, 전부 다 즐겁고 기쁜 마음으로 자신의 일을 하고 있다. 의아한 생각이 들었다. 왜 저 사람들은 모두 저렇게 재미있게 일을 할까? 저렇게 열심히 한다고 월급을 받는 것도 아니고, 무슨 진급을 하는 것도 아닌데…. 오히려 돈을 내고 다니지 않는가. 십일조도 내고, 주일헌금, 감사헌금 등을 내면서 또 저렇게 노력 봉사까지 하고 있다. 그런데 회사에서는 월급도 주고, 보너스도 주고, 명절에는 떡값도 주고, 또 복지시설과 복지제도를 갖추어 일하기 좋은 시설을 갖추고 있는데도 불구하고 일에 대해 부담스럽게 생각하고, 짜증을 내고, 직장에 가기 싫어하고, 스트레스를 받는다.

교회와 직장의 차이점은 무엇일까? 무엇 때문에 같은 일을 하면서도 교회에서는 즐겁고 재미있게 하고, 직장에서는 힘들고 어렵게 하는 것일까?

가만히 잘 살펴보니 교회에는 있지만 직장에는 없는 것이 있다. 어떤 것일까?

반갑게 맞아준다

교회에서는 목사님과 장로님, 집사님들이 나와 웃는 얼굴로 반갑게 환영을 한다. "아이구, 다희 아버님 오셨습니까? 기다리고 있었습니다. 말씀 많이 들었습니다. 뵙게 되어 영광입니다." 이러한 환영인사를 받으며 들어가면 기분이 좋아진다. 잘 왔다는 생각이 든다. 예배를 다 마치고 나올 때도 마찬가지로 나와서 배웅 인사를 한다. 그러면 흐뭇한 마음으로 집에 돌아오게 되고, 일요일이 되면 또 교회에 가고 싶어지는 것이다. 그러나 우리가 다니는 직장에서는 환영해주는 사람이 없다. 회사 입구에 있는 경비아저씨가 아는 척이라도 해주면 고맙다. 사무실에 들어서면 선배들의 눈치를 보며 내가 먼저 인사해야 한다. 그렇게 인사하고 제대로 인사를 받아주기만 해도 고맙게 생각한다. 그리고 퇴근할 때도 상사의 눈치를 보면서 몇 마디 인사를 한 후 나오는 게 대부분이다. 만약 회사의 대표부터 임원들이 회사 입구에 나와서 기쁜 마음으로 환영해 준다면, 또 퇴근할 때도 그렇게 배웅을 해 준다면 빨리 출근하고 싶다는 생각이 들지 않을까?

교육이 있다

교회에서는 매주 목사님으로부터의 설교가 있다. 물론 따분할 때도 있고 다 아는 이야기이기도 하지만 반복해서 듣다 보니 올바르게 살아야겠다는 가치관이 정립된다. 콩나물 시루어 물을 주면 물이 밑으로 다 빠져버리는 것 같아도 콩나물이 쑥쑥 자라는 것처럼 교육은 알게 모르게 사람들을 올바르게 이끄는 데 큰 역할을 한다. 그런데 직장에서는 교육이라고 해봐야 신입사원 때 하는 것 말고는 접하기 힘들다. 대기업의 경우에도 1년에 한두 번이 고작이고, 그것조차도 효과 있게 진행되지 못하는 경우가 많다. 물론 직장이란 일을 하기 위한 곳이지만 리더들이 능력만 있다면 일을 하면서도 얼마든지 마인드 교육을 할 수 있다고 생각한다. 꼭 앞에 나서서 가르치는 것만이 교육이 아니라 선배와 상사, 리더들이 행동으로 보여주는 것도 좋은 교육이 될 수 있고, 직장에 퍼져 있는 문화도 좋은 교육이 될 수 있는 것이다.

칭찬과 인정, 격려가 있다

교회에서는 내가 잘하지 못하는 것에는 별로 관심이 없다. 그리고 잘하는 것에 대해서는 좀 과하다 싶을 정도로 칭찬을 많이 한다. 입에 발린 말처럼 느껴져도 기분은 좋다. 그리고 누군가 조금 기운이 빠지든지, 안 좋은 일이 생기면 목사님부터 시작해 우르르 찾아와서 힘을 불어넣어 주고 격려의 말들을 쏟아 놓는다. 외롭고 힘들 때는 그것이 굉장히 큰 도움이 됨을 누구나 알 것이다. 그래서 나중에는 그것 때문에 정이 쌓이고 쌓여 한 가족처럼 재미있게 모여드는 것이 아닐까 싶다. 그러나 직장에서는 좀처럼 칭찬을 듣기 어렵다. 잘하려고 하면 오히려 나서지 말라고 핀잔을 듣기 일쑤고, 못하면 못한다고 질타가 날아온다. 직장이 힘들다고 느껴지는 가장 큰 부분이 바로 이것이 아닐까 싶다. 사람은 누구나 자신을 알아주고 인정해주는 사람이 좋고, 본능적으로 인정받고자 하는 욕구가 강하기 때문이다.

확실한 비전이 있다

사람들을 모이고 움직이게 하는 가장 중요한 것 중의 하나가 바로 비전이다. 교회는 이러한 비전을 확실하게 보여준다. 살아서는 복을 받고, 사후에는 구원을 받고 천국에 갈 것이라는 것을 강조하고 또 강조한다. 만약에 천국이 없고 복을 받는 것이 없다면 사람들은 이렇게 모이지 않을 것이며 또한 교회도 형성되지 못할 것이다.

혹시라도 지옥에 가면 얼마나 괴롭고 힘들 것인가 하는 두려움도 존재한다. 천국에는 슬픔과 배고픔, 아픔과 고통이 없고 질투와 싸움도 없고 항상 즐거운 노래와 맛있는 음식으로 가득 차 있고 아름다운 경치가 펼쳐져 있을 것이라는 상상을 한다. 생각만 해도 기쁘다.

한 할머니가 성경에 나오는 유명한 인물들의 이름을 외우고 있었다. 어려운 외국 사람들의 이름을 외우느라 진땀을 흘리고 있었다.

지나가는 목사님이 물었다. "아니, 할머님, 왜 그렇게 이름만 계속 외우십니까?" 할머니가 기가 막히게 대답한다. "이 사람들 이름이라도 알아야 천국에 가면 아는 척하고, 친하게 지낼 것 아닌가?"

그렇다. 이렇게 우리가 교회에서 배워야 할 점은 바로 비전 제시다. 이미 이루어진 것처럼 상상하고 그곳에 가면 기쁨이 넘칠 것이라는 생각에 지금의 어려움을 대수롭지 않게 생각할 수 있어야 한다. 그러나 우리의 직장에서는 이러한 비전 제시 부분이 상당히 약하다. 직장이 잘되면 나에게 큰 혜택이 돌아올 것이라는 기대감이 별로 없다. 그러니까 지금 하는 일에 대해서 재미도 느끼지 못하고 능률도 오르지 않는 것이다. 어쨌든 내 사업을 해서 돈을 벌어야지 직장생활을 해서는 큰돈을 벌기 어렵고 행복하기도 어렵다는 생각으로 가득하다. 또한 개인적으로 앞으로 어떤 사람이 되고 싶은지에 대한 생각도 막연하다.

직장에서도 이렇게 비전을 제시하고 강조해야 한다. 그리고 지금 우리가 하는 일의 중요성과 의미, 대의명분을 내세울 수 있어야 한다. 돈을 떠나서 진정 우리는 일을 통해 자신의 능력을 더욱 계발하고, 더 많은 사람들에게 좋은 혜택을 제공하고 있으며 그것이 큰 행복이며 성공이라는 부분을 강조해야 한다. 직장이란 돈을 벌기 위해 모인 사람들의 집단이 아니라 함께 꿈을 이루어가는 사람들의 집단이 되어야 한다.

노래와 음악이 있다

교회에서는 사람들이 모이기만 하면 찬송가나 복음성가를 함께 부른다. 때로는 피아노 반주에 맞추어서, 때로는 드럼과 기타로 구성된 밴드가 나와서 연주하는 것에 맞춰 박수를 쳐가면서 부른다. 잘부르는 사람이나 못 부르는 사람이나 모두 힘차게 부르다 보니 마음이 흥겨워지고, 기분이 좋아진다. 찬송가도 한번 불렀다 하면 4절까지 다 부른다. 애국가도 4절까지 다 부르면 지겨울 것 같아 특별히 큰 행사 아니면 1절만 간단하게 부르는데 교회는 무조건 다 부른다. 그래도 불평하는 사람 하나 없다. 가사에 도취되어 어떤 사람은 몸을 좌우로 흔들며 부르고 어떤 사람은 눈물을 흘리며 손을 들고 부른다. 함께 부르니 노래 못 부르는 것이 별로 흠이 되지 않는다. 그리고 누구도 노래 못한다고 타박하지 않는다. 음악이나 노래는 사람을 즐겁게 하고 흥겹게 하는 묘한 마력을 가지고 있다. 사람들의 감성을 움직이는 힘이 있는 것이다. 그래서 한 시간 정도의 예배 속에 찬송가를 부르고 듣는 시간이 절반은 되는 것 같다.

그러나 우리의 가정이나 직장에서는 함께 노래를 부르는 일이 거의 없다. 오죽하면 회식자리가 끝나자마자 모두 노래방으로 달려가겠는가? 그나마 술이 취한 상태에서 함께 노래를 부르다 보면 더욱 친해지고 화합도 되고 기분도 좋아지고 스트레스도 해소된다. 좀 아쉬운 것이 있다면 자신의 노래만 부를 것이 아니라 누군가 노래를 부를 때 함께 다 같이 불러야 하는데 노래자랑 형식으로 한 사람이 부르면 다른 사람은 듣기만 하든지 아니면 자신의 다음 노래를 찾느라 집중하지 못하는 경우가 많은 것이 안타깝다.

가족이 행복하려면 가족 합창단이나 악기 연주 팀을 만들어 함께 같은 노래를 부르고 연주하는 것이 좋다. 직장에서도 팀원들끼리 의무적으로 합창단이나 악기 연주 팀을 만들어야 한다. 그렇게 함께 소리쳐 노래를 부르고 음악을 연주하다 보면 그곳에서 즐거움과 행복이 솟아나게 되는 것이다. 직장 내에서 음악과 노랫소리가 넘쳐난다면 절로 흥이 날 것이다. 직장의 특별한 행사 때에도 직원들이 같이 부를 수 있는 노래를 여러 곡 선정하여 함께 부른다면 애사심도 깊어지고 동료들 간의 우애도 더욱 깊어질 것이다.

솔선수범해서 봉사한다

교회에서 야유회 행사를 갔을 때였다. 야유회 장소에 도착하자 천막을 치고, 의자를 깔고, 음식할 것을 준비하느라 모두가 분주한 모습이었다. 난 처음으로 따라가는 것이라 무엇을 어떻게 해야 할지 몰라 가만히 지켜보았다. 그런데 놀라운 것은 나이와 직책에 관계없이 모두가 자기 일처럼 나서서 열심히 하는 것이었다. 목사님이나 장로님은 뒤에서 지시만 하고 가만히 지켜볼 줄 알았는데 목사님과 장로님이 제일 먼저 팔을 걷어붙이고 나서는 모습을 보고 깜짝 놀랐다. 그래서 장로님께 물었다. "아니 장로님처럼 높으신 분들이 이렇게 직접 나서서 일을 하십니까? 이런 허드렛일은 젊은 사람이나 아랫

사람들에게 맡겨 두고 지시만 내리시면 될 텐데요." 그러자 장로님은 "여기에는 높고 낮음이 없습니다. 내가 이렇게 움직이는 것이 훨씬 더 편하고 재미있고 즐겁습니다." 이렇게 말씀하셨다.

보통 직장에서는 직책이 좀 높다 싶으면 명령하고 지시만 내린다. 움직이려고 해도 아랫사람들이 말리면서 못하게 한다. 함께 움직여 함께 만들고 함께 치우면 일도 더 빨리 진행되고, 더 재미있고 화합도 더 잘될 텐데 우리는 쉽게 그렇게 하질 못한다. 노는 시간이 되어도 체면 때문에 즐겁게 놀지도 못하고 방관자의 입장이 되는 경우가 많다. 이러니 위아래의 간격이 자꾸 벌어지고 생각의 차이도 많이 나게 되는 것이다. 서로의 입장을 이해하기 힘들고, 그러다 보니 서로의 단점만 더 보이는 것은 아닌가 하는 생각이 든다.

오래된 옷걸이가 갓 들어온 옷걸이에게 말했다. "너는 옷걸이라는 사실을 한시도 잊지 말아라." 새 옷걸이가 물었다. "왜 옷걸이라는 것을 그렇게 강조하시는지요?" 그러자 오래된 옷걸이가 말했다. "잠깐씩 걸리는 옷이 자기의 신분인 양 교만해지는 옷걸이들을 그동안 많이 보았기 때문이다." 그렇다. 이름 뒤에 붙는 직함 때문에 내 자신이 달라지는 것은 없다. 계급장을 떼어버리고 솔선수범해서 먼저 나서보자. 즐거운 일이 넘쳐날 것이다.

08

롤러코스터와 회전목마

아무리 일을 즐겨라, 일을 재미있게 하라고 이야기해도 그게 어디
말처럼 쉬운 일인가? 이 세상에서 내가 지금 하는 일이 가장 힘들고
어렵다는 생각이 든다. 무슨 일을 재미로 하는가? 일은 일이고, 노
는 것은 노는 것이지, 제발 말도 안되는 얘기 하지 말라는 소리가 귓
가에 빗발쳐 들려오는 듯하다. 그렇게 주장하는 사람들에게 들려주
고 싶은 이야기가 있다.

롤러코스터를 탈 것인가? 회전목마를 탈 것인가?

당신은 놀이공원에 가면 롤러코스터를 타는가? 회전목마를 타는가?
대부분의 젊은 사람이라면 롤러코스터를 탈 것이다. 어린아이가 아
니라면 누가 회전목마를 타겠는가? 그게 무슨 재미가 있다고 돈 내
고 타겠는가 말이다.
　롤러코스터를 타 본 사람은 알겠지만 타기 전부터 사실 벌벌 떨리

기 시작한다. 큰맘 먹고 롤러코스터의 열차에 앉으면 무슨 전쟁터에 나가기라도 하는 것처럼 대단한 각오를 해야 한다. 안전벨트를 튼튼히 매고, 손잡이를 꽉 붙잡는다. 출발해서 높은 곳으로 올라가기 시작하면 더욱 떨리기 시작한다. 괜히 탔다는 후회가 들기도 하고, 함께 타자고 한 사람이 원망스럽기도 하면서 겁이 잔뜩 난다. 정상에 올라서서 아래로 힘차게 떨어질 때는 간이 철렁 내려앉으며 살갗이 떨어져 나가는 것 같은 느낌이 들면서 죽을 것 같은 고통에 시달린다. 롤러코스터가 이리저리 뒤틀리며 흔들어댈 때는 몸이 튕겨 나갈 것 같아 손잡이를 부서져라 꽉 붙잡는다. 워낙 속도가 빨라 정신이 하나도 없다. 이때쯤 되면 땅 위를 편안히 걸어다니는 것이 얼마나 행복한지를 실감하게 된다. 그러다가 출발했던 지점에 서서히 도착하면 안도의 한숨을 내쉬며 안심하는 것이다. 내려서는 언제 그랬냐는 듯이 재미있다고 난리다.

왜 롤러코스터를 즐기는가?

사람들은 그렇게 고통스러워하면서 왜 롤러코스터를 타는 것일까? 바로 재미있기 때문이다. 높은 곳에서 아래로 떨어질 때 죽을 것 같은 그 고통, 그것을 즐기는 것이다. 그 높은 수준의 스트레스를 돈 내고 즐기는 것이다. 아무 스트레스도 없는 회전목마는 안 타는 것이다. 세계의 높은 산봉우리만 찾아다니며 목숨을 걸고 등반하는 사람들은 왜 그렇게 하는 것인가? 눈보라가 휘몰아치고, 온몸이 꽁꽁 얼어서 곧 죽을 것 같은 혹한이 닥칠 것을 뻔히 알면서도 왜 그렇게 도전하는 것일까? 그것도 바로 재미있기 때문이다. 그런데 왜 그게 재미있을까? 어렵고 힘들기 때문이다. 어렵고 힘들수록 그 재미도 커지는 것이다. 그래서 롤러코스터도 험난한 코스가 많고, 스트레스 지수가 높을수록 더 비싸다. 번지점프는 겁나게 비싸다. 비행기에서 뛰어내리는 스카이다이빙은 아마 더 비쌀 것이다. 사람들은 왜 그렇게 비싼 돈을 주고 높은 곳에서 뛰어내리는가? 바로 스릴 있고, 짜릿하고, 재미있기 때문이다.

스포츠 경기를 봐도 그렇다. 축구를 보면 슛을 했을 때 공이 골대를 맞고 튀어나오고, 골대 옆으로 살짝 비켜나가고, 수비수에게 막히는 등 쉽게 골이 들어가지 않는 것이 재미있다. 만약에 누가 차도 쉽게 다 들어가버리면 아무 재미가 없을 것이다. 농구도 마찬가지고 야구도 마찬가지 아니겠는가?

어렵고 힘든 것이 곧 재미다

인생을 살면서도 나에게 다가오는 어려움과 힘듦은 바로 나의 재미를 위해 존재한다. 인생에서 제일 재미없는 삶이 무미건조한 삶이다. 도전할 것도 없고, 열심히 할 것도 없고, 목표도 없고, 성취할 것도 없는 삶이다. 잔잔한 바다에서는 절대로 좋은 선장이 만들어지지 않는다고 했다. 험난한 파도를 겪고, 폭풍우에 맞서 싸워보고, 비바람에 배가 뒤집혀 본 선장이라야 진정한 항해의 즐거움을 느낄 수 있으리라.

추운 겨울, 찬바람이 씽씽 불고 눈이 하얗게 쌓인 스키장에 사람들이 넘쳐난다. 미끄러져 넘어지고 엉덩방아를 찧어도 누구 하나 불평불만하는 사람이 없다. 그저 싱글벙글이다. 처음엔 눈 위에서 일어나지 못해 쩔쩔매도 마냥 즐겁고 재미있어 한다. 이렇게 어려움을 극복하고 나면 하얀 설원을 마음껏 달릴 수 있는 실력을 갖추게 되고 눈의 미끄러움을 즐길 수 있는 것이다. 춥고 넘어지는 것이 두려워 도전하지 않는다면 평생 스키의 즐거움은 맛보지 못할 것이다.

현재 내게 맡겨진 일은 더 큰 인물이 되기 위한, 더 훌륭한 사람이 되기 위한 연습일 뿐이다. 지금은 비록 넘어지고 깨지는 경우가 발생하지만 그것이 영원하진 않다. 조금만 지나면 훌륭한 베테랑이 된다. 이것은 누구나 알고 있는 기정사실이다. 그런데 그렇게 되는 과정에서 불평불만만 늘어놓는다면 분명 발전은 더딜 것이고 자신만 괴로워질 것이다.

09

재미없게 일하는 10가지 방법

무슨 일을 하든 재미없게 일하는 방법이 있다. 일이 재미있으면 이상하잖아? 언제 어디서 어떤 일을 하든지 재미없게 일하는 방법을 알아보자. 자신뿐만 아니라 주변에도 알려주면 더욱더 악하고 힘든 세상을 만드는 데 많은 도움이 되겠다.

1. 표정으로 압도하라

절대로 웃는 얼굴이나 미소를 보이지 마라. 그것은 빨리 전염되기 때문이다. 입을 꽉 다물고 최대한 기분 나쁜 표정을 지어라. 표정을 어둡게 하라. 혹시나 주위에 웃는 사람이 있으면 가까이 다가가 냉랭한 표정을 지으며 분위기를 싸늘하게 만들어라. 사람들이 무엇을 물어보면 최대한 시큰둥한 목소리로 대답하라.

2. 무관심하라

다른 사람들이 무엇이 필요하든 말든 절대로 관심을 가지지 마라. 그리고 내 개인적인 취미나 잡념에 충실하라. 그러면서도 매우 바쁜 척하라. 가능한 다른 사람과 눈도 마주치지 마라. 그러면 무슨 말을 건네고 싶어도 쉽게 하지 못할 것이다. 답답하면 자기가 알아서 한다. 오히려 내 일을 도와주고자 덤벼드는 사람도 있다. 그러면 성공이다.

3. 규정을 강조하라

고객이나 누군가가 나에게 무엇을 요구하면 그런 것은 우리 규정에 없다고 말하라. 그리고 혹시 아리송한 것은 윗사람에게 물어봐야 한다고 하거나 규정을 확인해보고 알려드리겠다고 하면서 시간을 끌어라. 기다리다 지쳐서 포기할 때까지 기다리면 된다. 가능한 것도 될 수 있는 한 '어렵다'고 말하라. 굉장히 힘들게 해야 하는 것처럼 말하라. 그리고 규정에 대해 조금 외우고 있다가 아주 어려운 용어를 사용하면서 길게 말하라. 그러면 그 사람은 골치가 아파서 스스로 물러날 것이다. 그리고 다시는 귀찮게 하지 않는다.

4. 기다리게 하라

상사나 다른 사람이 나를 부르면 가능한 못 들은 척하고 대답하지 마라. 자꾸 부르면 대답을 하고 나서 "잠시만 기다리세요" 하고는 자기 할 일을 계속하라. 사람들은 참을성이 없기 때문에 자신이 먼저 움직여서 해버리는 경우가 많다. 자신이 할 수 있으면서도 귀찮으니까 나에게 시키는 것이다. 그리고 혹시 행동을 하더라도 업무가 너무 많다는 것에 대해 혼잣말로 불평을 하면서 인상을 찡그리고 있는 방법도 좋다. 그러면 사람들이 겁이 나서 말을 쉽게 건네지 못할 것이다.

5. 기계처럼 행동하라

말과 행동 속에 절대로 따뜻함이 묻어나오게 해서는 안 된다. 사람들은 나에게서 조금이라도 따스한 감정이 느껴지면 금방 기분이 좋아져 나까지 전염될 수 있기 때문이다. 어쩔 수 없이 인사나 말을 해야 하는 경우에는 인형처럼 무표정한 얼굴로 똑같은 각도로 똑같은 행위를 반복하라. 절대로 아무런 감정을 느낄 수 없도록 해야 한다. 대답도 길게 하지 말고 짧게 단답형으로 말하라. "예" 하고 끝내라. 사람들은 기계와는 말하고 싶어 하지 않는다.

6. 권위를 내세워라

사람들이 찾아오면 일단 위아래로 몇 번 훑어보라. 조금 삐딱한 눈으로 보는 것이 효과를 높이는 방법이다. 최대한 건방진 자세를 취하라. 무엇을 물어보면 아주 귀찮다는 듯이 짧게 말하라. 내 말과 행동 속에 '난 아주 대단한 사람이고, 당신 같은 사람하고 노닥거릴 수준이 아니다'는 것이 풍겨 나오게 하라. 범접을 못하게 큰 책상과 고급 소파로 기를 죽여라.

7. 책임을 떠넘겨라

나에게 혹시 무엇을 물어보러 온다든가, 일을 맡기려 하면 할 수 있는 일이라도 절대 나서면 안 된다. 반드시 다른 부서나 다른 사람에게 가도록 안내해야 한다. 그것을 담당하는 것은 다른 부서나 다른 사람이라고 말하자. 혹시 내가 맡았다가 골치 아픈 일이 발생할 수 있다. 그것을 미연에 방지하자. 내가 책임지는 일이 없도록 하자.

8. 절차를 복잡하게 하라

고객이 전화를 걸어올 경우 ARS로 먼저 받게 하여 최대한 기계음이 오래 들리도록 하라. "전화를 걸어주셔서 감사합니다" 또는 "새해 복 많이 받으세요" 또는 회사 홍보를 하는 광고음성이 한참 들리게 한 후 '무엇을 하려면 몇 번, 무엇을 하려면 몇 번' 하는 식으로 안내가 길게 나가게 하라. 그리고 가능한 전문적인 용어를 사용하여 잘 알아듣지 못하게 하라. 사람들은 아마 지쳐서 포기할 것이다. 근무처에서 전화가 오는 것도 ARS로 대응하는 방법을 연구해보자. 사장님이 전화를 했다가도 포기하게 만들어버리자. 누가 나를 찾아오는 경우에도 가능한 바로 만나지 말고 한참을 기다리게 한 후 만나라. 안에서 매우 바쁜 것처럼 하다가 나오는 것이 좋다. 가능한 기다리다가 그냥 갈 때까지 참아보자.

9. 상대방을 무시하라

누군가 나에게 무엇을 물어보면 '그런 것도 모르느냐'는 식으로 아주 무시하는 표정으로 대하는 것이 좋다. 불쌍하다는 표정으로 혀를 끌끌 차기도 하자. 상대방의 기분이 매우 나빠질 것이다. 따지고 들면 더 큰 목소리를 내며 멱살을 잡고 싸워라. 그것은 전체적인 분위기를 싸늘하게 하는 데 아주 효과적이다.

10. 멍청한 척하라

사람들이 무엇을 물어보거나 도움을 요청하면 가능한 느리게 행동하면서 더듬거려라. 그리고 다른 사람에게 물어보고 나서 대답해주는 방식으로 하라. 상대방이 답답해하면서 가슴을 치면 성공이다. 말도 가능한 천천히 어수룩하게 하라.

조상님 중에 혹시 재미있게 일하다 죽은 사람이 있다면 반드시 이 방법을 택해야 한다. 짧은 인생이다. 일하는 것은 즐거운 것이라는 착각에 아직도 빠져 있다면 위 방법을 잘 수행해보라. 그러면 몸이 편하면서 일이 아무 재미없을 것이다. 덤으로 세상 사는 것도 재미없다. 일이 재미있으면 안 되잖아? 일은 힘들고 어렵고 고통스러워야지, 인생을 보람되게 산 것이니까.

10

사랑받는 신입사원 되기

어떤 조직이나 직장에 처음 들어가게 되면 어색하기 짝이 없다. 어떤 표정이나 어떤 자세로 어떻게 말을 해야 되는지 몰라 쩔쩔매기 일쑤다. 모두 다 모르는 사람들이라 경계도 해야 하고, 친해지기도 해야 한다. "편하게 생각해"하고 말을 해주지만, 진짜 편하게 하라는 말인지, 적당히 편하라는 말인지 모른다. 답답하기만 하고 사람들의 눈치 보기에만 급급하다.

기존에 근무를 하던 사원들은 새로운 사람이 들어오면 신기하다. '어떤 사람일까?' 궁금해 하면서 한동안 관심을 갖고 지켜본다. 그러다가 휴게실이라도 가면 대화의 소재가 그 신입사원이 되는 경우가 많다. 서로가 알아낸 정보를 교환하면서 이러쿵저러쿵 수다를 떤다. 이때 가장 많이 거론되는 이야기가 그 사람의 됨됨이다. 인간성이 되어 있는지의 여부다. 이미 입사한 이상 학력이나 경력 등은 크게 중요하지 않다. 됨됨이를 지켜보는 시기에는 일단 그것에만 집중해서 잘 보이도록 노력하는 것이 중요하다.

좋은 점을 찾아라

이왕 직장이나 조직에 들어왔다면 어떤 불평불만도 하지 말고 모든 것을 운명이라 생각하고 받아들이자. 그리고 가능한 불편하고 좋지 않은 것보다는 좋은 점을 찾는 데 주력하자. 고참이나 상사의 장점을 찾는 데 더 관심을 기울이고 그 사람을 좋아하려고 노력하자. 분명 나에게 잘해주는 사람이 있고, 유달리 나를 괴롭히는 사람이 있고, 나에게 전혀 관심이 없는 사람이 있을 것이다.

그럴 때는 나에게 잘해주는 사람과 빨리 친해져서 일단 내 편으로 만들고, 그분에게 도움을 구하라. 어떻게 하면 나를 괴롭히는 사람에게 사랑받을 수 있는지 물어보자. 그러면 친절하고 자세하게 가르쳐 줄 것이다. 보통은 괴롭히는 사람을 피하려고만 한다. 그러면 계속 힘들어진다. 방법을 알고 정면으로 승부하면 분명히 내가 이긴다. 다음에는 나에게 무관심한 사람에게 다가가 깊은 관심을 가져라. 그러면 그 사람도 마음 문을 열고 관심을 둘 것이다. 그렇게 해서 가능한 많은 사람들로부터 사랑받는 사람이 되는 것이 중요하다.

항상 미소를 지어라

선배들이 신입사원에게 가장 기대하는 것은 뛰어난 실력이나 업무 처리능력이 아니라 밝고 환하게 웃는 얼굴이다. 직장생활에 조금씩 익숙해질수록 얼굴에서 웃음이 사라지기 때문이다. 갓 태어난 아기를 보라. 엄마 아빠가 그 아기에게 가장 원하는 것이 무엇이겠는가? 뛰어난 두뇌와 놀라운 업무처리 능력이겠는가? 아니면 놀라운 영어회화 실력이나 피겨 스케이트를 타는 능력이겠는가? 아무것도 기대하지 않는다. 그냥 환하게 웃는 얼굴만 봐도 기분이 좋아지는 것이다.

'웃는 얼굴에 침 못 뱉는다'는 말도 있다. 웃는 연습을 열심히 해서 출근할 때부터 밝은 얼굴로 항상 생글생글 웃고 다니자. 그러면 사람들이 인상 좋다는 생각을 하고 모든 면에 긍정적이고 적극적일 것이라는 착각을 한다. 그리고 가까이 하면 왠지 나도 즐거워지고 행복해질 것이라는 생각에 가까이 두고 싶어 한다. 혹시 그 밝은 얼굴이 찡그려질까봐 힘든 일도 가능하면 안 시킨다. 퇴근시간까지 얼굴에 계속 신경을 쓰면서 입꼬리가 내려오는 일이 없도록 주의하자. 웃음은 내 인생의 안전벨트다. 꼭 붙들어 매자.

무조건 인사하자

대부분의 사람들은 인사하는 데 굉장히 약하다. 그래서 인사 하나만 씩씩하게 하고 다녀도 인물 났다고 이야기한다. 아주 훌륭한 사람이 들어왔다고 생각한다. 누구나 인사성 밝은 사람을 좋아하기 때문이다. 회사 입구에 들어설 때부터 경비 아저씨든 청소하는 분이든 상관없이 무조건 크고 밝은 톤으로 "안녕하십니까?" 하고 고개를 깊이 숙여 인사한다. 절대 계급이나 나이, 하는 일, 부서, 생김새를 따지지 마라. 아직 그런 걸 따질 군번이 아니다. 나와 마주치는 모든 사람에게 행운이 깃들길 바라는 마음으로 힘차게 인사하자. 그 효과는 금방 나타난다.

엘리베이터에서 누구를 만나든 먼저 인사하고 자신을 소개하자. 그러면 모두가 나를 귀하게 생각하고 보호하려고 생각한다. 나 때문에 직장 전체 분위기가 바뀔 수도 있다. 인사 잘해서 손해 볼 일은 전혀 없다. 그리고 인사를 하며 고개를 숙일 때 이왕이면 90도 가까이 숙여라. 그러면 사람들이 나를 아주 겸손한 사람으로 생각하고 인사성도 아주 밝다고 생각한다. 그 약간의 차이가 내가 앞으로 생활하는 데 엄청나게 큰 차이를 몰고 온다.

크게 대답하라

상사가 부르거나 어떤 일을 시켰을 경우에 아주 큰 목소리로 대답하자. 군대에서 병장이 부르면 "예! 이병! 김홍걸!" 하면서 관등성명을 댄 기억이 있을 것이다. 그때는 강제로 그렇게 시킨 것이지만 아주 좋은 제도였다고 생각된다.

직장 내에서 일어나는 대부분의 문제는 잘못된 커뮤니케이션에서 일어난다. 대부분 서로 확실하게 말을 하지 않고, 마음을 표현하지 않기 때문에 오해가 발생하고, 트러블이 생기고, 분쟁이 일어난다. 그런데 누가 시키지 않았는데도 스스로 큰 목소리로 대답하고, 나에게 시킨 일을 다시 한 번 복창해 준다면 선배들도 모두 속 시원하게 생각할 것이다. 모두 그렇게 해야 한다는 것을 알면서도 약간의 자존심 때문에 그렇게 못하고 있는 것이다. 우리가 식당에서 웨이터를 부르면 큰 목소리로 즉각 응해주는 사람이 맘에 드는 것처럼 말이다.

겸손하라

선배들이 좋아하는 사람은 토익점수가 높은 똑똑한 사람일까? 아니면 예의와 인사성이 바르고 사교성이 뛰어난 사람일까? 당연히 사교성이 뛰어나고 재미있는 사람일 것이다. 사실 그런 사람이 일도 더 잘하고 사람도 좋다. 그런 사람은 막 도와주고 싶다. 그런데 자신의 출신학교나 토익점수만 믿고 아주 시건방진 행동을 하는 사람은 자신도 괴롭고 그것을 보는 사람도 괴롭게 만든다.

내가 뭘 더 많이 알고, 더 잘한다고 해서 선배를 얕보거나 무시하는 듯한 행동이나 말은 내 앞날에 치명적이라는 것을 명심해야 한다. 똑똑한 척하고 싶겠지만 참아라. 더 잘할 수 있겠지만 시킬 때까지 참아라. 훗날 복이 있으리라. 앞에 나서다가 한방에 훅 가는 수가 있다. 적당히 숙일 줄 알고, 겸손할 줄 알아야 한다.

사실 내가 더 많이 아는 것 같은 생각이 들어도 그것은 나의 착각일 뿐이다. 군대에서 아무리 똑똑한 이병도 절대 병장의 잔머리나 실력은 따라잡을 수 없다. 나도 시골에서 자랐기 때문에 삽질을 좀 한다고 생각했는데 천만의 말씀이었다. 고참들에게 엄청 깨졌다. 그

때 고참들의 삽질 솜씨는 거의 달인의 수준이었다. 아무리 내가 똑똑해도 짬밥은 무시 못하는 것이다. 선배들을 무시하는 순간 직장생활 엄청 힘들어진다. 대부분 사람들이 싫어하는 것은 아는 척하고, 나서는 사람이라는 것을 명심하자. 모른 척하고 있다가 선배들의 발언에 박수나 힘차게 보내주자. 그것이 진짜 똑똑한 사람이다.

허드렛일을 도맡아라

사람들이 함께 생활하다 보면 허드렛일이 많이 발생한다. 그런 일들은 사실 해도 별로 표시나지 않고, 중요하지도 않은 일들이 많다. 사람들은 그런 일을 대부분 귀찮아하고 싫어한다. 그런 일이 생길 때마다 좋은 기회라 생각하고, 기쁜 마음으로 제가 하겠다고 하면서 도맡아서 하자. 그러면 사람들이 아주 좋아한다. 이왕이면 완벽하고 깔끔하게 처리해내면 사람들은 나를 아주 예뻐하게 된다.

몸 사리지 말자. 불평불만도 하지 말자. 몸 좀 편하게 지내려다 정신적으로 엄청난 고통을 받는다. 집에서는 게을러터져도 직장에 나가서는 아주 부지런한 것처럼 움직이자. 사람들이 성실하고 부지런한 사람이라고 생각한다. 그렇게 하면 일거리가 너무 많이 생겨 힘들 것이라는 생각이 드는가? 그런데 생각해 보라. 힘들어 봐야 얼마나 힘들겠는가? 따지고 보면 남들보다 조금 못 쉬고, 조금 늦게 퇴근하는 것뿐인데 그런 것에 목숨 거는 사람 많다. 나에게 일할 수 있는 기회를 주는 것에 감사하고 그 좋은 기회를 남에게 빼앗기지 말자.

불평불만 하지 마라

절대 자신의 부정적인 속내를 드러내서는 안 된다. 아무리 마음에 안 드는 사람이 있거나 잘못된 규정이나 시설 등이 있어도 절대로 표시내서는 안 된다. 그것은 바로 나를 박살 내는 폭탄 같은 것이다. 말하고 싶어도 무조건 참아야 한다. 절대 다른 사람의 험담을 해서도 안 된다. 혹시 잘못된 행동을 보더라도 못 본 척하고 없던 일로 해야 한다. 그런 말을 해서 스트레스를 풀려는 생각은 아예 꿈도 꾸지 마라.

아무리 밉고 싫더라도 내 운명으로 받아들이고 그냥 담담하게 어떻게 극복할까, 하는 대책만 세우자. 내 입에서 불평불만이 나오는 순간, 나 자신도 괴로워지고, 일도 잘 되질 않고, 그 조직에서 결코 즐겁게 살지 못한다. 혹시 선배가 그런 불평불만을 하면 한 쪽 귀로 듣고 한 쪽 귀로 흘려라. 절대 기억하지도 마라. 불평이 많은 선배와는 가능한 어울리지 마라. 절대 도움이 되지 않는다. 그 사람은 그것이 습관화되어 있어 다른 자리에서 다른 사람을 만나면 그때는 나를 험담한다는 것을 잊지 마라.

물어보라

모르는 것이 있으면 바로바로 물어보라. 직장의 일이나 인생의 문제는 학교 시험과는 다르다. 컨닝을 해도 되고, 잘 모르겠으면 감독관에게 직접 답을 물어봐도 된다. 감독관이 모르면 잘 아는 사람을 찾아가 물어보고 답을 써 넣으면 된다. 그래도 100점을 못 받는다면 분명 나에게 문제가 있는 것이다.

그런데 대부분의 사람들은 어떤 문제가 생겨도 잘 물어보지 않는다. 가능한 스스로 해결하려고 고민하고 끙끙거린다. 그러다가 잘못되면 영영 회복하지 못하는 큰 문제로 발전해서 한강 다리 위에 서는 사람도 많다. 쉬운 방법이 있는데 왜 그렇게 힘들게 사는가?

지금 직장의 선배나 인생의 선배들이 나에게 조언을 해 주려고 기다리고 있다. 내가 가서 물어보기만 하면 모두가 친절하게 대답해 준다. 그리고 그것을 계기로 서로 친해지기도 하고 아껴주는 관계로 발전하는 것이다. 사람들은 문제를 잘 해결했냐, 아니냐만 따지지 어떤 방식으로 해결했냐는 관심이 없다는 것을 반드시 기억해야 한다. 물어본다고 해서 자존심 상하는 것도 아니다. 오히려 더 훌륭해진다. 제발 좀 물어보라.

직장생활을 즐겁게 하는 것, 이렇게 모두 나에게 달렸다. 좋은 회사, 나쁜 회사 따로 없다. 내가 어떻게 생각하고 행동하는가 나름이다. 이제 내가 소속된 그곳을 내 운명이고 내 천직이라 생각하고 멋지게 만들어보자.

지금 있는 곳에서 즐겁게 일하지 못하는 사람은 어디를 가더라도 마찬가지다. 내가 속한 곳이 조그만 중소기업이라면 유명기업으로 키우겠다는 마음으로 일하자. 언제든 기회가 되면 벗어나려고 생각하는 순간 그곳은 지옥이 된다. 내가 있는 곳을 천국으로 만들자. 사람들은 모두 나를 돕기 위해 항상 준비하고 있다. 나도 그들에게 뭔가 도움이 되도록 노력해보자. 그러면 그곳이 천국이 된다.

11

회의시간을 즐겁게 만들자

"오전 10시부터 회의입니다. 회의실로 모여주시기 바랍니다."

회의한다는 이야기만 들으면 골치가 지끈 아파온다. 직장에서 회의는 필수적이지만 그다지 환영받지 못하는 일과 중 하나다. 이것을 즐거운 시간으로 만드는 방법은 없을까?

회의시간을 짧게 하자

구체적인 계획 없이 회의를 하다 보면 시간이 점점 길어진다. 회의 시간이 길어질 것을 대비해 모임을 알릴 때 회의 안건에 대해서도 함께 알려주자. 그리고 시작 시간만이 아니라 마치는 시간도 함께 공지를 한다. 그리고 공지한 시간보다 반드시 10분 일찍 마치도록 한다. 마치는 시간에 알람시계를 맞춰두는 방법도 좋다. 아니면 의자에 앉지 말고 아예 일어서서 '스탠딩 회의'를 하자. 그러면 다리가 아파서 오래 못한다. 혹시 회사 내에 냉동 창고가 있다면 회의실로 적격이다. 오래 하다간 목숨이 위태로우니 짧게 끝낼 수 있을 것이다. 그리고 물이나 음료수 등을 나눠주지 말자. 그것들이 회의를 오래 끌게 하는 주범이다. 회의와 치마는 짧을수록 좋다.

권한을 주자

회의는 보통 직급이 가장 높은 사람이 의장이 되어 진행을 한다. 그러면 직급 순서대로 의자에 앉게 되며 발언 수드 윗사람만 많아질 수밖에 없다. 권위의식과 계급의식이 분명한 상태에서는 신선하고 재미있고 독창적인 아이디어가 나오기 힘들다. 앉는 자리를 변화시켜 보자. 보통 높은 사람이 앉는 자리에 먼저 오는 순서대로 채워서 앉게 하자. 아니면 최고 높은 사람이 앉아야 할 자리에 신입사원이 앉도록 하자. 그러면 어느 정도 권위의식을 깰 수 있다. 회의를 주관하는 의장도 돌아가며 맡아서 해 보자. 새롭기 때문에 흥미롭기도 하고, 의장이 되면 책임감도 생기고 말을 많이 해야 하니 지금까지와는 다른 생각과 재미도 느낄 수 있다. 회의는 신선하고 창의적인 아이디어를 내는 것이 목적이고 그것에 가장 걸림돌은 권위의식이란 걸 잊지 말자.

색다른 장소를 활용하자

날씨가 좋다면 야외에서 회의를 하는 것도 좋은 아이디어를 내는 데 도움이 된다. 회사 잔디밭이나 나무그늘 아래의 벤치에서 하는 것도 좋다. 아니면 찜질방에 가서 모두 통일된 찜질복으로 갈아입고 땀 흘리면서 하는 것도 좋다. 가까운 곳에 나무가 많은 산림욕장이 있 다면 그곳을 회의장소로 만들자. 시원한 휘튼치트 향을 맡으면서 회 의를 한다면 더욱 좋은 아이디어가 쏟아질 것이다. 건강에도 좋고 머리 회전도 빨라진다. 이것보다 더 좋은 방법은 여행을 가면서 회 의를 하는 것이다. 여행을 가는 버스 안에서 회의를 하고, 여행지에 도착해서는 아름다운 경치를 즐기는 것이다. 기분이 좋아지면 아이 디어도 더 잘 떠오른다. 회의를 위한 회의가 되지 않도록 하자. 스스 로 참여하고 싶고 아이디어를 내고 싶고, 재미있다고 생각되는 회의 를 하자.

회의시간을 칭찬하는 시간으로

보통은 회의를 하면 업무에 대한 보고를 하고, 개선해야 할 점에 대 해서만 이야기를 한다. 속된 말로 '깨진다'는 표현을 쓰면서 회의하 는 자리가 지옥처럼 느껴진다. 이것을 획기적으로 바꾸어보자. 회의 시간에 절대로 부정적이거나 질타하는 말을 못하도록 사규로 정해 놓고 잘한 점만 찾아서 칭찬해 주는 시간으로 만들어보자. 잘못한 것에 대해서는 함구하고 잘한 점만 말해주자는 것이다. 그러면 칭찬 을 들은 사람은 기분이 좋아질 것이고, 그 사람은 또 다른 사람을 칭 찬하게 될 것이다. 그러면 전체적인 분위기가 좋아지고, 자신이 잘 못하던 것까지 잘하게 되는 마술 같은 일이 벌어지게 된다.

사람은 누구나 남에게서 무엇을 잘 못한다는 이야기를 들으면 의기소침해지고, 일할 의욕을 상실하게 된다. 그러면 잘하고 있던 부분까지 잘 못하게 되고, 개선해야 할 점도 쉽게 바뀌지 않는다. 짜증만 늘어나고 가능하면 복지부동하면서 지내려고 한다. 건성건성 일하면서 다른 사람과 화합도 제대로 하지 못한다. 이건 자신과 직장에 대해서도 백해무익한 일인 것이다.

그래서 회의시간은 신바람을 불어넣어 주는 시간으로 만들어야 한다. 의기소침해 있는 사람에게 기운을 북돋워주는 시간이 되어야 한다. 용기를 주고, 의욕이 생기게 해야 한다. 사람은 누구나 본능적으로 잘하고 싶고, 열심히 하고 싶고, 인정받고 싶어 한다. 그런데 왜 아까운 시간을 들여 서로 기죽이는 말만 하는가 말이다. 이렇게 칭찬하는 회의가 지속되면 이젠 회의시간이 기다려지고, 가장 행복한 시간이 될 것이다.

12

회식자리를 즐겁게

퇴근시간이 다가오는데 팀장이 들어오면서 이렇게 말한다. "오늘 업무 마치고 회식입니다. 한 명도 빠지면 안 됩니다."

회식이라는 말을 들으면 우리 머릿속에 바로 떠오르는 것이 술이다. 술 하면 또 생각나는 것이 노래고 그래서 2차, 3차로 이어질 것 같고, 말만 들어도 속이 쓰리고 머리가 아프다. 상사의 일장 연설도 각오해야 한다.

사실 회식이라는 것은 좋은 취지로 생긴 문화이다. 일하면서 쌓인 스트레스도 풀고, 함께 술과 음식을 나눠 먹으면서 친분도 쌓고, 개인적인 이야기도 나누고, 경험도 만들고, 화합을 할 수 있는 아주 좋은 자리이다.

하지만 이런 좋은 문화가 현 시대에는 맞지 않는 것 같다. 예전에 자기 돈으로 고기나 술을 먹기가 힘들었던 시절에 회사 공금으로 회식을 하게 되니 공짜라는 기분에 마음껏 먹고 마시며 즐거워했던 문

화가 아닌가 생각된다. 그런데 그 문화가 아직까지 그대로 전해져
내려온다.

회식의 문제점

회식자리에 가보면 술을 잘 마시든 못 마시든, 강제로 권유하는 데
서 문제가 발생하기도 한다. 개인의 취향이나 주량, 자율성이 보장
되지 않는다. 보통은 건배제의를 한 후 "위하여"를 외치고 나면 술
잔을 부딪치고 무조건 마셔야 한다. 안 마시고 슬쩍 잔을 내려놓으
면 바로 불호령이 떨어진다.

　나의 경우에도 때론 몸이 안 좋아서, 진짜 술을 마시면 안 되는 상
황이 있어서 부탁을 해도 말이 통하지 않는다. 그래서 나름대로 고
도의 작전을 수행해야 한다. 테이블 아래에 큰 그릇을 숨겨두고 마
신 척하고 술을 몰래 버리기도 한다. 그것도 여의치 않으면 술을 마
신 후 바로 넘기지 않고 입에 머금고 있다가 물수건으로 입을 닦는
척하면서 뱉어낸다.

술을 피하는 방법

또 아주 좋은 방법을 계발했다. 빈 소주병에 물을 채워놓고 잔을 채
울 때마다 그 병으로만 따라서 마신 경우도 있다. 남에게 권할 때는
진짜 소주병으로, 내 잔에 따르려 할 때는 내가 물로 만든 소주병을
건네주고 술을 받는다. 조금 이상하게 생각하지만 술이 취해 깊게

생각하지 못하는 경우가 많다. 눈치를 채고 억지로라도 진짜 소주를 따라주면 물이 담긴 소주잔 옆에 잠시 잔을 놓았다가 물이 담긴 잔을 들면 된다. 똑같이 생겨서 잘 모른다.

가장 힘든 상대가 병권을 가진 사람(술병을 든 사람)이다. 술병을 들고 이리저리 옮겨 다니며 술을 권하는 이 사람은 회식자리의 무법자다. 권하면 무조건 마셔야 한다. 마시지 않으면 눈을 부라리고 인상을 쓰며 못살게 군다. 이보다 더 무서운 것이 '파도주'이다. 상사가 술을 마시고 잔을 '딱' 소리 나게 내려놓으면 순서대로 술을 마시고 술잔을 '딱' 소리 나게 내려놓는다. 그래서 테이블 위에서는 '따따따따다다닥' 하는 소리가 멋있게 들린다. 또 '노털카'라는 것도 있다. '놓지도 말고 털지도 말고 카~ 하지도 말고' 하는 뜻이다. 술잔을 다 마시기 전에는 테이블에 놓을 수 없고, 마시그 나서 몸을 떨어서도 안 되고, 입에서 카~ 하는 소리를 내어서도 안 되는 방식이다.

술이 고역일 수 있다

이러한 것들은 술을 잘 마시고 즐기는 사람에게는 재미있는 것이 될 수 있지만 술을 잘 못하는 사람이나 그날의 컨디션이 좋지 않은 사람에게는 고역일 수밖에 없다. 술 못하는 여직원들의 경우에는 더더욱 싫을 것이다. 회식시간 내내 어떻게 도망갈까 하는 궁리만 하고 있다. 거기서 끝나는 것이 아니라 다시 2차, 3차로 이어지고 정신을 잃을 정도로 마셔야 우리는 참 잘 놀았다고 생각한다. 다음날 아침

머리가 아프고 속이 쓰리다. 출근해서도 일이 손에 잡히질 않는다. 일의 능률도 오르지 않는다.

그래서 회식문화를 술 마시는 것에서 다른 것으로 과감히 바꾸어 보면 어떨까 싶다. 단체로 영화를 보러 간다든지, 찜질방에 가서 뒹굴며 맥반석 계란을 깨먹기도 하고, 고아원이나 양로원을 방문해 함께 시간을 보낸다든지, 색다른 회식문화로 즐거운 직장을 만들어 보자.

13

회식 추진위원회를 만들자

보통 직장에서는 1년에 회식이 10번 이상 이루어진다. 거의 매일 회식을 한다고 할 정도로 많은 곳도 있다. 그런데 그렇게 많은 비용과 시간이 투자되는 것에 비해 신경 쓰는 것은 아주 부족하다는 생각이 든다. 보통은 총무과에서 담당해 회식 장소 섭외하고 비용 지출하는 정도가 고작이다.

이참에 회식을 전문적으로 주관, 운영하는 회식 추진위원회를 만들어 보자. 여기에는 자발적으로 자원한 사람들로 구성하고 나이가 많은 사람, 적은 사람, 남자, 여자 골고루 섞어서 다양한 사람들의 의견이 대표될 수 있도록 한다.

먼저 일 년 동안 직장에서 이루어지는 공식적인 회식비용의 예산을 잡고, 그것을 적절히 분배하여 우리 직장의 문화와 실정에 맞는 회식 아이디어를 도출해 내고, 참여자들을 즐겁게 하여 투자되는 비용에 대비해 좋은 결과가 나올 수 있도록 하자.

사내 복지에 대해서 철저하게 설문조사하고 분석을 하는 것처럼 회식에 대해서도 그렇게 한다면 생각지 못한 좋은 아이디어가 나올 수 있고 참석자들의 호응도나 반응도 아주 좋아질 것이다. 회식 추진위원회에 소속된 사람은 나름대로 자부심을 가지고 재미도 느낄 수 있을 것이며 가능한 그들이 의결한 대로 시행하는 것을 원칙으로 해야 한다.

회식 추진위원회에서 생각해 볼 수 있는 회식 아이디어에는 이런 것들이 있다.

단체 영화관람

위원회에서 미리 영화 몇 편을 선정해 회의와 의논을 거친 다음, 회사원 전체가 함께 영화를 보러 가는 것이다. 학교에 다닐 때 단체로 관람한 것 외에는 그런 기억이 잘 없을 것이다. 이렇게 단체로 함께 영화를 보는 것은 의외로 재미있다. 무언가 공통된 것에 대해 함께 웃고, 함께 공감하고, 함께 시간을 보낸다는 것만 해도 큰 의미가 있기 때문이다. 술만 마시던 회식이 큰 의미가 있는 시간으로 바뀌는 것이다. 비용이 넉넉하다면 연극관람이나 뮤지컬관람도 좋다.

볼링 대회

볼링장 전체를 대여해서 개인전 또는 단체전을 펼친다. 볼링을 제대로 하지 못하는 사람이 있으면 우스꽝스런 동작 때문에 재미있어 웃음이 터져 나오고, 잘하는 사람에게는 멋진 자세와 스트라이크에 모두의 환호가 저절로 터져 나온다. 업무는 제대로 하지 못하던 사람이 여기에서는 숨은 능력이 발휘됨을 볼 때 그 사람의 새로운 모습도 보게 된다. 함께 하다 보면 두세 시간이 후딱 지나간다. 가장 성적이 좋은 사람에게는 트로피와 상품도 전달하자.

봉사활동

양로원이나 고아원 등과 자매결연을 맺어 그곳에 가서 봉사를 하면서 시간을 보내는 것도 의미 있는 회식이 된다. 라면과 쌀, 과자 등을 선물로 준비하고 그곳에 가서 함께 노래를 부르거나 레크리에이션, 게임 등을 하기도 하고 일을 도와주기도 하고 말벗이 되어주기도 하자. 사람은 누구나 타인을 위해서 봉사를 할 때 큰 행복을 느낀다고 했다. 그들이 즐거워하고 행복해하는 모습을 보면서 우리도 행복해지고 보람도 느낀다.

기차여행

단체로 기차여행을 떠나보자. 기차 한 칸을 예약해 떠나보는 것이다. 학창시절 수학여행 가는 기분이 들 것이다. 간식거리를 준비해 먹으면서 옆 사람과 대화를 나누면서 간다. 역을 한 개 지날 때마다 파트너를 바꾸어 대화하는 시간을 갖는다. 많은 사람과 대화를 나눔으로써 친해지기도 하고, 화합도 되는 의미 있는 여행이 될 것이다.

찜질방

단체로 찜질방을 점령해 이 방 저 방을 다니면서 땀을 흘리는 회식을 해보자. 모두 똑같은 옷을 입고 자유롭게 마주 앉으면 상하간의 벽을 부수는 데 크게 도움이 된다. 사실 똑같은 옷을 입고 있으면 권위의식도 많이 없어지고, 친근감이 느껴지게 되어 있다. 시원한 식혜를 마시면서 유머 한 개씩 하게 하여 제일 웃기는 이야기를 한 사람에게 상품을 주는 이벤트도 만들자.

이것 이외에도 회식 추진위원회에 맡기면 기상천외한 아이디어가 많이 나올 것이다. 그것을 하나씩 실천하면 같은 돈을 투자하더라도 좀 더 재미있고 유익하고 도움이 되는 시간이 될 것이다. 술 소비량이 세계 최고인 나라. 그것은 바로 회식자리에서 술을 안 먹고 밑으로 버리거나 남기는 것이 많아서가 아닐까?

PART 04

인간관계가
우리를
즐겁게 한다

01

사람을 좋아하자

인생의 즐거움과 성공은 대부분 사람들과 함께 하면서 생긴다. 나의 경우 혼자서 강의를 다니다 보면 좋은 경치를 봐도, 맛있는 음식을 먹어도 그렇게 좋고, 맛있다는 것을 느끼지 못한다. 그냥 보이니까 보고, 먹고 힘을 내야 하니까 먹는 것밖에 되지 못한다. 무엇을 하든 혼자서 할 때는 그렇게 기쁨을 느끼기가 힘든 것이다.

또한 사업의 흥망도 주로 사람에 의해 결정되는 경우가 많다. 지금 누구를 알고 있느냐, 누구를 만나고 있느냐에 따라 5년 후의 미래를 점칠 수 있다고 한다. 성공의 85%는 인간관계에 의해 이루어진다는 이야기는 수없이 들어왔다. 이렇게 사람은 나의 성공과 행복에 없어서는 안 될 아주 중요한 부분을 차지하는 것이다.

가까이 있는 사람이 더 무섭다

그런데 우리는 그렇게 함께 해야 하는 사람들을 소중하고 귀하게 생각하는 것이 아니라 오히려 괴롭고 힘들게 만드는 경우가 더 많다. 직장에서 가장 바꾸고 싶은 인물 1위가 자신의 상사라고 말하는 사람이 많은 것만 봐도 그렇다. 직장을 떠나고 싶어 하는 이유도 일이 힘들어서가 아니라 사람이 힘들어서라는 답변이 더 많다고 한다. 이처럼 우리는 가까이 있는 사람과 즐겁고 행복하게 잘 지내는 방법을 모르고 있다. 가정에서 부모와 자녀 간에, 직장에서 동료와 상사 간에, 사회에서 이웃과 친구 간에 서로를 기쁘게 해 주는 방법을 모르는 것이다. 오히려 원수같이 생각하는 경우가 얼마나 많은가.

가정에서 부부 간, 부모 자식 간에는 사랑이 넘쳐나야 한다. 상대가 나 때문에 조금이라도 기뻐하고 즐거워하며 행복을 느낄 수 있도록 배려해 주어야 한다. 편하게 쉴 수 있도록 해 주고, 웃을 수 있도록 해 주고, 맛있게 먹을 수 있도록 해 주고, 심심하지 않도록 해 줘야 한다. 그런데 우린 내 몸이 피곤하니까 상대방을 종 부리듯이 부려먹는 경우가 더 많다. 상대방은 그것이 싫으니까 슬슬 나를 피해 다니게 되고 대화가 단절되고 싸움이 일어난다.

직장에서도 상사나 동료, 부하직원이 내 덕분에 좀 더 수월하게 일을 잘할 수 있도록 해 주고, 힘들 때 위로해 주고, 의기소침해 있을 때 격려해 주고, 잘할 때 칭찬해 주면서 없을 때보다는 크게 도움이 되는 사람이 되어야 한다. 그런데 우리는 다른 사람을 나의 성공 도구로 생각하는 경우가 더 많다. 내가 하기 싫거나 귀찮은 일을 맡기고, 타인의 아이디어나 성과를 가로채기도 하면서 불신을 조장한다. 그러니 사람들이 나를 피하기 시작하고, 미워하는 마음이 생겨난다.

친구도 마찬가지다. 서로가 하는 일에 대해서 훌륭하다고 칭찬해주고, 힘든 일이 있을 때 도와주고, 기쁜 일이나 슬픈 일을 함께 하면서 좋은 추억들을 쌓아나가는 게 친구다. 그런데 어떤 친구는 만나면 오히려 기분이 안 좋아진다. 자기 자랑만 실컷 늘어놓고, 나를 더욱 비참하게 만드는 소리만 골라 한다. 그러면서 그게 다 날 위하는 소리라는 자신을 방어하는 말까지 빼먹지 않는다. 그러다가 내가 돈이라도 필요해서 전화하거나 찾아가면 모른 척한다. 친구 간에 돈 이야기는 하지 말자고 한다.

비교의식을 버려야 한다

왜 이럴까? 바로 비교의식이 크게 작용하고 있기 때문이다. 내가 상대방보다 잘났다거나 못났다는 생각에 순수하게 사람들을 좋아하고 잘해주고 싶은 마음이 없어진다. 누구를 만나든 똑같은 조건일 수는 없기 때문에 내가 이런 마음을 버리지 않는 한, 다른 사람 때문에 행복하고 즐거울 수 없는 것이다.

우리는 모두 나 혼자 잘 먹고 잘살기 경쟁이라도 하는 것 같다. 어린 시절 초등학교 운동회에서 100미터 달리기 때부터 경쟁력을 키워 왔고, 남이야 어떻게 되든 나만 이겨서 기쁘면 된다는 생각을 부모님과 선생님이 함께 조장해 온 것이다. 달리다가 넘어진 친구를 부축해 일으켜 세워주고 손잡고 골인지점까지 함께 달려오도록 그렇게 가르쳤어야 한다. 경쟁을 가르치기 전에 친구를 위하고, 다른 사람을 배려하는 방법을 먼저 가르쳤어야 한다. 그것이 인생의 가장 큰 기쁨이라는 것을 확실하게 알려줬어야 한다.

사람이 먼저다

꽃이나 식물, 애완견을 좋아하는 사람들이 많이 있다. 애완견이나 식물에게 정성을 쏟는 모습을 보면 참으로 대단하다고 생각된다. 또 낚시를 좋아하는 사람은 낚시 도구를 지극정성으로 손질하고, 골프를 좋아하는 사람은 자신의 부하직원보다 골프채를 더 아낀다. 아침에 일어났을 때 애완견에게는 인사하고 끌어안고 입을 맞추면서도 자신의 가족과는 제대로 인사조차 나누지 않는 사람도 많다. 그것이 나쁘다는 것이 아니다. 다만 사람이 먼저라는 말이다. 그러한 것들을 좋아하기 전에 먼저 사람을 좋아할 줄 알아야 한다. 처음에는 식물처럼 별 반응이 없는 경우도 있겠지만, 꾸준히 한다면 언젠가는 최소한 식물보다는 더 좋은 결과를 보이지 않겠는가? 혹시나 끝까지 반응을 보이지 않더라도 그냥 식물 하나 키웠다, 생각하면 될 것 아닌가 말이다.

하지만 나는 장담할 수 있다. 최소한 식물이나 강아지보다, 자신의 골프채보다는 사람에게서 더 좋은 반응과 결과가 나타날 것이다. 조금 해 주고 너무 큰 결과를 기대하니까 실망도 큰 것이다. 아무 기대감을 갖지 말고 그냥 나 때문에 조금이라도 행복하길 바란다는 마음으로, 그저 그것이 내가 기쁘게 할 수 있는 일이라고 생각하면서 그렇게 해 주자. 그러면 마음도 편해지고 인생에 즐거움이 찾아온다.

내 경우가 그랬다. 나는 왜 인간관계를 잘하지 못할까를 가지고 깊게 고민한 적이 있었다. 관련 서적을 다 찾아보고, 연구를 해 봤지만 속 시원한 답을 찾지 못했다. 대부분 인간관계의 기술에 대해서만 나올 뿐 근본적인 문제는 해결해 주지 못했다. 그러던 중 내 머릿속을 스치고 지나가는 섬광 같은 불빛이 있었으니 바로 이것이었다. '내가 사람을 별로 사랑하지 않는구나. 그러니까 형식적인 인사나 대화만 하게 되고, 함께 있는 그 시간이 기쁘그 즐겁다는 것을 느끼지 못하는구나' 하는 놀라운 사실을 깨닫게 되었다. 아무 이유 없이 강아지를 사랑하듯이 다른 사람들을 그렇게 아무 이유 없이 사랑한다면 행복하고 즐거울 수 있으리라는 생각이 든다.

우리는 사랑을 받을 때보다 사랑을 줄 때가 훨씬 더 행복하다는 것을 본능적으로 알고 있다. 우리가 식물과 애완동물을 키우는 것은 그들이 나에게 주는 것보다 내가 그들에게 사랑을 줄 때 더 즐겁기 때문이다. 그런 의미에서 '당신은 사랑받기 위해 태어난 사람~'이라는 노래는 '당신은 사랑 주기 위해 태어난 사람~'이라고 바꿔 불러야 옳다고 이 연사 강하게 주장한다.

02

인간관계는 왜 해야 할까?

인간관계를 왜 하느냐고 물어보면 "뭔가 도움이 되거나, 지금은 도움이 되지 않더라도 나중에라도 도움이 될 수 있기 때문에"라고 솔직하게 대답하는 사람들이 있다. 정보를 공유해야 하는 경우도 있고, 힘을 합쳐야 하는 경우도 있고, 도움을 주고받아야 하는 경우도 있기 때문이라고 말한다. 그래서 모르는 사람보다는 약간의 인연이라도 있는 학연이나 지연 등을 찾게 되는 것이다.

그러나 내 생각은 다르다. 이런 생각을 가지고 있으니 인간관계가 잘되지 않는다. 상대방에 대해 잘 따져보고 나에게 조금이라도 도움이 될 것 같으면 친하게 지내고, 가까워지도록 노력하고, 전화를 하고 찾아가기도 한다. 그러나 별로 도움이 되지 않는다 싶으면 바로 관계를 끊어버리고 다른 사람을 찾아 나선다. 오랜만에 친구에게서 전화가 오면 반갑기도 하지만 사실 걱정이 앞서는 경우가 많다. 왜냐하면 대부분 그냥 보고 싶다고 전화하는 경우는 거의 없기 때문이다. 보험을 시작했다든지, 아니면 돈이 필요하든지, 또는 결혼이나 초상이라는 소식을 전하기 위해서이기 때문이다. 물론 서로 돕고 살아야 하지만 이렇게 자신이 필요할 때만 전화를 하니 얄밉게 생각되기도 한다. 그래서 무소식이 희소식이라는 말이 정석인 것처럼 느껴진다.

사실 나도 똑같이 하고 있다는 생각이 들었다. 그래서 옛 친구들에게 한 번씩 전화를 건다. 그러면 친구들은 인사를 하고 나서는 용건이 무엇이냐고 물어본다. "그냥 생각나서 전화했다. 목소리라도 듣고 싶어서 했다"고 하면 잘 믿지를 않는다. 그렇게 몇 번을 안부 인사차 전화하자 이제야 조금 안심을 하고 반갑게 받는다. 그래도 친구들에게서 먼저 전화가 오는 경우는 거의 없다. 아직도 내가 계속 해야 한다. 왜냐하면 아직 나에게 크게 필요한 것이 없고, 도움받을 일이 없기 때문일 것이다.

이렇게 대부분 도움을 받을 일이 필요한 경우가 생길 때만 친구를 찾는다. 먹고사느라 바빠서라는 핑계를 대지만 그것은 말 그대로 핑계에 불과할 뿐이다. 시간이 난다고 하더라도 친구가 생각나지 않는다. 왜냐하면 자신이 좋아하는 관심종목이 친구가 아니기 때문이다. 그러니 어찌 인생이 행복할 것이며, 인간관계가 잘될 수 있을 것인가?

도움을 주려고 하자

인간관계를 할 때는 순수한 마음으로 사람들을 좋아해서 해야지, 나에게 무언가 도움이 되고자, 혜택을 받고자 하는 마음으로 해서는 안 된다. 반대로 내가 누군가에게 도움을 주고자 하는 마음으로 해야 한다. 상대가 의기소침해 있을 때 조금이라도 더 힘을 낼 수 있도록 격려하고, 슬플 때 위로해주고, 기쁜 일이 있을 때 진정으로 함께 축하해 주고, 박수를 보내주고, 기분을 좋게 해 주는 사람이 되어야 한다. 나중에 돌려받기 위함이 아니라 진정 그것이 좋고 즐겁고 행복하기 때문에 해야 한다. 그러면 그것에 대한 보상이 반드시 돌아온다. 도움을 받은 사람에게서 직접 오는 것이 아니라 다른 경로를 통해서 돌아오게 되어 있다. 나로 인해 좋은 기운이 퍼져 나갔기 때문에 다시 수십 배, 수백 배 증폭되어서 돌아오는 것이다. 당장 돌아오지 않아도, 눈에 보이지 않아도 믿어야 한다. 설령 돌아오지 않는다고 하더라도 그렇게 하는 것이 멋있고 훌륭하고 아름답다.

상대를 축하해 주면서 속으로는 질투심으로 배 아파하고 있다면 차라리 안 하는 것이 낫다. 내가 말하지 않거나 표현하지 않으면 모를 것 같지만, 우리에겐 기운이라는 것이 있어 그것이 나에게 안 좋은 것으로 다시 돌아온다. 스스로 부정적인 기운을 만들어 내지 말자. 남을 질투하고 깔아뭉개고, 해롭게 해서 잘된 사람이 누가 있는가? 만약에 있다 하더라도 그 사람은 진정 행복하겠는가?

남을 기쁘게 해 주기 위해 만나라

사실 가까운 사이끼리는 상대방을 더욱 존경해 주고, 존재의 가치를
인정해 주고, 함께 해 줘서 고맙게 생각하고, 칭찬해 주고, 격려도
아낌없이 해 주고, 도와줄 일이 있으면 발 벗고 나서서 도와주어야
하는 게 맞다. 그런데 우리는 이상하게도 가까운 사람일수록 상대를
더 기죽이고, 못살게 하고, 구박하고, 비난하면서 힘을 빼버리는 경
우가 많다. '남의 불행은 곧 나의 행복'이라는 생각을 가진 사람이
많다. 항상 상대방보다 위에 올라서야 한다는 생각이 가득 차 있기
때문이다. 그래서 나보다 위에 있다고 생각되면 어떻게 해서든 끌어
내리려 하고, 나보다 아래에 있다고 생각되면 무시하고 괄시하며 군
림하려고 한다. 이러니 인간관계가 제대로 될 리 없다.

아무 이익을 따지지 말고, 내가 만나는 모든 사람들이 나 때문에
조금이라도 도움이 되고, 힘이 되고, 즐거움이 될 수 있다면 그것으
로 만족하자. 아무것도 바라지 말자. 그래야지 내 마음이 편해지고,
나도 행복해지고, 진정한 관계도 형성된다. 고향친구나 학교친구,
불알친구라고 하는 사람들을 만나면 그렇게 반갑고 좋은 이유가 바
로 여기에 있다. 서로 아무런 계산도 하지 않기 때문이다. 그저 옛날
추억을 떠올리며 이야기를 나누니까 행복하고 기분 좋은 것이다. 그
런데 여기에 현실의 이익문제가 끼어들면 관계가 다시 소원해진다.

직장에서도 나로 인해 상사와 부하직원, 그리고 동료들이 조금이
나마 행복해지고 즐거워질 수 있도록 배려해 주자. 그들이 나의 마

음을 몰라주더라도 그냥 그렇게 하자. 내 마음을 몰라보는 그 사람이 불쌍한 사람이고 처량한 사람이다. 돈과 명예의 노예가 되어 정말 중요한 것을 놓쳐버리는 안타까운 사람이다. 나 같은 사람이 한두 명씩 많아질 때 그때 세상은 정말 즐거운 곳이 되고, 아름다워진다. 아무도 알아주는 사람이 없더라도 새는 계속 아름다운 소리로 지저귀고, 식물은 계속 아름다운 꽃을 피워낸다. 그것들이 있기에 세상은 아름다운 곳이 되는 것처럼, 내가 표현하고 말하는 것으로 인해 세상을 더욱 아름다운 곳으로 만들자.

03

이름을 알려야 즐거워진다

인터넷을 하면서 고민이 하나 있었다. '나 김홍걸의 닉네임을 무엇으로 할까?' 하는 것이었다. 나를 대표하는 닉네임은 무엇이 좋을까? 그래서 처음에는 '엔돌핀'을 많이 사용했다. 엔도르핀은 우리 몸속에서 아주 좋은 역할을 하는 것으로 웃을 때 가장 많이 나오고 활성화되기 때문에 나의 이미지와 비슷하다는 생각을 한 것이었다. 그런데 '엔돌핀' 아이디를 쓰는 사람이 많아서 뒤에 숫자를 붙여서 쓰기도 했다. 그 뒤로는 '해피펌프' '사닥다리' 등으로 써 보기도 했다.

그러다가 참 어리석은 짓을 했다는 생각이 들었다. 다른 사람들이 닉네임을 쓰니까 나도 모르게 무리 속으로 들어가 왜, 어디로 가는지도 모르고 버팔로처럼 무작정 달리는 꼴이 되어버린 느낌이었다. 인터넷도 우리 사는 세상이고 하나의 사회다. 그 속에서도 내 존재를 알리는 것은 매우 중요하다. 나의 존재가치를 알리기 위해 블로그를 통해 활동하는 것이며, 내 브랜드 가치가 높아야 신뢰가 더욱 높아질 것이고 그것이 다른 사람에게도 도움이 될 것이다. 그런데 내 이름 석 자를 숨기고, 왜 이해하기도 힘든 닉네임을 사용했는지 도무지 이해가 되질 않았다.

닉네임을 자신의 이름으로

오프라인에서는, 그러니까 현재 우리가 실제로 활동하는 세상에서는 자신의 이름을 한 번이라도 더 알리기 위해 얼마나 많은 노력과 돈을 투자하는가. 길을 가다 보면 현수막에 'OO자동차 영업사원 OOO' 라고 적고 아래에는 휴대폰 번호를 크게 적어놓은 것을 흔히 볼 수 있다. 아예 자동차 벽면에 붙여놓고, 눈에 잘 띄는 곳에 장시간 주차해 둔 것도 볼 수 있다. 자신의 이름을 알리기 위해 그렇게 노력하는 것이다. 그리고 곳곳에 널려 있는 광고판을 보라. 자신의 상호나 브랜드를 알리기 위해 얼마나 번쩍거리고 있는지. 그런데 온라인 상에서는 자신의 이름을 숨기는 이유는 무엇인가? 나쁜 글을 남기는 것도 아니고 불법을 자행할 계획도 아닌데, 왜 알기도 어려운 닉네임을 사용하는가 말이다.

우리나라의 기업브랜드 가치 평가에 따르면 삼성전자 11조 6천억 원, 현대자동차 5조 원, LG전자 4조 3천억 원, 기아자동차 2조 6천억 원, KT 2조 1천억 원으로 평가되었으며 산업정책연구원의 2008년 대한민국Korea의 브랜드 가치는 1조 1천억 달러로 세계 40개국 가운데 10위로 평가됐다고 한다. 미국은 9조 350억 달러로 1위를 차지했다고 한다. 김홍걸이라는 이름의 브랜드 가치는 얼마쯤 될까? 한 1억쯤 될까? 그러니까 지금부터 내 이름을 열심히 알려도 부족한데 닉네임 때문에 그 좋은 기회를 놓치고 있는 것이다.

닉네임은 기억하기 어렵다

내 블로그나 카페, 홈페이지 등에 방문하는 사람들이 많다. 고마운 마음에 나도 그들의 이름이라도 기억하고 싶은데 자신의 이름으로 들어온 사람이 없어 누가 누군지 알기가 어렵다. 좀 쉽게 살았으면 좋겠다. 닉네임은 기억하기에 어려운 점이 많다. 이것은 아마도 모두가 공감하리라고 생각한다. 인터넷에서도 관계는 매우 소중하다. 친구와 이웃이 되면 서로에게 힘이 되고, 도움을 주는 관계로 발전한다. 그러기 위해서는 상대의 이름을 알고 기억하고 불러주어야 한다. 또한 자신의 이름에 자존심과 명예를 걸어야 하고, 이름에 먹칠하지 않기 위해 행동과 말을 조심해야 한다.

인터넷 동호회에서 만난 사람 중에 한 명이 부친상을 당해 문상을 갔을 때였다. 그런데 부의금을 내는데 대부분 자신의 본명을 적으면 누군지 알아보지 못할 것 같고, 닉네임으로 적자니 이상하더라는 것이다. 닉네임이 대부분 장난스럽고 이상했기 때문이다. 그중에서도 가장 난처했던 사람의 닉네임은 '저승사자'였다. 그 사람은 결국 무명으로 낼 수밖에 없었다고 한다. 물론 재미를 위해 닉네임도 중요하지만 먼저 자신의 본명을 분명히 알릴 수 있어야 한다. 그리고 닉

네임을 꼭 하고 싶다면 영어로 알아보기 어렵게 하지 말고, 이왕이
면 한글로 재미있게 만들어야 한다. 예를 들면, 이쑤신 장군이나 글
래머웨이터, 뱃살공주, 오즈의 맙소사, 레오나르도 빚갚으리오, 안
졸리나 졸리나 등 자신의 이미지에 맞게 하면 좋을 것이다.

이름을 제대로 말하고, 똑바로 듣고 불러주자

외국 영화를 보면 모르는 사람들이 만났을 때 가장 먼저 상대방의
이름을 물어보고, 자신의 이름을 이야기하는 것을 볼 수 있다. 그런
데 우리는 평소 사람들과의 만남에서도 자신의 이름도 대충 말하고,
상대방 이름도 대충 듣는다. 그리고 부를 때도 이름을 끝까지 부르
는 것이 아니라 성과 직함을 부른다. '김 부장님' '김 소장님' 하는 형
식이다. 난 '김홍걸 소장님'이라고 확실하게 불러주는 사람이 더 좋
다. 왜냐하면 나는 소중한 사람이고, 나를 대표하는 것이 내 이름이
기 때문이다. 직함은 경우에 따라 바뀔 수 있지만 내 이름은 바뀌지
않기 때문이다.

유명하다는 것은

나도 강의가 끝나고 나면 사람들이 내 이름을 기억해주기를 바란다.
그것이 유명해지는 것이기 때문이다. 유명하다는 것은 다른 사람들
이 내 이름을 잘 기억해준다는 뜻이다. 그런데 내 이름을 알리는 것
에 소홀한다면 한 달 동안 열심히 일하고 나서 월급을 안 받아가는

것과 똑같다. 그래서 나도 블로그 이름을 '김홍결강사'로 바꾸고, 닉네임도 김홍결을 그대로 쓴다. 내 블로그를 방문하는 사람에게나 내가 방문한 블로그에는 분명히 내 이름이 남을 것이며 그것이 반복되어 몇 년이 흐르다 보면 아마도 인터넷에서 내 이름을 모르는 사람이 없을 것이다. 그러면 내 브랜드 가치는 지금 1억에서 2억 정도로 올라가지 않을까 싶다.

발표하는 자리에서도 마찬가지다. 남 앞에서 말을 해야 하는 자리에서 적어도 내 이름 석 자는 사람들이 기억하게 해야 한다. 나를 알릴 수 있는 그 좋은 기회를 대충 얼버무리고 그냥 넘어가는 우를 범하지 말자. '나를 어떻게 알릴 것인가?'를 연구해서 사람들의 머릿속에 강하게 새겨질 수 있도록 해야 한다. 내 강의를 들은 어떤 사람이 말했다. "강의를 듣고 나면 이름이 분명하게 기억나는 강사가 있고, 이름을 기억해내기 힘든 강사가 있습니다. 그런데 김홍결 강사님은 다른 것은 몰라도 이름 하나는 확실하게 기억됩니다."

우린 모두가 개인이다. 그 개인이 모여서 기업을 이루고 사회를 구성하고, 국가를 형성한다. 그런데 나의 존재가 의미 없이 묻혀 버려서야 되겠는가? 내가 내 이름을 소중히 여기지 않는데 누가 소중하게 불러줄 것이며, 기억해주리라 생각하는가. 나를 대표하는, 내 브랜드인 이름을 나부터 많이 사용하여 그 가치를 높이자. 그것이 내 몸값을 높이는 길이고, 내가 즐거워지고 행복해지는 길이다.

04

멘토가 있습니까?

"멘토가 있습니까?" 이렇게 물어보면 대부분 사람들은 머뭇거리면서 확실하게 대답하지 못한다. 멘토가 무슨 뜻인지 모르는 사람도 있다. 멘토란 원래 그리스 신화에 나오는 인물의 이름이다. 오디세우스 왕은 트로이 전쟁에 나가면서 그의 가장 절친한 친구 '멘토'에게 아들을 부탁하고 떠난다. 이후 멘토는 10여 년 동안 때로는 친구로, 상담자로, 아버지로 친구의 아들이 훌륭하게 성장하도록 돕는다. 오디세우스 왕이 트로이 전쟁을 끝내고 돌아왔을 때 아들은 놀라울 정도로 훌륭하게 성장해 있었다. 이것이 후대 사람들에게 전해지게 되었고, 그래서 지금도 자신보다 경험이 많은 사람이나 성공한 사람으로, 나를 이끌어주고 나의 잠재력을 파악해 성공할 수 있도록 도와주는 스승, 인생의 안내자 등을 '멘토'라고 부르게 된 것이다.

줄탁동기

줄탁동기啐啄同機 라는 말이 있다. 알 속에서 자란 병아리는 부리로 껍질 안쪽을 쪼아 알을 깨고 세상 밖으로 나오려고 하는데 '줄'은 바로 병아리가 알 껍질을 깨기 위하여 쪼는 것을 말한다. 이때 어미닭은 알 속의 병아리가 부리로 쪼는 소리를 듣고 밖에서 알을 쪼아 새끼가 알을 깨는 행위를 도와주는데, 이것을 '탁'이라고 말한다. 이 두 가지 행동이 동시에 일어나야지 병아리가 알에서 세상 밖으로 무사히 나올 수 있는 것이다. 새끼는 어미의 도움 없이 혼자서 나오기 어렵고, 또 새끼가 나오려고 하지 않는데 어미닭이 먼저 쪼아주면 밖으로 나와도 곧 죽어버린다고 한다.

이 사자성어는 배우고자 하거나 성공하고자 하는 사람에게는 반드시 그를 이끌어주는 스승이나 멘토가 있어야 함을 말하고 있다. 아무리 똑똑한 사람도 혼자서는 절대로 성공하기가 어렵고, 또 아무리 좋은 스승이나 멘토를 만났다고 하더라도 자신의 노력 없이는 성공하기가 불가능하다는 메시지를 전하고 있다.

멘토를 찾자

인생을 즐겁고 행복하게 성공적으로 살고자 한다면 반드시 필요한 것이 멘토를 만드는 것이다. 내가 가고자 하는 분야에서 먼저 성공해 있는 사람이나, 나보다 앞서 많은 경험을 가지고 있는 사람을 멘토로 삼고, 그분에게 방법을 묻고 도움을 받아야 한다. 그런데도 우린 그 부분에 아주 약하다. 남에게 조금만 도움받으면 금방 해결될 일을 혼자서 끙끙거리는 경우가 얼마나 많은가?

내 딸 다희가 판타지 소설가가 되고 싶다고 말한 적이 있었다. 그때 나는 가장 빨리, 쉽게 될 수 있는 방법을 알려주었다. "어느 대학을 가느냐 하는 것이 중요한 것이 아니다. 빨리 멘토를 찾아라. 인터넷을 뒤져보면 유명한 판타지 소설가가 있을 것이다. 그분이 쓴 책을 찾아서 읽어보고 그분에게 연락한 다음 찾아가라. 가서 나도 선생님처럼 훌륭한 판타지 소설가가 되고 싶은데, 앞으로 무엇을 어떻게 하면 되는지를 알려달라고 해라. 그리고 스승으로 삼고 싶다고 말씀드리면 아마도 받아줄 것이다. 혹시 안 받아주면 받아줄 때까지 물고 늘어져라."

내 강의를 듣고 어떻게 하면 강사가 될 수 있는지 물어보는 사람이 많다. 그때도 난 이렇게 말한다. "먼저 자신이 어떤 분야의 강의를 하고 싶은지 그것부터 정하십시오. 그것이 정해졌으면 그 분야에서 유명해져 있는 강사님을 찾아가 강의도 듣고, 그분이 쓴 책도 읽으십시오. 그리고 그분을 만나 선생님처럼 이 분야의 강사가 되는 것이 꿈이라고 말하면서 스승으로 모시겠다고 하면 됩니다. 그리고 무엇을 어떻게 해야 하는지 방법을 알려달라고 하고 그가 시키는 대로 하면 그것이 가장 빠르고 정확한 방법입니다."

멘토는 내 인생에, 내가 살아가는 데 있어서 아주 큰 역할을 담당하는 사람이다. 그런 멘토가 있느냐 없느냐에 따라 인생을 성공적으로 즐겁게 사느냐, 힘들게 사느냐의 차이가 생긴다. 혼자서 모든 것을 이루려는 우를 범하지 말자. 혼자서 해냈다고 아무도 더 훌륭하다고 말하지 않는다. 오히려 누구의 도움을 받아서 성공했다고 할 때 더 큰 찬사를 받게 된다. 또한 누구나 혼자서 성공하기는 거의 불가능하다. 그런데 대부분 그것을 숨기고 있는 것이다. 지렛대가 있으면 지렛대를 사용하고, 기중기가 있으면 기중기를 사용하라. 왜 혼자서 그렇게 삽질하고 있는가.

05

멘토와 함께 하는 방법

나에게도 멘토로 삼고 싶고, 배우고 싶다고 하는 사람들이 많다. 김홍걸 강사님처럼 재미있는 강의를 하고 싶다고 말한다. 그러나 말만 그렇게 한다. 그 이후에 날 찾아와서 앞으로 어떻게 하면 되는지를 자세하게 배워야 할 텐데 그렇게 찾아오는 사람은 거의 없다. 이유를 모르겠다. 어떻게 해야 하는지를 모르는 것인지, 그냥 포기한 것인지 모르겠다. 5년 전에 그렇게 말하던 사람이 아직도 그렇게 말만 하고 있다.

또 어떤 사람은 배우고 싶으니 내 자료를 이메일로 보내달라고 부탁한다. 심지어 내가 강의하는 동영상을 보고 싶다고 말하는 사람도 있다. 또 어떤 분들은 내가 실전에서 강의하는 모습을 직접 보고 싶다고 자신을 좀 데려가 달라고 한다. 모두가 바쁘고 시간이 없으니 알맹이만 알고 싶다는 뜻이다. 나에 대해서는 전혀 무관심이다. 이런 마음으로는 절대 도움을 받을 수 없다. 아버지의 원수를 갚기 위해 권법을 배우러 무림의 고수를 찾아가는 영화가 있다. 취권부터 시작해 성룡이 나오는 영화가 여러 편 있다. 제발 그것 좀 보라고 권하고 싶다. 고수를 찾아가서 그 고수가 싸우는 모습만 본다고 그 무술이 익혀지는가? 천만의 말씀이다.

시키는 대로 하자

그런데 우리는 '빨리빨리'의 생각에서 벗어나지 못한 채 깊이 있게 파고들지 못하고 계속 겉만 맴도는 것이다. 그렇게 세월은 5년, 10년 흘러간다. 이런 마음으로는 아무것도 이룰 수 없고, 남의 명령에만 따라야 하는 신세를 면하기 힘들다. 이 세상에 쉽게 이룰 수 있는 것은 아무것도 없다. 멘토, 즉 스승의 화려한 손기술만 배울 것이 아니라 그가 가지고 있는 내공과 마인드를 배워야 한다. 그러기 위해서는 스승과 함께 많은 시간을 보내면서, 시키는 대로 빠르게 행동하고 변화되어야 한다. 그리고 가능한 마음과 행동까지 따라하고자 노력해야 한다. 몇십 년을 쌓아온 그의 내공이 어찌 하루아침에 내 것이 될 수 있겠는가?

이렇게 알려줘도, 방법만 알고 행동으로 옮기지 않는다. 그래서 우리나라에서는 성공하기가 참 쉬운 것 같다. 사람들이 알기만 하고, 행동으로는 옮기지 않으니 누구나 행동하기만 하면 성공하는 것이다. 사람은 누구나 자신을 닮은 제자를 키우고 싶어 한다. 스승을 배신하지 않고, 제자가 스승보다 더 실력이 나아졌을 때 스승을 무시하지 않을 인격의 소유자라면 얼마든지 그 사람이 훌륭하게 성장할 수 있도록 돕고자 한다.

먼저 도움이 되는 사람이 되자

내가 스승에게 뭔가 가르침이나 도움을 받고자 한다면 내가 필요한 것을 요구할 것이 아니라, 내가 스승에게 뭔가 도움이 되는 사람이 되어야 한다. 스승이 컴퓨터에 약하다면 컴퓨터를 도와주고, 운전이 약하다면 운전을 도와주자. 분명히 뭔가 부족한 것이 있을 것이다. 그렇게 도와주다 보면 스승은 내가 없으면 불편하게 될 것이고 나를 찾게 될 것이다. 그리고 자연스럽게 자신의 모든 것을 아낌없이 내놓을 것이다.

멘토가 될 사람에게 먼저 관심을 갖자. 그가 어떤 사람인지, 어떻게 성공을 했는지, 어떤 꿈을 가지고 있고 어떤 마인드를 가지고 있으며, 지금은 어떤 일에 관심을 갖고 집중하고 있는지 등을 알 필요가 있다. 그래야 그가 필요한 부분을 찾아 도와줄 수 있지 않겠는가.

지금 나에게 강의를 배우고자 하는 한 사람은 참으로 잘하고 있다. 그는 직접 내가 사는 집에까지 찾아온다. 그리고 올 때마다 조그마한 선물을 들고 온다. 내가 오히려 미안해서 그냥 오라고 해도 막무가내다. 식사대접은 물론이요, 술자리까지 그가 책임을 진다. 내가 돈을 내려고 하면 그 사람은 "스승님이 이렇게 시간을 내 주신 것만 해도 고마운데 그럴 순 없습니다" 하면서 자기가 다 계산을 한다.

그리고 나에 대해 이것저것 물어보고, 자신의 이야기를 하기보다는 내 이야기를 조금이라도 더 많이 들으려고 노력한다. 노트에 메모까지 해 가면서. 나도 그 사람이 고맙게 생각되어 조금이라도 더 알려주고자 노력하고, 뭔가 도움이 될 만한 것이 있으면 챙겨주고 싶은 마음이 든다. 그 사람은 무엇을 해도 반드시 성공할 것이라는 생각이 들지 않는가?

감사하는 마음을 갖자

주는 것은 없이 받으려고만 하고, 받고 나서도 고마움을 모르고, 나중엔 오히려 배신하여 경쟁자만 양성하는 꼴이 되어 버리는 사람이 많으니 누가 자신의 시간과 노력을 투자해 제자를 키우려고 하겠는가.

나와 만나준다는 것만 해도 감사하고, 말 한마디 듣는 것에 감사하고 좋아한다면 그는 스스로 복을 끌어오는 사람이다. 멘토가 되는 사람은 돈을 바라지 않는다. 선물도 바라지 않는다. 배우려는 열의를 중요하게 생각하고, 감사할 줄 아는 마인드를 요구한다.

돈을 내고 배우는 강사 양성 세미나가 많이 열리고 있다. 강사 양성뿐만 아니라 각 분야의 기술향상을 위한 세미나는 전국 곳곳에서 다양한 방법으로 열리고 있다. 이곳에 가보면 많은 사람들이 기술과 노하우를 배우기 위해 많은 돈을 내고 참가해 있다. 그런데 사실 이런 곳에서는 깊은 노하우를 배울 수 없다. 강사들이 짧은 시간에 자신의 깊은 노하우까지 보여주기가 어렵기 때문이다. 결국 껍데기만 보는 경우가 많다. 그런데 몇십 만원의 돈을 내가면서 멀리까지 찾아간다.

세미나는 멘토를 찾는 곳

사실 이런 세미나에서는 무엇을 배우려는 것보다 자신의 멘토가 될 사람을 찾는 것에 더 큰 목적을 두어야 한다. 강의를 잘 들어보면 강의 속에서 그 사람의 마인드가 느껴지고, 자신과 성격이나 분야가 맞는 사람이라는 것이 느껴지는 강사가 있다. 이런 사람을 찾는 데 집중해야 한다. 이런 분을 찾게 되면 그분과 친분을 쌓기 위해 찾아가고, 인사를 하고, 자신을 소개하여 그분과 가까이 할 수 있는 방법을 찾아야 한다. 그것이 세미나에 참가하는 주목적이 되어야 한다. 그러나 대부분 그런 것에는 관심이 없고, 강의시간 내내 노트에 강의내용을 빼곡히 적는 것에만 바쁘다. 주변사람과 인사도 안 하는 사람이 있다. 뭐가 중요한지 모르는 사람이다.

직장에서도 마찬가지다. 나보다 근무를 오래 한 분 중에서 나와 성향이 맞는 분이나, 내가 배우고자 하는 부분에 전문적인 실력을 갖추고 있거나, 마인드가 출중한 분을 만나면 일부러라도 찾아가자. 그리고 나의 개인적인 스승으로 삼고, 그분에게 어떤 도움이 될 수 있을까 연구하면서 계속 함께 있는 시간이 많아지도록 노력해야 한다. 제발 나에게 도움이 될까 아닐까만 따지지 말자.

내가 뭔가 도움을 주고, 마음을 주다 보면 그분도 마음이 동해 나를 도와줄 것이며, 그렇게 되면 그분이 오랜 시간 쌓아온 노하우를 하루아침에 배울 수 있다. 그러면 나는 더욱더 빨리 성장할 수 있을 것이며 더욱 쉽게 성공할 수 있을 것이다. 내비게이션을 사용하면 훨씬 편한데 왜 잘 보지도 못하는 지도를 보면서 고생을 하는지 모르겠다.

06

권위를 벗고 겸손을 입어라

돌을 다듬어 좋은 글귀를 새기는 한 석공이 있었다. 그는 무릎을 꿇고 땀을 뻘뻘 흘리면서 혼신의 힘을 다해서 돌을 깎아내고 있었다. 이때 일을 부탁하러 왔던 정치가가 그 모습을 보며 말했다.

"솜씨가 참 대단하십니다. 그냥 종이에 글을 쓰기도 힘든데 그 단단한 돌에 글자를 새기시는군요. 나도 다른 사람의 단단한 마음을 부드럽게 만드는 기술이 있었으면 좋겠군요. 사람들의 마음을 얻고 싶지만 도무지 어려운 일입니다."

이때 석공이 땀을 훔치며 이렇게 말했다.

"선생님도 저처럼 무릎을 꿇고 일하면 해내실 수 있습니다."

난 이야기를 처음 접하고 깜짝 놀랐다. 캬~ 맞다. 정말 무릎을 꿇고 일한다면, 매사에 이런 마음으로 임한다면 어느 누구의 마음이라도 열지 못하겠으며, 내 말을 듣고 싶도록 만들지 못하겠는가. 또한 안 될 일이 뭐가 있겠는가 하는 생각이 든다. 아마 계급이 높은 석공일수록, 돈을 더 많이 버는 석공일수록 무릎을 꿇고 일을 할 것이다. 우리도 직장에서나 가정에서 이러한 마음으로 사람들을 대한다면 자기 스스로도 행복할 뿐만 아니라 정말 아름답고 행복한 세상이 될 것이라는 생각이 든다.

어느 조직이나 계급과 직급, 서열이 존재한다. 그 계급이 나를 대신하고 나를 표현하는 대명사가 되기 때문에 누구나 높은 직급에 오르기를 원하고 탐하기도 하며 그것 때문에 분쟁이 일어나기도 한다. 그러나 높은 직급에 올라갈수록 더 높은 수준의 리더십과 마인드를 필요로 한다는 사실은 간과하는 경우가 많다. 보수가 높고 권한이 많으니 무조건 올라가고 보자는 식이다.

그러나 직급이 높아질수록 가장 중요하게 생각해야 할 것은 권한이나 보수가 아니라 그만큼 높은 수준의 리더십과 사람들을 포용할 수 있는 능력이 있어야 한다는 사실이다. 높은 수준의 리더십이란 사람의 마음을 움직여 스스로 따르도록 하는 힘이다. 그 리더십이 부족한 사람들은 대부분 권위를 내세워 사람들을 꼼짝 못하도록 만들면서 강압적으로 충성을 요구한다. 혹시라도 얕보일까 두려워 얼굴이 항상 굳어 있다. 뭔가 고민과 근심에 가득 찬 모습을 보여야 접근하기 어렵기 때문이다. 걸음걸이도 천천히 걸어야 한다. 어깨에 힘을 줘야 한다. 말도 천천히 근엄하게 해야 한다. 그래야지 사람들이 무섭게 생각하고 말을 잘 들을 것이기 때문이다.

군대에서 장교교육을 할 때 사병들과 절대 화장실을 함께 쓰지 말라고 한다고 한다. 혹시라도 권위가 떨어지면 명령이 먹혀들지 않기 때문이다. 강사교육에서도 청중과 함께 화장실을 쓰지 말라는 이야기도 들은 적이 있다. 혹시라도 강사를 얕보는 마음이 생길까 봐 그렇다. 이렇게 잘못된 리더는 적보다 무섭다. 적은 상대하여 싸우기라도 하지만 리더는 싸우기도 어렵고 대들어서도 안 되기 때문이다. 뚜렷한 마인드나 능력도 없이 권위와 계급만 앞세우는 사람은 공공의 적이다.

우린 예전부터 이렇게 권위가 지배하는 환경 속에서 살아왔다. 그러다 보니 그것을 당연시했고 그것이 맞는 줄 알고 자신도 직급이 높아지면 그렇게 행동했다. 지금까지 보고 배운 것이 그것뿐이니 그럴 수밖에 없는 것이다. 악한 시어머니 밑에서 시집살이한 며느리가 또 다시 악한 시어머니가 된다고 한다. 처음에 자신이 당할 때는 '나는 절대로 저런 시어머니가 되지 말아야지' 하고 결심 또 결심하지만 결국은 좋은 시어머니가 되지 못한다. 좋은 시어머니가 되려면 어떻게 해야 하는 것인지 모르기 때문인 것이다.

몸이 아니라 마음을 이끄는 사람이 되라

사람들의 몸만 이끄는 리더가 아니라 마음까지 움직이는 고차원의 리더십을 발휘하기 위해서는 자신의 권위의식을 벗어던지고 무릎을 꿇을 줄 알아야 한다. 자신이 부족한 것을 인정하고 더 배우러 다니고, 책을 더 많이 읽고, 더 많이 도움을 요청해야 한다. 너무 깨끗한

물에는 물고기가 살지 않는다고 했듯이 지나치게 똑똑한 리더 밑에는 사람이 존재하기가 어려워진다. 좀 더 인간적이고, 실수도 하고, 어수룩한 면도 있고, 열심히 하려고 애쓰는데 안 되는 모습도 보이고, 이렇게 사람 냄새나는 리더를 우리는 더 좋아한다.

그렇다고 진짜 어리석고 부족한 것은 아니다. 사람들이 어렵게 생각하지 않고 편하게 대할 수 있도록 일부러 배려해 주는 것이다. 똑똑한 척하지 않고, 모든 것을 다 할 줄 아는 것처럼 하지 않고, 다른 사람들이 능력을 발휘할 수 있도록 기회를 주고 믿고 기다려 주는 것이다.

지금은 사람들을 권위와 억압으로 지배하는 시대가 아니다. 돈과 복지혜택으로만 유혹해서도 안 된다. 지금까지 봐 왔겠지만 이런 리더십은 절대로 부하직원의 마음까지 사로잡을 순 없다. 그런 것에 익숙해져 있는 사람들은 조금만 더 좋은 조건이 있으면 금방 떠나버릴 수 있는 것이다. 그래서 사람을 키우기 힘들다는 말까지 나온다. 공들여 잘 키워 놓으면 경쟁사로 자리를 옮겨 오히려 나를 공격해오는 적군이 되어 버리기 때문이다. 돈과 권력으로 지배하면 또 다른 돈과 권력에 의해 내가 지배받게 된다. 이런 악순환의 고리를 과감히 끊어내야 한다.

권위의식을 버려라

그러기 위해서는 먼저 나부터 권위의식을 버려야 한다. 권위를 벗어던지고 항상 배우려는 자세로 임해야 한다. 그래서 권위와 계급 때문에 충성하는 것이 아니라 진정 실력이 뛰어나고 인품이 훌륭해서 존경받을 수 있는 사람이 되어야 한다. '아, 나도 저 분처럼 되고 싶다'라고 생각되는 모델이 될 수 있어야 한다. 그래야 진정 그들의 마음까지 사로잡을 수 있고, 그들의 손발만이 아닌 정신력과 잠재력까지 발휘하게 만들 수 있는 것이다.

지금 내가 이 직급에 존재하는 이유는 대우를 받고 섬김을 받자고 앉아 있는 것이 아니다. 또 그렇게 대우를 받아 봐야 뭐가 그렇게 즐겁고 행복하겠는가? 그런 것보다 나의 뛰어난 능력과 부하직원들의 우수한 능력을 활용해 더 큰 성과를 내고, 더 좋은 결과를 도출해내야 모두가 행복해질 수 있다. 나의 계급 때문에 따르는 것이 아니라 나의 인품에 반해 따를 수 있도록 해야 한다. 그래야 진정한 시너지 파워가 나올 수 있을 것이다. 그들을 섬기는 마음으로 무릎을 꿇을 수 있어야 한다. 그런 마음이 없다면 리더가 되어서는 안 된다.

가정에서도 아버지의 권위만 주장할 것이 아니라 나로 인해 가족들이 조금 더 편해지고, 행복해지면 좋겠다는 마음으로 내가 무릎을 꿇고 아내와 자녀의 발을 씻겨준다면 훨씬 더 존경받을 수 있지 않을까 싶다. 그런 아버지의 말이 더 먹혀들지 않을까.

07

권위의식을 버리는 방법

권위의식이 있냐고 물어보면 대부분 자신은 권위의식이 없다고 말한다. 본인 스스로는 자신이 그러한 권위의식을 가지고 있는지조차 의식하지 못하는 경우도 많다. 나의 경우를 보면, 난 사람들 앞에서 웃기는 표정을 짓고, 또한 재미있는 행동과 유머로 친근하게 지내다 보니 그런 권위의식이 없는 줄 알았다. 그런데 아내와 친구들이 나에게도 무의식적으로 그런 권위의식이 많이 자리 잡고 있다고 해서 깜짝 놀란 적이 있다. 그래서 요즘은 더욱 신경 써서 말과 행동을 하는 편이다.

이처럼 대부분의 사람들은 자신도 모르는 사이에 권위의식이 자리 잡게 된다. 그러면 나도 모르게 위엄 있고 권위 있는 말들이 쏟아져 나오고, 그것을 듣는 사람들은 왠지 짓눌리는 느낌을 받으며 외면하고 싶은 본능이 발동할 것이다.

그럼 구체적으로 권위의식을 버리는 방법을 알아보자.

마인드를 키워야 한다

흔히 이런 말을 많이 듣는다. "사람이 마인드가 안 돼 있어." 마인드란 과연 무엇일까? 말 그대로 마음을 말하는 것인지, 어떤 행동이나 태도를 말하는 것인지, 예의를 말하는 것인지 참으로 애매하고도 모호한 말이다. 내가 생각하는 마인드란 의미는 '타인을 생각하는 마음'이다. 그렇게 생각하면 모든 게 맞아 들어간다. 예의에 해당될 수도 있고, 배려가 될 수도 있고, 긍정적인 태도일 수도 있다.

어쨌든 권위의식을 버리기 위해서는 먼저 마인드를 바꿔야 한다. 자신만 생각하던 것에서 타인을 먼저 생각하는 쪽으로 마음을 고쳐먹어야 한다. 이것도 말이 쉽지 절대 쉽게 바뀔 수 있는 내용이 아니다. 그래서 모든 일에서 타인을 먼저 생각하는 연습을 해야 한다. 문을 열어주고, 의자를 빼주고, 자리를 양보해 주고, 봉사를 하고, 여하튼 나를 만나는 모든 사람들이 조금이라도 편해질 수 있도록, 기분이 좋아지도록 자꾸 방법을 생각하고 행동으로 옮겨보아야 한다. 그러면 나중에는 타인을 먼저 생각하는 것이 습관적으로 몸에 배게 될 것이다.

책을 읽어야 한다

리더십에 관련된 다양한 책을 읽고, 아는 것에서만 그치는 것이 아니라 그것을 실천에 옮기려고 노력해야 한다. 똑똑해지기 위해서, 아는 것이 많아지기 위해서 읽는 것이 아니라 내 행동을 변화시키기 위해 읽어야 한다. 또한 강의도 많이 들어야 한다. 훌륭한 강의를 많이 듣다 보면 자신도 모르게 깊은 내공이 쌓이게 되고, 권위의식이 아닌 인품이 저절로 올라가게 된다. 깨달음의 경지에 이를 때까지 책을 읽고 강의를 들으면서 공부하자.

실력을 키워야 한다

자신의 전문분야에서 타의 추종을 불허할 만큼 깊은 노하우와 실력을 갖추고 있어야 한다. 사람들은 실력이 뛰어난 사람에게 끌리게 되어 있고, 배우고자 하는 마음이 생겨나게 된다. 사람들은 누구나 전문가와 거래하고 싶어 한다. 자기 자신도 뛰어난 실력이 있어야 그 일을 즐길 수 있고, 여유가 생기며 재미있게 할 수 있다. 또 그것 때문에 자신감도 생겨나는 것이다. 실력만 뛰어나면 권위는 거추장스러워 던져버리고 싶을 것이다. 하지만 실력이 없는 사람은 자신의 실력이 들통날까봐 권위와 계급으로 감싸고 또 감싸면서 자기에게 범접하지 못하도록 막을 것이다. 권위를 내세우는 사람들이 외톨이가 되고 고독해지는 이유가 여기에 있다.

독특한 특기가 있어야 한다

노래나 악기 연주, 또는 마술, 댄스, 꽃꽂이, 사진, 그림, 스포츠나 레포츠 등 자신만의 독특한 특기를 가지고 있어야 한다. 회사의 행사나 특별한 날에 지금까지 쌓아온 자신만의 독특한 특기를 발휘한다면 사람들은 아마도 존경에 존경을 더할 것이다. 그동안은 몰랐는 데 부장님이 드럼연주를 멋지게 한다면 사람들은 놀라운 실력에 감탄할 뿐만 아니라 더욱 친근감을 느낄 것이다. 이렇게 특기는 사람들과 가까워지고 유대를 강화시키는 힘을 가지고 있다. 특히 감성부분을 자극하기 때문에 이성과는 또 다른 면이 있는 것이다.

표정을 바꾸어야 한다

아무리 마인드가 바뀌어도 표정이 바뀌지 않으면 사람들이 쉽게 알아차리지 못한다. 편안하고 미소 띤 얼굴로, 누구나 다 포용하겠다는 온화한 느낌으로, 정말 착한 사람처럼 표정을 지어보자. 이게 잘 안된다면 지금 거울을 통해 자신의 얼굴을 들여다보자. 이제 씩~ 입꼬리를 올리며 웃어보자. '개구리 뒷다리' 하면서 10초간 입꼬리를 올린 상태를 계속 유지해보자. 이 단순한 동작 하나만으로도 기분이 바뀌고 착해지는 느낌이 든다. 그러면 그 기운이 다른 사람에게 전해져서 사람의 마음을 사로잡을 수 있고, 분위기를 좋게 만들 수 있다.

이것도 연습을 아주 많이 해야 한다. 단순한 동작이지만 오랫동안 굳어져 있는 얼굴일수록 쉽지 않다. 혼자 있을 때는 더욱 연습을 많이 하고, 사람들과 얼굴이 마주치면 무조건 입꼬리를 올린다 생각하고 연습해보자. 그때부터 내 주변에 좋은 사람들이 많이 몰려오는 것을 느낄 것이다. 권위의식은 제일 먼저 얼굴에 자리 잡는다는 것을 잊지 말자.

외모를 바꾸자

계급이 올라갈수록 의복도 함께 달라진다. 딱딱하고 권위적인 복장으로 바뀐다는 말이다. 군복이나 경찰복, 의사와 약사의 가운, 판사나 목사님의 권위적인 의복 등이 모두 여기에 해당된다. 그런 옷을 입으면 몸이 이상하게 그에 걸맞은 행동을 하게 된다. 그러다가 예비군복을 입으면 갑자기 아무 곳에나 소변을 보는 사람으로 변하기도 한다. 이처럼 의복은 권위를 나타내는 데 아주 중요한 역할을 한다. 그래서 사람들과 편하게 가까이 지내고 싶을 때는 가능한 그들이 쉽게 접근할 수 있는 옷을 입어주자는 이야기다.

옷이 말을 한다고 한다. 무슨 말을 하겠는가? "나는 바로 이런 사람이오. 으흠~" 하고 말을 한다는 말이다. 어떤 옷을 입느냐에 따라 사람은 달라 보인다. 나를 부드럽게 보일 수 있는 옷을 입어보자. 남들이 볼 때 친근감이 들고 가까이 다가가고 싶은 옷을 입어라.

권위의식도 때로는 필요하겠지만 평상시 계속 그렇게 하고 있으면 나와 주변의 모든 사람들이 피곤하다. 권위만 자꾸 내세우는 것은 리더십이 없고 실력 또한 없다는 표시다. 인생을 재미없게 산다는 것을 인정하는 것과 같다. 우리가 인생을 살고 일을 하는 것도 모두 즐겁게 살자는 의미라고 볼 때 권위의식은 우리에게 가장 큰 걸림돌인 것이다. 그것을 과감히 벗어던지고 즐겁게 재미있게 살자.

08

말을 잘해야
인간관계가 좋아진다

살다 보면 남 앞에서 말을 해야 할 기회가 많이 생긴다. 모임이나 세미나, 회의 등 이루 말할 수 없이 많은 기회가 있으나 그냥 고개 숙이고 지나가는 경우가 많다. 다른 것은 몰라도 남 앞에 선다는 것은 보통 일이 아니기 때문이다. 그래서 말을 잘한다는 것은 엄청난 경쟁력을 확보하는 것이고, 인간관계를 하는 데도 크게 도움이 된다.

꼭 남 앞에 서는 경우가 아니라 하더라도 둘만의 대화에서 상대방을 잘 설득하고, 이해하기 쉽게 이야기하는 사람이 있다. 반면에 무슨 말인지도 모르게 횡설수설, 앞뒤가 맞지 않는 이야기로 대화가 잘 통하지 않는 사람도 많다. 때문에 관계에 문제가 생기고 오해가 발생하여 서로 원수지간처럼 지내기도 한다.

좋은 기회가 많이 생긴다

남 앞에서 이야기를 하든, 둘만이 대화를 하든, 말을 잘하는 사람에게 더 좋은 기회가 많이 생기는 것은 사실이다. 모임에서 회장을 할 수도 있고, 한 번의 발표로 모든 사람의 이목을 집중시켜 자신을 강하게 인식시킬 수 있는 능력이 있기 때문이다. 또한 말을 조리 있게 잘하는 사람은 믿음이 가고, 다른 일도 잘할 것 같은 생각이 든다. 그래서 큰일을 자꾸 많이 맡기게 되고, 자신은 더욱더 발전하게 되는 것이다.

나의 경우에도 모임에 가면 금방 사람들의 눈에 띈다. 뛰어난 외모 때문이 아니라 탁월한 유머감각과 재미있게 말할 수 있는 능력 때문이다. 내 소개를 한다든지, 나에게 말할 기회가 왔을 때 사람들을 웃기고 재미있게 하기 때문에 다른 사람은 기억 못해도 나는 반드시 기억한다. 어떤 모임은 내 스케줄에 따라 일정을 잡는 경우도 있다.

이렇게 말을 잘한다는 것은 아주 큰 경쟁력을 갖는다. 자신의 전공분야를 더욱더 빛나게 할 수 있는 좋은 조건이 되는 것이다. 대부분의 사람들이 자신을 더욱 빛나 보이게 하기 위해 명품 옷과 액세서리를 착용하는 것과 성형수술 등에는 많은 신경을 쓰지만, 진정 자신을 빛나고 돋보이게 하는 능력, 즉 말을 재미있게 하고 잘하는 것에는 별로 관심을 갖지 않는 것을 보면 매우 안타깝다.

모두가 즐거워진다

강의를 가면 사람들이 나에게 던지는 질문이 있다. "김홍걸 강사님은 남 앞에서 말하는 게 재미있습니까? 강의하시는 것을 보니까 완전히 즐기는 것 같은 느낌이 듭니다." "예, 재미있습니다. 이것보다 더 재미있는 일이 없는 것 같아요. 내 말 한마디에 사람들이 웃고, 감동하고, 고개를 끄덕일 때 엔도르핀이 막 솟구치는 느낌이 들어요. 그래서 몸이 조금 안 좋을 때도 강의를 열정적으로 하고 나면 다 나아버립니다. 체질인 것 같아요." 이렇게 말하면 다들 부러운 눈으로 쳐다본다.

나의 말에 사람들이 웃고, 고개를 끄덕이고, 감동을 하고, 박수를 친다. 청중이 나로 인해서 즐거워하고, 감동을 받고, 마음이 담긴 우레와 같은 박수를 보낼 때 내가 살아 있음을 느낀다. 전율이 일어난다. 딱딱함과 권위의 대명사라 할 수 있는 고위공무원이나 대기업 임원들이 절대 웃지 않을 것 같은 굳은 표정으로 있다가 그 위엄 있는 얼굴에서 활짝 웃음꽃을 피울 때, 그리고 강의를 마친 후 웃는 얼굴로 내 손을 잡으며 정말 재미있게 잘 들었다고 하면서 감사하다고 말할 때 짜릿함을 느낀다.

인정을 받는다

남 앞에 서서 이야기할 때는 타인으로부터 인정받을 수 있는 최고의 기회이기도 하다. 지금 우리 사회는 남 앞에서 조리 있게 말을 잘하고, 잘 웃기는 사람이 매우 드물기 때문에 귀하게 여김을 받을 수 있다. 이미 남 앞에 선 것만으로 해도, 무언의 인정을 받은 것이다.

그리고 말을 아주 잘하는 명연설가가 되었을 경우 그 대우는 최상이다. 나의 경우에도 강의를 가면 공항이나 기차역까지 승용차로 마중을 나온다. 그리고 강의장소에 도착하면 문을 열어주고, 가방을 들어주고 최고 대표자와 차를 마시며 대담을 하기도 한다. 최고급 특급 호텔의 방을 제공해주기도 하고, 최상의 음식으로 식사대접을 받기도 한다. 모두 고맙고 황송한 일들이 생긴다. 얼마나 기분이 좋은지 아는가?

보람이 있다

말을 잘하게 되면 더없이 좋은 것이 바로 뿌듯한 마음이다. 내가 하는 말로 인해 다른 사람들이 감동을 받고, 삶에 변화가 일어난다면 그것보다 더 보람된 일이 뭐가 있겠는가? 음식을 대접했을 때 상대방이 기분 좋고 맛있게 먹으면 나도 따라서 기분이 좋다. 한끼의 식사만 해도 그렇게 기분이 좋은데, 다른 사람들의 생각을 바꾸고 인생을 변화시키는 것은 얼마나 기쁜 일인가.

나는 강의를 마친 후 사람들이 내게 다가와 악수를 청하고 명함을 달라고 하면서 "오늘 강의 참 잘 들었습니다. 제 인생에 큰 도움이 되었습니다" 하는 말을 들을 때 날아갈 듯이 기쁘다. 또 홈페이지나 블로그에 와서 강의후기로 감사의 글을 남겨놓은 것을 볼 때 삶의 희열을 느낀다.

미국의 정치가이자 언론인이었던 '다니엘 웹스터'는 "만일 신이 나의 모든 것을 빼앗아 가면서 단 하나만 선택하라고 하신다면 나는 말하는 능력을 택하겠다. 그것만 있으면 모든 것을 되찾을 수 있기 때문이다"라고 말했다.

발표나 연설, 스피치, 강의 등 남 앞에서 말하는 것에 도전하고 배워보자. 인생이 완전히 달라질 것이다. 살다 보면 남 앞에서 발표해야 할 일이 자주 생긴다. 이때마다 회피하고, 대충 넘어갈 것이 아니라 그것에서 짜릿한 재미를 느끼는 사람으로 변신해보자.

09

자기소개하는 방법

"제 소개를 하겠습니다. 제 이름은 김홍걸입니다. 저는 S대학 출신입니다. 전공은 영어지만 영어를 그다지 좋아하지 않고 지금도 별로 사용하지는 않습니다. 군대는 육군보병 출신이고, 직장도 여러 군데 다녔습니다. 사업도 해 봤고요. 취미는 컴퓨터게임이고, 음악도 듣고 영화도 즐겨보는 편입니다. 고향은 부산이고 지금은 전국으로 다니며 강연활동을 하고 있습니다. 잘 부탁드립니다."

어떤 모임이나 세미나에 가면 반드시 자기소개를 하는 시간이 있다. 바쁜 일정 속에서도 모임이나 세미나에 참가하는 이유는 무엇을 배우는 것도 중요하지만 참가한 사람들이 어떤 사람들인지 서로 알고 지내자는 의미다. 그래서 자기소개 시간을 반드시 가지는데, 이 시간을 제대로 활용하지 못하는 사람이 대부분이다. 그래서 형식적인 인사로 대신하고, 특출하지 않으면 관심도 가지지 않는다. 그러니까 모임에 참가한 시간이 아깝다는 생각이 절로 든다. 그렇다고 안 할 수도 없고, 하기도 그렇고 고민되는 것이 바로 이 시간이다.

중요한 것만 말하라

30초에서 1분 정도의 짧은 자기소개 시간에 앞의 예처럼 많은 것을 이야기해서는 안 된다. 그러면 사람들이 하나도 기억하지 못한다. 나 한 명만 이야기하는 것이 아니기 때문에 특색이 없는 것이다. 이럴 때는 내 이름과 함께 딱 한 가지만 이야기해야 한다. 자기소개의 목적은 '난 이런 사람이다' 하는 것을 알게 하는 것이다. 그러므로 자신이 가장 강조해야 할 부분 하나만 말하자.

"김홍걸입니다. 대통령 아들로 한창 활동했었습니다. 10년째 어떻게 하면 행복하고 즐겁게 살 수 있을까를 연구하고, 그것에 대해 기업과 관공서를 다니며 강연활동을 하고 있습니다. 재미있게 강의하는 기법에 대해서도 대학교수나 사내 강사들을 대상으로 강연을 하기도 합니다. 매년 200여 개의 업체에서 강연을 하며 사람들에게 웃음과 희망과 감동을 주고 있습니다. 인생은 짧다고 생각합니다. 하루하루를 축복이라고 생각하며 단 하루를 살아도 즐겁고 행복하게, 일을 하더라도 이왕이면 즐겁게 일하자고 주장합니다. 이상 대통령 아들 김홍걸이었습니다."

이렇게 이야기하면 사람들은 내가 어떤 사람이라는 것을 기억할 것이다. 이름도 대통령 아들과 똑같으니 이름까지 함께 기억을 한다. 그리고 강연이 필요한 사람이나 강연을 배우고자 하는 사람은 휴식시간에 나에게 찾아와 말을 건다. 내가 잘하는 한 가지만 집중해서 이야기하라. 그러면 성공이다.

상투적인 말을 빼자

사람들은 나의 고향이 어디인지, 어느 대학 출신인지, 어디에 사는지, 취미가 무엇인지 등에는 별 관심이 없다. 그것보다 내가 어떤 사람이고 무엇을 하는 사람인지를 궁금해한다. 그 궁금증만 속 시원하게 해결해 주면 되는 것이다. 짧은 시간에 "제 소개를 하겠습니다" 이런 상투적인 말도 빼자. "안녕하십니까, 반갑습니다. 잘 부탁합니다. 감사합니다" 이런 인사말은 괜히 시간만 죽이는 결과를 초래한다. 나와 관련이 없는 말은 절대로 하지 말자. 대신에 나의 이야기를 함축해서 강렬하게 전달하고 내려오자. 모임에 사람이 많을 경우 1분 1초도 아까울 때가 있다. 이럴 때 날씨 이야기, 함께 잘해보자는 이야기, 고맙다는 이야기 등을 하는 사람은 정말 밉다.

반드시 준비해 두자

언제 어디서든 내 소개를 짧고 강하게 할 수 있는 정도는 준비를 해두어야 한다. 자기소개는 많이 쓰이고, 꼭 필요한 부분이기에 달달 외워서라도 기억하고 있어야 한다. 자기소개도 제대로 못하는 사람과 누가 친해지고 싶어 하겠는가. 말을 잘하는 사람도, 보이지 않는 뒤편에서는 열심히 연습한 사람이란 것을 잊어서는 안 된다.

10
스피치 잘하는 법

누구나 스피치를 잘하고 싶어 한다. 남 앞에서 떨지 않고 유창하게 말을 잘하는 사람을 보면 참으로 대단해 보이고 부럽다. 난 죽었다 깨어나도 저렇게 하지 못할 것 같은 생각이 든다. 왜 어떤 사람은 말을 잘하고, 어떤 사람은 잘하지 못하는 것일까?

여기에는 보이지 않는 비밀이 있다. 자신이 가장 자신 있고, 잘하고, 흥미를 느끼는 부분과 내가 발표하고자 하는 내용과 연결하는 것이 중요한 비밀 중의 하나이다. 보통 앉아서 이야기할 때는 잘하지만, 일어서서 대중을 향해 이야기할 때는 잘 못하는 이유 중의 하나가 자신의 일상적인 이야기를 하지 않고, 보통 형식적이고 틀에 박힌 어떤 대단한 이야기를 해야 한다는 생각이 잠재되어 있기 때문이다.

앉아서 이야기하듯 말하자

그냥 편안하게 앉아서 이야기하듯 평상시의 목소리로 자신의 이야기를 하면 쉽게 문제를 극복할 수 있다. 만약에 자신이 낚시에 대해 전문가이고, 그 분야에 대해서는 누구보다 많이 알고 있다면 자신의 모든 스피치에서는 낚시이야기를 하면 된다. 골프에 대해 전문가 수준이라면 골프이야기로 사람들을 사로잡을 수 있다. 그 부분이라면 누구보다도 자신 있게 말할 수 있고, 또한 열정적으로 말할 수 있기 때문이다. 그러면 사람들은 그 열정과 자신감에 매료되어 깊이 빠져들기 시작한다.

자신 있는 분야와 연결하라

예를 들어, 건배사를 해야 한다면 약 1분간의 시간에 낚시이야기와 연결해 보자. "혹시 물고기와 대화해 본 사람 있습니까? 저는 물고기와 대화를 합니다. 물의 흐름이나 날씨만 봐도 물고기들이 어떤 생각을 하는지 훤히 알 수 있습니다. 낚시를 잘하려면 물고기 입장에서 생각을 할 수 있어야 합니다. 그것처럼 오늘 우리의 회식이 자신의 이야기만 하지 말고 상대방의 입장에서 생각하고 대화하는 계기가 되었으면 좋겠습니다. 제가 '물고기처럼' 하고 외치면 여러분은 '생각하자'로 외쳐주시기 바랍니다." 이렇게 건배사를 하면 사람들이 집중을 하게 되고 또한 그들의 기억 속에 오래 남을 건배사가 될 수 있다.

또 내가 골프를 좋아하고, 듣는 사람들이 어느 정도 골프를 이해 하는 경우, 중요 내용을 강조하는 시점 앞에 골프이야기를 넣어서 그들의 이목을 집중시킬 수 있다. "제가 어제 골프 연습장에 갔습니 다. 거기서 골프계의 전설이라고 하는 사람을 만나 골프를 잘 치는 방법에 대해 몇 가지 전수를 받았는데 그 비법을 들려드릴까요?" 이렇게 하면 사람들이 갑자기 정색을 하고 집중을 할 것이다. 이때 바로 그 비법을 말하지 말고 "오늘 제가 발표하고자 하는 내용을 일 단 말씀드리고 나서 서비스로 그 비법을 알려드리겠습니다." 이렇 게 이야기해 보라. 사람들은 아마도 내 입만 계속해서 쳐다보고 있 을 것이다. 언제 그 비법이 나올지 기대하면서. 그렇게 집중된 상태 에서 내가 발표할 내용을 이야기한 다음에 약속대로 그 비법을 알 려주자.

골프 잘 치는 비법

"먼저 가능하면 전화번호를 바꾸십시오. 1872번으로 하는 게 좋습 니다. 18홀에 72타 친다는 이야기죠. 그리고 음식도 좀 가려 먹어야 합니다. 평소에 파를 많이 드십시오. 양파는 안 됩니다. 그리고 OB 맥주는 입에도 대지 마십시오. 이건 큰일 납니다. 그리고 과일도 감 을 많이 드십시오. 그러면 필드에서 쉽게 감을 잡을 수 있습니다. 인 터넷에서 닉네임을 쓸 때도 앨버트로스나 홀인원, 줄버디, 투온 등 으로 확실하게 하십시오. 그리고 잘 치는 사람과 똑같이 행동하십시오. 화장실 가면 같이 가고, 음식도 같은 것 시키고, 걷는 모습도 비슷하게 따라하십시오. 그렇게 벤치마킹하다 보면 나도 어느새 잘할 수 있게 됩니다. 그리고 고개는 절대 들지 마십시오. 누가 부르면 아주 천천히 돌아보십시오. 이렇게만 연습하면 놀랍게 실력이 늘 것입니다.”

잔뜩 기대하고 있는데 이렇게 반전이 되면 기대감이 무너짐과 동시에 웃음이 터져 나온다. 그러면서 발표 재미있게 들었다고 생각하고 좋은 발표였다고 평가를 하게 된다. 어차피 골프의 비법이란 열심히 연습하는 수밖에 없다는 것을 모두 다 알고 있다. 그래도 혹시나 하는 마음을 이용하여 내 발표에 멋지게 활용하는 것이다.

이것 말고도 자신이 잘하는 분야가 있다면 얼마든지 사람들의 이목을 집중시킬 수 있는 요소는 만들 수 있다. 내가 발표하고자 하는 내용과 연결해 보면 그런 아이디어가 떠오른다. 나의 경우에도 잘하진 않지만 어떤 것이라도 한번 해 본 것은 전부 강의와 연결해서 이야기한다. 그러면 사람들이 자신들도 잘 알고 있는 분야이기에 쉽게 공감을 한다.

모든 사람들은 성공하고 행복하게 살기를 바란다. 하지만 그렇게 바라기만 할 뿐 행동으로 옮기지는 않는다. 자기는 변화하지 않으면서 그렇게 행동하는 사람을 보면 비웃거나 손가락질을 하며 비난하기 일쑤다. 그러면서 자신이 성공하지 못한 것에 국가의 책임이 있다고 생각하고, 부모를 원망하고, 이 사회와 주변 사람들이 모두 잘못되었다고 불평불만만 쏟아 놓는다.

'안다'와 '한다'의 차이는 엄청나다. 인생을 즐기면서 살고 싶지 않은 사람이 어디 있을까? 또한 어떻게 해야 즐거운지 모르는 것도 아니다. 하지만 지금까지 해온 습관과 주위의 환경 때문에 우린 쉽사리 행동으로 옮기지 못한다.

"90명의 사람들은 10명 안에 들기를 바라면서 90명이 하는 방식이 아니면 안 된다고 말한다."

아주 작은 것부터 실천해 보자. 많은 시간을 투자해 책을 한 권 다 읽고도 행동으로 변화되는 게 하나도 없다면 차라리 그 시간에 낮잠을 자는 것이 더 즐거우리라. 우린 알기 위해 공부하는 것이 아니라 변화되고 즐거운 삶을 살기 위해 공부하고 책을 읽는 것임을 잊지 말자. 인생에서 정말 중요한 것이 무엇인지 깊이 깨닫고 행동으로 옮기기를 바라면서 이 강연을 끝내고자 한다.